U0754085

卞毓麟品书录

悦读科学

（修订本）

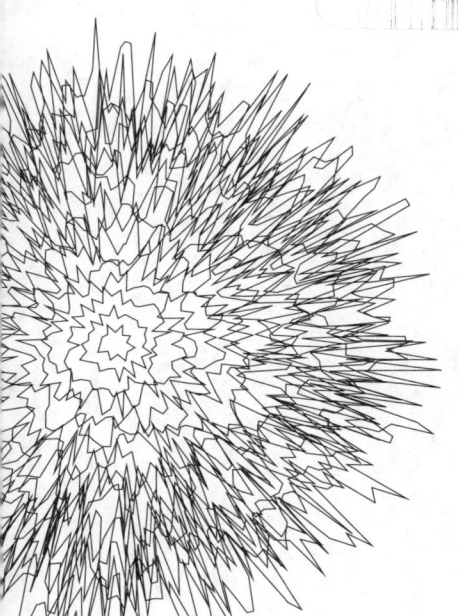

卞毓麟　著

上海科学技术文献出版社
Shanghai Scientific and Technological Literature Press

图书在版编目（CIP）数据

悦读科学：卞毓麟品书录／卞毓麟著．—修订本．—上海：
上海科学技术文献出版社，2022.1
ISBN 978-7-5439-8438-7

Ⅰ.① 悦… Ⅱ.①卞… Ⅲ.①随笔—作品集—中国—
当代 Ⅳ.① I267.1

中国版本图书馆 CIP 数据核字（2021）第 225214 号

选题策划：张　树
责任编辑：王　珺
封面设计：留白文化

悦读科学：卞毓麟品书录（修订本）
YUEDU KEXUE: BIANYULING PINSHULU
卞毓麟　著
出版发行：上海科学技术文献出版社
地　　址：上海市长乐路 746 号
邮政编码：200040
经　　销：全国新华书店
印　　刷：商务印书馆上海印刷有限公司
开　　本：720mm×1000mm　1/16
印　　张：19.5
字　　数：312 000
版　　次：2022 年 1 月第 1 版　2022 年 1 月第 1 次印刷
书　　号：ISBN 978-7-5439-8438-7
定　　价：88.00 元
http://www.sstlp.com

作者简介

卞毓麟，1965年毕业于南京大学天文学系。中国科学院国家天文台客座研究员，上海科技教育出版社顾问，上海市科普作家协会终身名誉理事长，中国科普作家协会前副理事长。著译科普图书30余种，发表科普和科学文化类文章约700篇。作品屡获国家级、省部级奖。《追星——关于天文、历史、艺术与宗教的传奇》一书获2010年国家科技进步奖二等奖，《星星离我们有多远》入

卞毓麟（2018年11月摄于上海市科学会堂）

选教育部统编初中语文教材阅读书目。曾获全国先进科普工作者、全国优秀科技工作者、上海科普教育创新奖科普贡献奖一等奖、上海市科技进步奖二等奖、上海市大众科学奖、中国天文学会九十周年天文学突出贡献奖等表彰奖励。

作者前言

很意外地同迟子建打了个照面。我在电视里见过她,而她肯定不认识我。

那天是2000年10月27日,作为CCTV1《读书时间》栏目的嘉宾,在中央电视台新影制作中心录节目。迟子建的话题是"迟子建与《伪满洲国》"(序号"读书时间2000-44"),主持人李潘。我的话题是"卜毓麟谈天文和科普"("读书时间2000-45"),主持人刘为,节目于当年11月24日首播。

《读书时间》的制片人吴玉仑先生有感于朋友和电视观众说得最多的一句话,"节目好,看不到",念及"采访了那么多令人钦佩的学者、作家,记录了那么多精彩幽默、充满智慧的谈话,只播出了一两次,而大量的电视观众不知道、没看到,岂不是太可惜、太浪费了",乃截取1998—2000年所播出的节目,精选42篇,"奉献给那些喜欢读书,又不看电视而错过了节目的朋友们"。2002年3月,山东画报出版社推出了吴玉仑主编的《〈读书时间〉四十二本书》。

书中的42篇文字,绝大多数是名副其实的大家谈名著,每篇的内容各以一正一副两个标题统领。例如:"尘埃落定并不是生活的结束——阿来与《尘埃落定》""书没有人看,我宁可回家养鸡——与陈忠实谈《白鹿原》""文学之美是超越时空的——曹文轩与《草房子》""只此一家的专门的书——王世襄与《锦灰堆》""自是人生长恨水长东——王安忆与《长恨歌》"等等,迟子建那次节目的标题则是"民族的历史,永远不能忘记——迟子建与《伪满洲国》"。

这42篇文字——或者说"四十二本书"中,唯一专谈科学的,是"星星离我们有多远——卜毓麟谈科普创作"。我非"大家",但主编还是用心地为那次访谈加上了一个标题"星星离我们有多远"。早先,在1977年初,我应《科学实验》杂志之邀写就一篇2万余字的科普长文"星星离我们多远",该刊同年即分6期连载,反响甚佳。1979年11月,我将此文增订成10万字左右的书稿,纳入科学普及出版社的"自然"丛书,于1980年12月面世,书名仍为《星星离我们多远》。此书既获我国天文学界多位前辈领军人的鼓励和好评,也得到了读者的认同,并于1987年获得中国科协、新闻出版署、广播电视电影部、中国科普创作协会共同主办的"第二届全国优秀科普作品奖"图书二等奖。1999年,湖南教育出版社出版"中国科普佳作精选",其中有一卷是我的作品《梦天集》,此集由三个部分构成,第一部分"星星离我们多远"系据《星星离我们多远》原书增订而成。

转眼间又是十年,湖北少年儿童出版社的"少儿科普名人名著书系"也相中了《星星离我们多远》,为此我再次修订全书,并起了一个读来更为顺口的新书名:《星星离我们有多远》。2016年岁末,忽然传来《星星离我们有多远》已被列为教育部统编初中语文教材自主阅读推荐图书的喜讯。于是,我又对原书做与时俱进的修订更新,翌年便有新版面世。或有人问:《星星离我们有多远》读来赏心怡情,但眼前这本《悦读科学——卞毓麟品书录》却不见介绍,作者何以惜墨如斯? 理由很简单,品书是赏析高人妙手佳作,照例是不该自我品赏的。

《悦读科学——卞毓麟品书录》所录者多为品评科普与科学文化类图书的文字。全书4卷共含56个项目,部分项目又有链接,以供拓展相关知识背景或补充必要的信息。书中每篇文章均注明原始出处,以便跟踪查考。至于分卷,则只是大致的归类,而并无严格的规定。"卷一"可视为"破题"兼提供若干样篇;"卷二"主要谈论"哲人石"丛书,兼述卡尔·萨根、艾萨克·阿西莫夫和弗拉马里翁等科普巨擘;"卷三"涉及数学、天文学、中国探月以及科学史等;"卷四"多关乎作者亲历的写作、出版事迹,兼说若干成绩斐然的师友或故旧。

聂震宁先生著《阅读力》一书(生活·读书·新知三联书店,2017年3月)中有一节叫作"忙时读屏,闲时读书"。他说:"所谓'忙时读屏,闲时读书',是我的一个建议,意思是,在移动互联网时代,在繁忙的生活中,人们不妨利用碎片时间在手机上、电子阅读器上读一些自己喜欢读的东西,同时,一定要挤出空闲时间读些纸书。""我的这个建议受到了不少朋友的欢迎,这些朋友有的主张阅读纸书,有的迷恋于手机阅读,不过,他们似乎对于把两种阅读结合起来的设想并不反感。"

聂先生此议我深以为然。1972年,联合国教科文组织提出全民阅读的倡议,1995年又决定把每年的4月23日(莎士比亚和塞万提斯两位大文豪的忌日)这天确定为"世界读书日",并发表宣言:"希望散居在世界各地的人,无论你是年老还是年轻,无论你是贫穷还是富裕,无论你是患病还是健康,都能享受阅读的乐趣,都能尊重和感谢为人类文明做出过巨大贡献的文学、文化、科学、思想大师们,都能保护知识产权。"

我希望这本《悦读科学——卞毓麟品书录》也能为全民阅读做点小小的贡献。书中的文章尽可分篇独立阅读,化长为短亦可如"忙时读屏";书中诸文品评介绍的那些书籍,则可供有兴趣者进一步"闲时读书"。倘若果能如此,则幸甚焉!

叶永烈先生尝撰百字文"赞《悦读科学——卞毓麟品书录》",热情揄扬本书,兹照录如下:"书是明灯,书是清泉,书是宝库,书是利剑。天文学家、科普名家卞毓麟先生读万卷书,写下自己的真知灼见。《悦读科学——卞毓麟品书录》带领你在书海邀游,细细品书论书,为你导航,指点迷津,一卷在手,悦读不愁。叶永烈(2018年12月21日)。"虽说过誉之词未免受之有愧,但先生盛意自当在此真诚致谢。

卞毓麟,2021年6月30日于上海

目录
Contents

卷一

01

阅读与科学
——在"国图公开课首期特别活动"上的演讲

　　2015年4月23日下午2时,"4·23世界读书日国家图书馆全民阅读推广活动"在国图讲演厅隆重举行,由中央电视台著名主持人郎永淳主持。整个活动含两部分,先是第一部分"国图公开课首期特别活动",然后是第二部分"第十届文津图书奖颁奖礼"。

　　"国图公开课",是国家图书馆借助"互联网+"的新模式推出的社会教育新服务。这次"4·23活动"的第一部分"国图公开课首期特别活动",首先是邀请领导嘉宾共同开启"国图公开课",然后是两场各15分钟的公开讲演。我应邀作第一场演讲《阅读与科学》;周国平先生作第二场演讲,题为《阅读与人生》。

　　在活动的第二部分"第十届文津图书奖颁奖礼"中,有一个议程是介绍"文津听书"公益项目,以及历届获奖作者和出版社代表现场捐赠有声版权,我也作为5位代表之一现场捐赠了《追星》一书的有声版权。

　　这次"国图公开课首期特别活动"的公开讲演《阅读与科学》,后来删节成1700字,刊于5月8日的《中国科学报》第11版上,题目改为《阅读与科学——2015年世界读书日随

本书作者为国图公开课首期特别活动作第一场公开讲演《阅读与科学》
(2015年4月23日)

记》。现酌情恢复部分文字，再次呈献于读者诸君。

各位爱读书的朋友们，大家下午好！

科学很美妙，人人都能欣赏它。也像欣赏交响乐一样，欣赏科学有一个入门过程。这个过程丰富多彩，而阅读永远是特别重要的一个方面。

科学很有趣，欣赏科学的阅读是愉快的。当然，也会遇到困难。但是只要坚持，困难可以慢慢克服。欣赏科学，不必要也不可能一口吃成个大胖子。重要的是读书、读书、再读书。

4月23日是世界读书日。莎士比亚是1564年4月23日诞生，1616年4月23日逝世的，享年整整52岁。这里遇到一个科学问题：此处用的是何种历法？

有人说：当然是公历啦。但是：错了！实际上是儒略历。现今通行的公历，又叫格里历或新历，是教皇格里高利十三世下令颁布，从1582年10月15日开始使用的。此前欧洲基督教世界一直使用的儒略历，又称旧历，是古罗马统帅儒略·凯撒下令颁行的。英国直至1752年才改用公历，那时莎士比亚已经逝世一个多世纪。沙皇俄国直到1917年还在使用旧历，发生"十月革命"的那一天是旧历的10月25日，换算成公历那就是11月7日。

《堂吉诃德》的作者、西班牙大文豪塞万提斯也是1616年4月23日逝世的。那么，他正巧是和莎士比亚同一天离开人世吗？不！公历颁行后，意大利、西班牙、葡萄牙和波兰马上就采用了。因此，塞万提斯的卒日是依公历记载的，实际上他要比莎翁去世早10天。

有人以为，像莎翁那样生卒日期相同实属难得。其实，这又错了。这是一个简单的数学问题：发生这类事件的概率并不很小，约为1/365。但若生日是闰年的2月29日，那又另当别论了。

也许有人会提议，再举一个生卒日期相同的著名例子吧。好，与达·芬奇、米开朗基罗并称意大利文艺复兴三杰的拉斐尔，是1483年4月6日出生，1520年4月6日逝世的。他只活了37岁。

1992年，又是4月6日，又一位奇迹般的人物去世了。他就是享誉全球的科普巨匠、科幻大师艾萨克·阿西莫夫，他在全世界拥有无数的"粉丝"。阿西莫夫已有108种书出了中文版，这项纪录很难打破。这些精彩的作品，一直在帮助人们欣赏科学。2012年，我曾在《科普研究》杂志上发表《阿西莫夫著作在中国》一文，简介它们的概况。在今天这个世界读书日，我愿再次推荐大家一读他的《人生舞台——阿西莫夫自传》，书末列有其470本书的完整清单。其中一些少儿读物，写得简明扼要，篇幅不大；但也颇有一些皇皇巨制，例如著名的《阿西莫夫最新科学指南》《古今科技名人传记》都有上百万字，《阿西莫夫莎士比亚指南》篇幅也与此相仿，还有一大本《阿西莫夫〈圣经〉指南》，如此等等。它们都是全人类的共同财富。几十年来，北京图书馆和国家图书馆馆藏的英文版和中文版阿西莫夫著作，留下了我的许多借阅记录。

阿西莫夫的科普写作信条，是尽量使用直白、简洁、透明的语言，这为读者理解比较复杂的科学概念提供了莫大的便利。他说过，要写得明白甚至比写得华丽更不容易，谁如果不相信，那就请他试试看。阿西莫夫使用的词语总是那么平易近人，他的作品却总是那样的兴味盎然。我把他的这种文风称为"平淡之中见新奇"。作为一名读者，我非常欣赏阿西莫夫的作品。同时，我也是曾经在阿西莫夫家做客的唯一的中国科普作家。

上面说了好些外国人的事，现在再来谈谈中国的科普泰斗高士其。他的作品是科学性与文学性结合的典范，今年人们将会隆重纪念这位前辈科学家和作家诞生110周年。高士其原名高仕錤，是一位细菌学家。1928年他在一次实验中不幸感染脑炎病毒，导致了终身的严重残疾。

1934年，30岁的高仕錤说，我不要做官，所以去掉了"仕"的单人旁；我不想要钱，所以把"錤"的金字旁也去了。高士其是一位了不起的科学家、科普作家和社会活动家。他在半个世纪中以病残之躯写下了大量的科学小品、科学故事、科学童话，以及多种形式的科普文章，引导一批又一批青少年走上了科学道路。逝世后，中组部确认他为"中华民族英雄"。有关高士其感人的一生，叶永烈在《中国的霍金——高士其传》一书中有详细的介绍。近几年出版的《中国科普大奖图书典藏书系》中有一本《细菌历险记》，是高士其的重要作品选，读者尽可一睹它的风采。高士其是1988年去世的，国际天文学联合会把第3704号小行星正式命名为"高士其星"。

阅读是写作的上游。我从阅读阿西莫夫、卡尔·萨根、乔治·伽莫夫、伊林、高士其等名家名著中获益良多，40年来自己也尝试创作、翻译了几百万字的作品。其中《追星——关于天文、历史、艺术与宗教的传奇》一书还在2008年荣获第四届文津图书奖，2010年荣获国家科技进步奖二等奖，2014年荣获第五届中华优秀出版物奖。有媒体朋友问我：这本书又是天文、又是历史、又是艺术、又是宗教，您是怎么把这些东西都弄到一块儿的？我的回答是：不是我把它们弄到一块儿，而是它们本来就在一块儿，只是有人看到了，有人没看到；有人意识到了，有人没有意识到。当然，要能看得清楚，也有一个过程，那同样是读书、读书、再读书。

在《追星》的结尾，我谈及林语堂说过："最好的建筑是这样的：我们居住其中，却感觉不到自然在哪里终了，艺术在哪里开始。"我想，最好的科学人文作品，也应该令人在阅读中感觉不到科学在哪里终了，人文在哪里开始。这是对作者的要求，也是对读好书的追求。金涛先生有一本文集，叫作《林下书香——金涛书话》，选了他多年来先后发表的100篇文章，介绍或评论了100种科普和科学文化类图书，可供大家借鉴。

最后，在这个一年一度的世界读书日，我愿借"国图公开课"第一场讲演这难得的机会，真诚地祝愿诸位读到更多更精彩的好书。

谢谢大家！

链 接

我与图书馆·五十年小忆

半个世纪前的上海，有一个人民图书馆，离我在读的初中不远。我常去阅览《西游记》《镜花缘》等古典小说，《三国演义》的大部分回目就是在那里背熟的。读到《封神演义》也像《水浒传》那样有天罡地煞共一百单八人，我想比较个究竟，就往小本本上抄。一位阿姨见我"用功"，驻足凝视，未免吃惊，遂提醒道："小朋友，千万不要着迷神怪，不能去求仙访道啊！"

高中时代，读遍了校图书馆收藏的凡尔纳科幻小说和别莱利曼的《趣味天文学》《趣味物理学》《趣味几何学》……那时热爱数学，经常一吃完晚饭就去上海图书馆,自习大学的数学分析和高等代数教程,直到图书馆"打烊"还不想走。后来,父亲用他的借书证替我把书借回家——中学生尚不能办外借。

20世纪60年代初,我就读南京大学天文系。生活清苦,没钱买书,就到校图书馆读、借、抄。在那里,我抄录了任继愈的《老子今译》、闻一多的《怎样读九歌》,乃至《白香词谱》《千家诗》《胡笳十八拍》《孙子兵法》等等,有些"手抄本"一直保存到了今天。还有一次期末考试刚结束,有同学见我行色匆匆,便好奇地问我欲往何处。原来,当时我们没有广义相对论这门课,我想趁放假抓紧自学,这时去校图书馆倒是不用"抢座位"啦!

大学毕业,分配到中国科学院北京天文台。自不待言,院、台两级图书馆为科研带来了极大的方便。也真是与书有缘,1965年刚跨入天文台的大门,适逢书库易地,我遂参加劳动一周,天天帮忙搬书;1998年离开北京天文台回归上海前,我是"天文信息组"的负责人,统管四个学术刊物编辑部、一个天文数据库,还有一个图书馆。

20世纪80年代后期,我在英国爱丁堡皇家天文台做访问学者,与该台图书馆员麦克唐纳先生相识相熟。麦克唐纳先生懂得7种语言文字,其中包括汉语。作者试图用普通话与之交谈,才明白其所学乃粤语。1990年初作者回国前,将随身携带的《英汉大词典》和《汉英词典》赠予麦克唐纳先生留念,以感谢本人利用此图书馆近两年所受到的热情帮助。爱丁堡皇家天文台图书馆藏有不少科学古籍珍本,不仅有400多年前初版的哥白尼名著《天体运行论》,还有中世纪的羊皮书。这些书平时藏诸秘室,并不轻易示人。偶有盛典嘉宾,则特事特办,可专门安排参观。我参观一次,犹觉不过瘾。临回国前,又向主人探询,可否再看一次,结果如愿以偿。

在京三十余年,常跑北京图书馆(今国家图书馆)自然获益匪浅。英文原版的阿西莫夫作品——如今其著作的中译本已不下百种,我大多借自北图。当然,偶尔也有遗憾。例如我尝多方查找历年的原版美国《科学年鉴》(*Science Year*),但始终很难齐全,最后寄厚望于北图,结果还是落空了——不知是否因我不善检索之故?

8年前回上海致力于科普出版,查阅文献资料当然又离不开上海图书馆。如今,图书馆的功能和服务与时俱进,上图的系列讲座已成社会知名品牌,我也有幸先后3次在那里作科普讲演。2005年,上图的图书文化博览厅征集作者赠书,展示

2005年11月17日，本文作者在中国科学社明复图书馆旧址（今陕西南路235号）"胡明复铜像移位揭幕仪式"上瞻仰胡先生铜像留影

一年，然后入藏。此举当于公众有益，我便捐赠了自己主编的全套《金苹果文库》50种，另加本人科普作品《梦天集》一册。

　　2005年11月，在前几年刚整修一新的明复图书馆，参加了我国现代科学事业的先驱者胡明复先生的铜像移位揭幕仪式。是夜未眠，若有所悟，弹指间自己已然满首白发，而我熟悉的那些图书馆却更加容光焕发、青春靓丽了。来日还有许多事情要做，所以我还要不断地去图书馆：学习，或许还有休闲。

原载《新华书目报》2006年1月5日B69版"图书馆专刊"

02

书房故事　大象无形

琳琅满目的书挤满了书房,顶天立地。但还有两种更巨大的东西弥漫在书房中:故事和思想。

今天只说故事。但那不是《一千零一夜》或《八十天环游地球》或《物理世界奇遇记》讲述的故事,而是书籍本身的传奇:或著译、或编校、或买卖、或阅读、或版本、或收藏、或师情、或友谊、或愉悦、或辛酸……每本书都可以有许多故事。

有时候,目中所见分明是书,脑中反映的却是一连串的事。那本小32开的《天体的演化》和往常一样静立在书架上,近来却仿佛在提醒我:今年12月19日是戴先生百年诞辰,你的纪念文章有腹稿了吗?

20世纪60年代初我在南京大学天文系求学,系主任戴文赛教授亲自授课的情景如今犹在眼前。1977年,戴先生身患绝症,接连手术和化疗,身体相当虚弱,但他仍为我国制定"天文发展八年规划"出谋划策,继续从事太阳系起源和演化的研究,定稿三十余万字的专著《太阳系演化学(上册)》,完成《天体的演化》一书的校订……

《天体的演化》是一本中级偏高的科普读物,1977年岁末由科学出版社出版。戴先生签名赐赠,嘱咐多提意见,以利日后

书房是好地方(2000年4月)

修订。我遵嘱认真通读，大胆提出许多修改意见。先生十分高兴，二十多年后师母刘圣梅对此仍记忆犹新。《太阳系演化学（上册）》也站在书架上。1979年11月它出版时，戴先生已去世半年。刘圣梅老师寄给我的书，扉页上盖着"戴文赛赠"的朱红印章。

戴先生科研、教学，累累硕果，桃李天下。尤其令人感佩的是，他数十年如一日，以科学大众化为己任，身体力行，为我国科普事业作出了卓越贡献。1979年3月，先生逝世前一个多月，还在即将出版的《戴文赛科普创作选集》前言中写道：

> 科学工作者既要做好科研工作，又要做好科学普及工作，这两者都是人民的需要……我们科学工作者，应该拿起笔来，勤奋写作，共同努力，使我们中华民族以一个高度科学文化水平的民族出现在世界上。

一名科学家，一名科普作家，必须具有强烈的社会责任感和高尚的职业道德，方能激情回荡，佳作迭出。先生这种强烈的使命感，至今依然是我们做人做事的榜样。1980年4月，《戴文赛科普创作选集》由科学普及出版社和江苏科学技术出版社联合出版。师母给我的书上，依然盖着那枚阴文朱印的赠书章。凑巧，同是1980年，科学普及出版社也出版了我的第一本科普书《星星离我们多远》。

书架上还立着另一个开本较大的《天体的演化》，那是1999年由湖南教育出版社推出的。它是"中国科普佳作精选"的成员，实际上收入了戴先生的两部书——1940年代首版的《星空巡礼》和1977年版的《天体的演化》，由师母选编并撰"后记"。这一次，赠书上的亲笔题字是"卞毓琳同志惠存 刘圣梅敬赠"。"麟"字误作"琳"，有点令我意外。毕竟，师母年事已高，为此我将这笔误看得如同"错票"一般珍贵。

书架上，这部《天体的演化》的邻居《梦天集》也是"中国科普佳作精选"的一员。作者是我本人，"梦天"是我常用的笔名。全书共三编，第一编就是稍经修订的《星星离我们多远》，第二编"大众天文"收入不同类型的天文普及文章20篇，第三编"科文交融"收入科学文化类短文9篇。两本书比邻而立，宛如我本人在向先生汇报三十余年科普创作的甘苦。先生尚能听到否？旁边那本《戴文赛教授铜像纪念册》中先生的铜像目光炯炯，神情坚毅而慈祥，似乎正想同我说话。

书房中的故事，讲不胜讲。书柜中那本1982年英文原版的《阿西莫夫氏科技

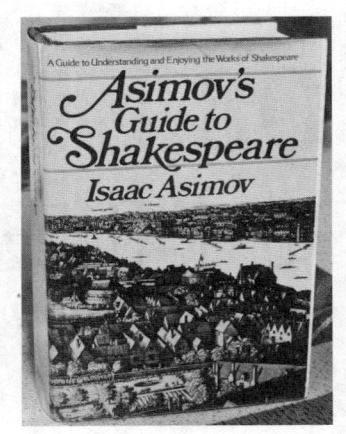

英文版《阿西莫夫氏莎士比亚指南》

传记百科全书》，是大学同窗郑兴武1985年在美国做访问学者时买来赠我的。今年4月6日，我查阅此书时，发现还夹着兴武当年的一纸便条，落款日期竟然也是4月6日。这一巧合令我很兴奋，马上给兴武发电子邮件知会此事，并告诉他1992年阿西莫夫逝世的那一天也正是4月6日。此书中文版名为《古今科技名人辞典》，由科学出版社于1988年5月出版，其中有101位科学家的小传系我本人所译。

阿西莫夫的书，已有中文版者逾百种。它们在书房中接受检阅，排头兵是那百万言的巨著《科学指南》。此书中译本最初于1970年代后期由科学出版社分成4个分册出版，略有删节，总称"自然科学基础知识"。1991年，科学普及出版社又推出1984年英文修订版的完整中译本，书名为《最新科学指南》，分为上、下两册。1999年，江苏人民出版社再度出版此书，书名《阿西莫夫最新科学指南》。至今我仍常向年轻科学家和科普作家推荐此书，不妨看看这位科普大师是如何讲述科学的。

这几年书房中又挤进了一些阿西莫夫的英文原版书，多系国内外友人相赠。我寻觅多年的《阿西莫夫氏莎士比亚指南》亦在其中，这是一个上下两卷合而为一的本子，1500余页。它在书柜中同英文版的阿氏《科学指南》《〈圣经〉指南》比肩而立，令人赏心悦目。

书房故事大象无形，不论怎样讲述，总难免挂一漏万。今天就此打住。

原载《出版人》2011年4、5期合刊第90页"图书馆与阅读"专栏

03 电子和魔鬼的差异何在？
——评少儿科普新作《量子幽灵》

电子和魔鬼这两样东西，同样都看不见摸不着，凭什么说前者是科学，后者是迷信呢？

诸如此类的问题，即使对成年人而言，要一言中的地说出其所以然也绝非易事，然而，江向东著的青少年科普读物《量子幽灵》一书却有声有色地道出了其中的奥秘。

如何普及常与相对论并称为20世纪物理学两大支柱之一的量子理论，历来是科普创作中的一块硬骨头。凡是在这件事上作出成绩的，就理所当然地会受人称道。半个多世纪过去了，人们至今不是依然津津乐道于伽莫夫的名著《物理世界奇遇记》中的"量子台球"和"量子老虎"吗？这本《量子幽灵》无疑也是相当成功的。写作之道，各有所好，该书不是《物理世界奇遇记》，也不是《爱丽斯漫游奇境记》，它的风格近乎阿西莫夫的许多青少年读物，而语境则更适合我国的国情。

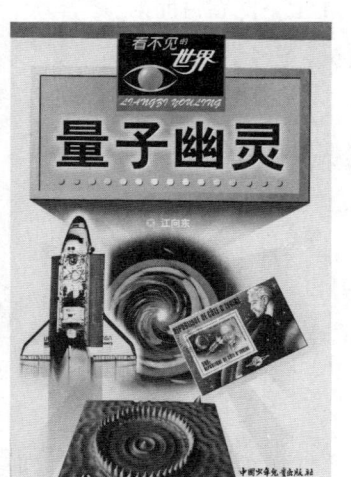

著名物理学家韦斯科夫说过："别的伟大科学思想大都由早期思想稳步进化而来，但是量子理论需要一种全新的语言。因为任何一种真正崭新的事物，都是无法按照旧有方式来表达的。"诚哉斯言。量子化概念、波粒二象性、不确定原理、隧道贯穿、夸克禁闭等等，可谓无一不

《量子幽灵》，江向东著，中国少年儿童出版社2000年6月出版

《量子幽灵》书中"烟波迷茫光子雨"一节的插图。相应的正文很有诗意:"在爱因斯坦的描绘下,使人们得到了这样一种印象:光似乎是一群'光子雨',光的颜色反映出'雨点'的力量。雨霭茫茫,多像烟波;点点滴滴,酷似颗粒!原来,光有着波粒二象性,它既是粒子,又是波!"

新,无一不奇。正是这些仿佛不可思议的事情,扩大了人类的视野,增添了一代又一代人的志趣。

用什么样的语言向青少年述说这些"无法按照旧有方式来表达的"东西呢?

《量子幽灵》一书设置了20个别具匠心的标题,循序渐进地介绍了奇迹般的量子世界,例如,"从黑体出来的幽灵""我们也是波""粒子有点像陀螺""玄妙的几率波""穿墙术和显微术"等,都是很精彩的。

《量子幽灵》中故事不断——科学史上的真实故事。正是这些故事,向青少年朋友们转达了曾对量子物理学做出巨大贡献的费恩曼——他是1965年诺贝尔物理学奖得主——的遗训:科学理论可以来了又去,往往被更好的理论所取代,但科学的方法却永远有效。真正明白了这层道理,也许要比死记硬背10个公式或100个数据强得多。明白了这层道理,正如《量子幽灵》的作者在该书"尾声"中所言:我们就"可以满怀信心地说,我们所面对的,不只是分子、原子、重子、轻子、夸克和胶子,更是生机、激励、智慧、创造、真理和文明!"

现在,再回到"电子和魔鬼,凭什么说前者是科学、后者是迷信"这个问题上来。《量子幽灵》举了一个例子:量子理论预言电子磁矩之值为 1.001 159 652 46,而实验测得的值为 1.001 159 652 21,理论与实验的一致性精确到小数点后的第九位数字。这个精确度相当于北京到上海的距离与一根头发丝的粗细之比!这就是电子和魔鬼的根本差异之所在。

《量子幽灵》是中国少年儿童出版社"看不见的世界"丛书中的一种。我衷心希望该丛书中的其他品种也写得同样深刻而生动——当然，效果究竟如何，就要由广大读者来评判了。

原载《北京晚报》2000年11月16日第27版

链接

追念江向东音乐会

挚友江向东是一位理论物理学家，也是一位优秀的科普作家和翻译家。2009年夏他突患脑溢血，昏迷不醒5个月后，于2010年1月17日与世长辞，年仅59岁。向东善诗，资深音乐家高博均先生曾为向东的诸多诗歌谱曲。2010年4月25日，朋友们在向东生前供职的中国科学院高能物理研究所举办了一场"收获的喜悦 负重的腰弓——追念江向东音乐会"，曲目以向东词、博均先生曲者为主。高能物理所前所长郑志鹏先生在会上致辞（即《现代物理知识》2010年第2期《怀念江向东》一文）。在会上自由发言期间，我朗诵了一周前给向东家属发去的变体藏头悼亡诗，现照录如下。

向天高歌士林一奇——向东挚友壮年遽逝

余与向东相知二十载，深感其立身之正，待人之诚，处世之稚，履职之慎，交友之信，为文之美。一朝永别，其悲其痛，盖非言语之所能名状也。因念向东生前钟情藏头诗，乃作变体①一首，哀其何遽归道山也。其辞曰：

> 江山多娇兮华夏大地，
> 向天高歌兮士林一奇②。
> 东篱笔耕③兮壮心难羁④，
> 何遽归乎道山兮

令余长太息以掩涕[5]。

卞毓麟庚寅三月初五日

注：① 藏头诗原本是藏每句第一字。此处变其体，第四句连读前六字，与前三句相合而发"江向东何遽归乎道山"之问。
② 友人皆知向东善歌。彼心地极善而个性极强，其见解独到人咸奇之。
③ 向东未及花甲而归隐著译，宛有五柳先生遗风，故以采菊东篱喻之。
④ 向东晚年文字工作量惊人。他还有许多事情想做，今皆成遗恨矣。
⑤ 道山系传说中的仙山，旧称去世为归道山。2009年7月向东赴安徽老家省亲，尝谓待家慈病情好转，或可赴沪一聚。孰知8月初彼突然重病竟至不治，不亦悲哉，不亦哀哉，不亦痛哉！乃借《离骚》句抒极悲之情。

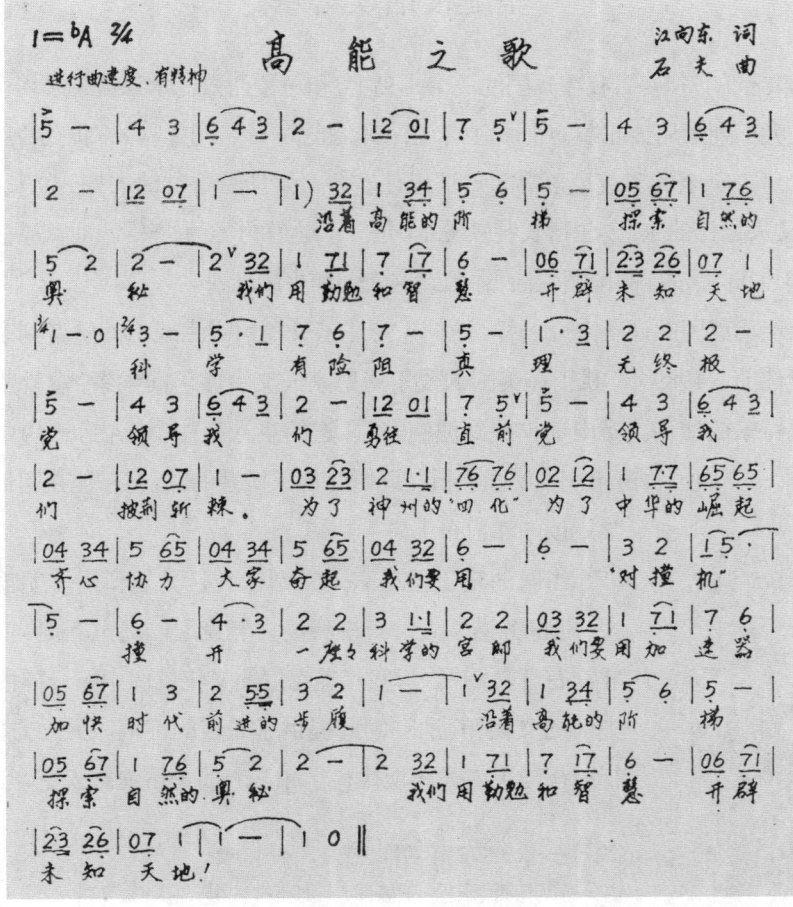

《高能之歌》，江向东词，原载科普期刊《高能物理》1988年第1期封底

04

永恒的魔镜

圣诞夜话埃舍尔

14年前的圣诞节,我在异国的一个小岛上,和一位西方艺术家谈起了埃舍尔。

从大不列颠岛最北端的小城瑟索,再往北越过一片名叫彭特兰湾的水域,便是中国人足迹罕至的奥克尼群岛了。那里住着一对姓斯特鲁特的夫妇,40来岁,无子女,丈夫是作曲家,妻子擅长装帧美术,是一家地道的"个体户"。他家原住在英格兰,因为向往宁静的田园生活,才搬到这人烟稀少的地方。

像现代英国的许多家庭一样,他们乐意邀请外国留学生或访问学者到家里共度圣诞佳节。1989年,我正在英国的爱丁堡皇家天文台做访问学者,意外收到了斯特鲁特家的邀请。圣诞前夕我到他们家时,送给主人三件小礼物:一块中国真丝头巾,一支中国竹笛和一副中国象棋。同时在他家做客的,还有一位在阿伯丁大学就读的津巴布韦黑人姑娘。

当时的爱丁堡皇家天文台台长是马尔科姆·朗盖尔教授,他是苏格兰人。听说我要去奥克尼群岛过圣诞,他觉得非常有意义,并告诉我:"奥克尼的文化就像中国一样古老"。史前的文物和遗址,为此提供了无言的证词。另一方面,辞行前夜与主人关于现代科学和艺术的一番海阔天空,也给我

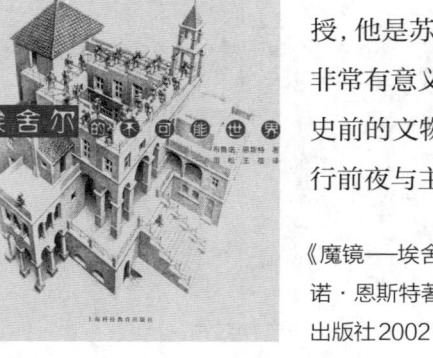

《魔镜——埃舍尔的不可能世界》,[荷]布鲁诺·恩斯特著,田松、王蓓译,上海科技教育出版社2002年10月出版

埃舍尔（右）在逝世前几周告诉《魔镜》的作者布鲁诺·恩斯特："我的作品是最美的，同时又是最丑的。"

留下了极其美好的回忆。

其实，斯特鲁特先生对天文之懵懂，与我对作曲之外行堪称伯仲。起初，双方的话锋并未迅速合辙。忽然，他从书架上抽出一本画册，我顿时脱口而出："埃舍尔！"议题随即就集中到了毛里茨·科内利斯·埃舍尔的身上。我还随手做了一点记录，主人感到奇怪，我说："留个纪念，以后也许有用。"这条记录注明，他那本《埃舍尔的世界》作者署名是埃舍尔本人和洛赫尔，1971年由纽约的阿布拉姆斯出版公司出版。我们谈得最起劲的作品，是《变形》《昼与夜》《默比乌斯带》以及平面分割习作《骑士》。

1972年，埃舍尔去世了。不久，一部名为《埃舍尔的魔镜》的新著问世，作者布鲁诺·恩斯特是一名数学教师，此书是他长期拜访和研究埃舍尔的结晶。虽然画家本人未能活到此书付印，世人却对它表现出很高的热情。它被译成十几种文字，2002年金秋，上海科技教育出版社以《魔镜——埃舍尔的不可能世界》（以下简称《魔镜》）为题，推出了该书的中译本，译者是田松和王蓓。

从《骑士》开始

"您是怎样知道埃舍尔的？"斯特鲁特先生曾问我。

我告诉他，1963年我上大学时，读了杨振宁教授的名著《基本粒子发现简史》，封面上就印着埃舍尔的《骑士》，它那神奇的对称性令我敬意陡生。

杨振宁这部名著的英文原版，出版于他荣获1957年诺贝尔物理学奖之后5年。该书中文版由其胞妹杨振玉和范世藩合译，于1963年9月面世。在前言中，杨先生写道："骑士图是埃舍尔先生画的，我深深地感谢他允许我采用这幅图。"在正文中，他再次提到："图39即取自荷兰美术家埃舍尔的一件出色作品。从图

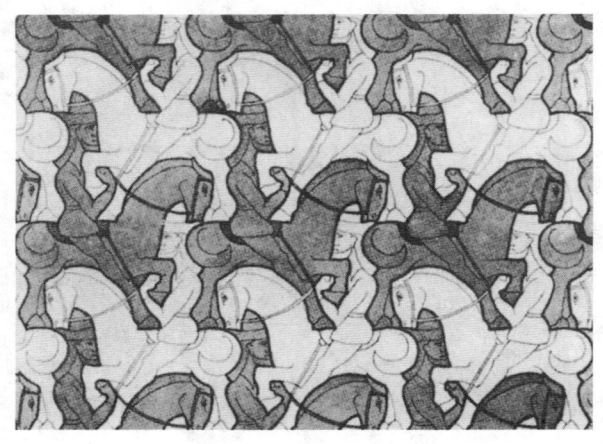

埃舍尔速写本上的骑士图

中可以看到虽然图画本身和它的镜像并不相同，但是如果我们将镜像的黑白两种颜色互换一下，那么两者又完全相同了。"杨先生借此来阐述物理学中的"缔合转换"引起的对称。

这幅骑士图，画在埃舍尔的空间填充速写本中。恩斯特在《魔镜》中说，"没有任何主题能比周期性图形分割更合埃舍尔的心意……除此之外，埃舍尔只对另一个主题写过文章，那就是探寻无穷——虽然他没有用同样的篇幅。"埃舍尔本人也写道："这是我挖掘出来的最丰富的灵感之泉，它至今也没有枯竭。"

埃舍尔镶嵌图案的独到之处，特别在于他采用的基本图案总是可以识别的具体图形，如鸟、鱼、人等等。例如，木刻《日与月》中，14只白鸟和14只蓝鸟填满了整个平面。

如果我们把注意力集中在白鸟身上，就会被带进黑夜之中：在深蓝色的夜空背景上有14只光明的鸟，还可以看到月亮和其他天体。另一方面，如果我们把注意力集中在蓝鸟身上，就会把它们当作在白日天空背景上的深色剪影，中央的太阳光芒四射。在这幅画中，所有的鸟都互不相同。在埃舍尔的作品中，此类不规则平面分割的实例为数不多。

《日与月》，木刻，1948年

变形的升华

"变形"是埃舍尔的一绝。在奥克尼的那个圣诞节,我与斯特鲁特先生热烈谈论的《昼与夜》正是"变形"的典范。这幅木刻将人们带进了一个新的时代。

画面中央的正下方,有一块近乎菱形的白色田地,它自然地将我们的视线吸引向上;田地变形了,而且变得很快,只用两步就变成了白色的鸟。它向右飞,翱翔在河畔小村上空,陷入黑夜之中。另一方面,我们还可以从画面下部中心线两侧,任选一块黑土地。它同样升上天空,变成黑色的鸟,向左飞翔,飞到一片晴朗的田野之上,而这片田野又恰好成为右边夜景的镜像。从左到右,白天逐步过渡到了黑夜;从下到上,田地渐渐升上天空。埃舍尔的视觉使这一切得以实现,使《昼与夜》成了一幅极受赞誉的作品。

后来,埃舍尔以纯技巧令人折服的"变形"作品渐渐减少,"变形"本身也逐渐依附于其他概念的表现。例如,石版画《魔镜》表现的主题乃是"共存的世界"。画中不仅具有镜像对称,而且让镜像获得了生命,生存在另一个世界中。恩斯特对这幅画做了极佳的导读:

> 一切从一个毫不起眼的圆点开始。在最靠近观众的镜子边缘,就在斜栏的下面,我们可以看见一只小翅膀的尖端和它的镜像。让我们沿着镜子向里看,它就变成了整只有翅的猎犬,其镜像也随之而变……当那条真实的狗从镜前向右转身时,它的镜像随之向左;而这个镜像如此真实,以至于我们毫不奇怪地看到

《昼与夜》,木刻,
1938年

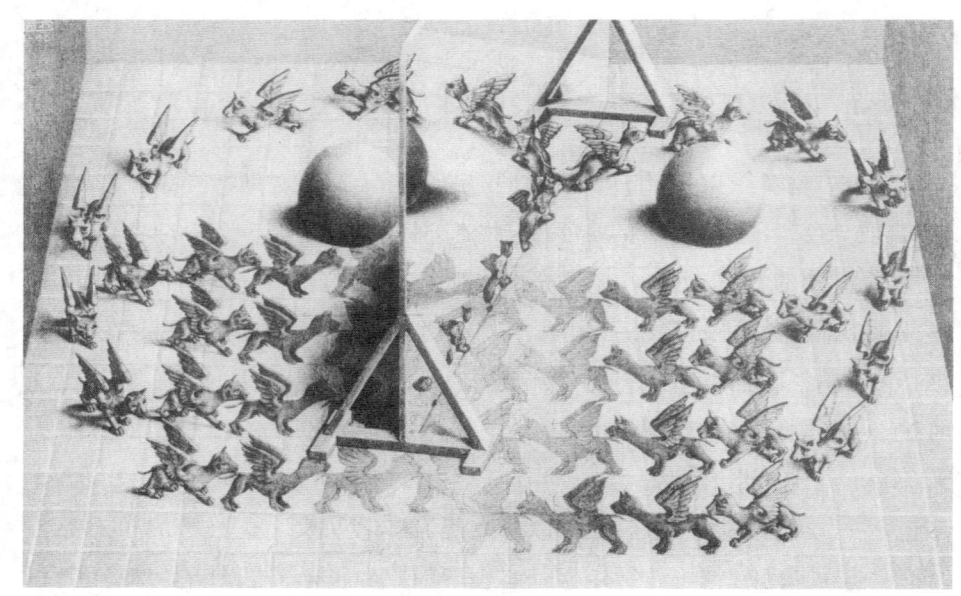

《魔镜》,石版画,1946年

它竟然从镜子后面走了出来……现在这些有翅犬左右分开,每走一程便使自己的数目增加一倍;然后,它们像两支军队一样开向对方。但是,他们还没有来得及面面相对,就从空间跌落到平面,变成了瓷砖地面上的图案……黑狗通过镜面时变成了白狗,恰好填满了黑狗之间的白色空隙。这些白色空隙又逐渐消失,直至最终狗们了无踪迹。它们似乎从未存在过——确实,这些有翅犬怎么可能从镜子中冒出来!然而,还有一个谜"团"在那里——镜子前面还立着一个圆球,沿着某一个角度向镜子后面看去,只能看见这个球的一部分镜像,但是,镜子后面还有一个圆球——一个足够真实的物体,就在左半部分狗的镜中世界里。

"共存的世界"可以通过不同的途径来实现。例如,前文介绍的《日与月》就是以平面分割为手段,实现了两个世界的融合。

透视与无穷

绘画,总是只能把三维的现实表现在二维的平面上。为了使我们在观看一幅画,与我们观看此画所表现的真实物体时,在我们的视网膜上呈现完全相同的图

《深度》,木口木刻,1955年

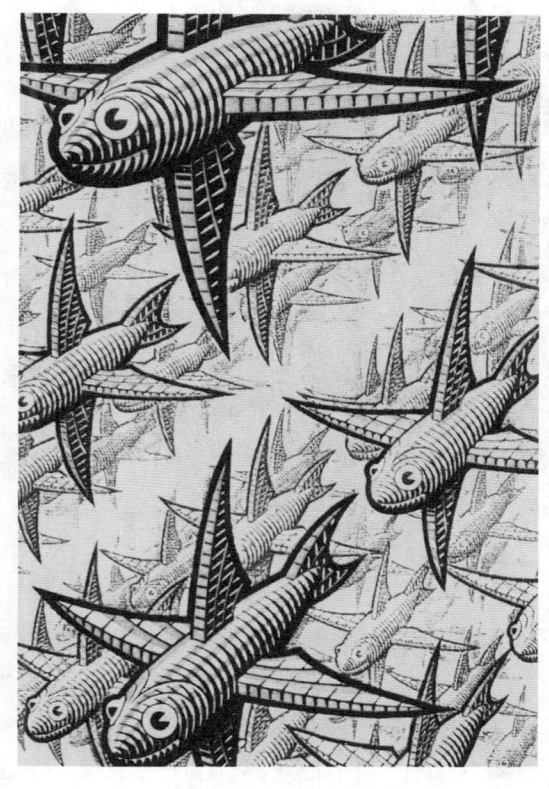

象,就必须遵循透视法。

　　埃舍尔对此做过许多探索。例如,他创作《深度》的目的,是要描绘无限伸展的空间。这幅画的技术难度很大,那些鱼要越画越小,缩小的比例要非常准确。而为了加强深度的表现力,鱼离得越远,它们表现出来的反差就要越小。恩斯特评论道:"作一幅石版画可能还容易些,但是木刻就难多了,因为木刻的每一个点都非黑即白,不可能用灰色来形成反差。然而埃舍尔……成功地引入了这种所谓的光透视法,作为增强立体空间表现力的一种手段。这种方法远远超越了几何透视的诸多限制。"诚哉斯言!

　　埃舍尔对于无限的兴趣使他提出,"比如有这么一个人……突发奇想,要用他的艺术来探索无穷,还要尽可能地精确、逼近""他将采用什么样的形状呢"?

　　在考克斯特教授的一本书中,有一个图示使埃舍尔深受触动,觉得它很适合于表现无穷。进行深入分析之后,埃舍尔得出结论:"只有一种可行的方法能够……在一个完全封闭的合乎逻辑的界限之中获得'无穷'……最大的动物图形放到中间,无限多和无限小的极限则在圆周处达到。"他创作了一组《圆极限》,其中最好的一幅是《圆极限III》。同一系列的鱼都具有同一种颜色,它们首尾相接,沿着环形路线从这边到那边游个不停,越游近中间就变得越大。

　　为使每一列鱼都能与周围环境区分开来,一共需要4种颜色。"一串串鱼像火箭一样,从无穷远的边缘以直角发射出来,又跌落到所来的地方,没有一条鱼

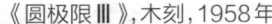

《圆极限Ⅲ》，木刻，1958年

能最终到达边缘，"恩斯特写道，"因为在那之外是'绝对的无'。然而，这个圆的世界如果没有周围的虚空也不可能存在，不仅仅因为'内'的前提是'外'，而且因为，由这种几何精确地指定的、建构起整个框架的圆弧的圆心，就在'无'的领地之中。"

在下面本文结束之前，我们还将介绍埃舍尔探索无穷的另一幅杰作:《蛇》。

"怪圈"和"骗术"

恩斯特在《魔镜》中说:"绘画乃是骗术。一方面，埃舍尔在各种作品中展示这种骗术；另一方面，他完善了它，把它变成一种超级幻象，使之呈现出不可能的事物，由于这种幻象是如此顺理成章、不容置疑、清晰明了，这种不可能便造就了完美。"

埃舍尔的《画手》美妙至极，《魔镜》一书中写道:"如果一只手在画另一只手，同时，被画的手又在画第一只手，而所有这一切又都画在一张被图钉固定

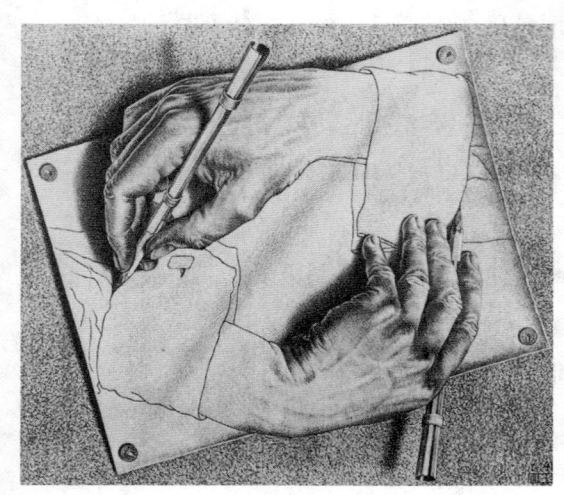

在画板上的纸面上……又如果这一切都是画出来的，我们就可以把它称为超级骗术。"

著名数学家霍夫斯塔特（他自取的中文名字叫侯世达）在其洋洋八十余万言的杰作《哥德尔、埃舍尔、巴赫》中，专辟一章讨论了"怪圈"。这里所谓的"怪圈"，是指当我们向上（或向下）穿过某

《画手》，石版画，1948年

种层次系统中的一些层次时，竟意外地发现自己恰好重又回到了原先的出发点。比如，张先生是只存在于王先生笔下的人物，王先生是只存在于李先生笔下的人物，李先生又是只存在于张先生笔下的人物，试问，这样一个"作者三角形"真是可能的吗？这就是一个怪圈。

侯世达认为，把怪圈概念最优美地形象化，也就是最视觉化的，正是埃舍尔。在《画手》中，画的与被画的彼此重叠，形成了一个怪圈。侯世达对于这种怪圈作了很好的说明：在所有这一切的背后，还隐藏着一只未画出来但正在画的手，它属于埃舍尔，左手和右手的创造者。

《画廊》是又一宗完美的"骗术"。画廊的入口在画面的右下角，廊中左边有一位年轻人正在观赏墙上的一幅画。在这幅画中，他可以看见一艘船，再往上，在整个画面的左上角，是沿码头的一些房子。这排房子一直向右延伸到画

《画廊》，石版画，1956年

面的最右侧,我们可以发现,前方角落里那座房子的底部有一个画廊的入口,画廊里正在举办一场画展……所以左边那位年轻人其实正站在自己观看的那幅作品之中!

不可能世界

恩斯特把石版画《凸与凹》称为"视觉炸弹"。你看,左下角有个人从梯子爬上平台,眼前是一座小殿,他可以去叫醒那个打瞌睡的人。他还可以试试能否爬到右边的楼梯上去。但是,他突然发现,本来在他脚下的坚实的地面,现在变成了天花板,他正以一种奇怪的姿势吸附于其上,仿佛地球引力已经不再存在。如果左侧那个提着篮子的妇女走下台阶,越过中线,那么也会发生同样的事情。

《凸与凹》,石版画,1955年

　　再看垂直中线两边的吹笛人。左上侧的吹笛人看着窗外，下面是一座小殿的交叉拱顶。他可以爬出来，站到拱顶上面，并跳到下面的平台上去。但是，右面稍低一些的那个吹笛人，看到的却是一座倒悬的拱顶。他必须打消跳到"平台"上的念头，因为他的下面是无底深渊……

　　在石版画《上升与下降》中，我们遇到了一座楼梯，它既可以说是向上的，也可以说是向下的，其实高度并没有变化。如果我们跟着那些僧侣向上走，那么每一步都会到达更高一层台阶。但是，走完一圈之后，我们却发现自己又回到了原处。所以，虽然我们步步向上，其实却一点也没有升高。反之，如果我们跟着那些僧侣向下走，那么每一步都会下到更低一层台阶。但在走完一圈之后，我们还是回到了原处，实际上一点也没有降低。这究竟是怎么一回事？恩斯特在《魔镜》中作了非常精彩的分析，诸君不妨细细体味。

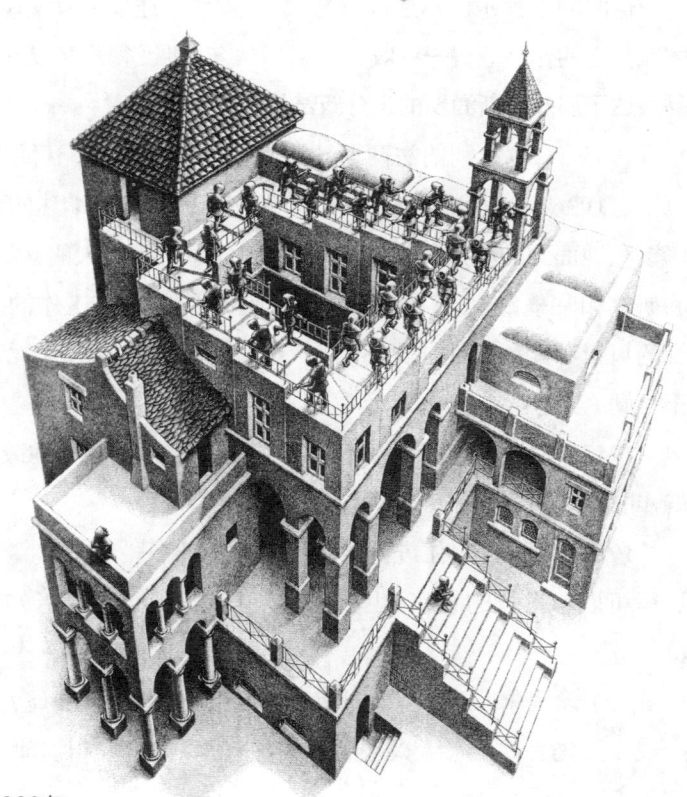

《上升与下降》，石版画，1960年

数学的奇妙

埃舍尔是荷兰人，1898年出生于吕伐登，父亲是水利工程师。中学时代，似乎惟有每周2小时的艺术课能给他带来一点快乐，他也只有艺术课的成绩比较像样。最后，他连毕业证书都没有拿到。

1919年，埃舍尔赴哈勒姆就读建筑与装饰艺术学院。不久，他就表现出在装饰艺术方面的天赋更胜建筑一筹。他努力用功，打下了良好的绘画基础，而且擅长木刻。1922年春，他离开了艺术学院，此后直到1935年，基本上都以意大利为家，并与耶塔·乌米克结婚。他在意大利广泛地旅行，其间还到过西班牙，目的是寻找素材，并作速写，其中有一幅《卡斯特罗瓦尔瓦》，后来发展成为他最美的风景石版画之一。

这时的埃舍尔还不是很有名，很大程度上还要依赖父母亲。直到1951年，他才靠自己的作品取得一些收入。到1954年，他变得声名显赫了。这是由于他的作品表达了那些不断涌现的十分新奇的观念。

1935年，意大利的法西斯政治氛围使埃舍尔忍无可忍，遂全家迁居瑞士的厄堡。1936年，他和妻子到西班牙南部游历了格拉纳达的阿尔汗布拉宫。那里墙壁和地面上的摩尔风格装饰艺术，使他产生了极大的兴趣，并花了整整三天时间研究和临摹，这成了他日后开创周期性空间填充工作的基础。埃舍尔对于瑞士的风景不能激发他的灵感颇为不满，便于1937年迁居比利时布鲁塞尔附近的于克勒。

1941年1月，埃舍尔回到荷兰，住在巴伦。在故乡，他最奇妙的思想和最丰富的作品喷涌如泉。

1970年，埃舍尔住进荷兰北部拉伦的罗萨—施皮尔养老院。老年艺术家在那里可以有自己的画室，生活也有人照料。1972年3月27日，埃舍尔在那里与世长辞。

对于埃舍尔，起初"艺术评论家看不清他的神龙首尾，只有将他的作品搁置一边。最先表现出极大兴趣的是数学家、晶体学家和物理学家"，恩斯特此言确实不虚。

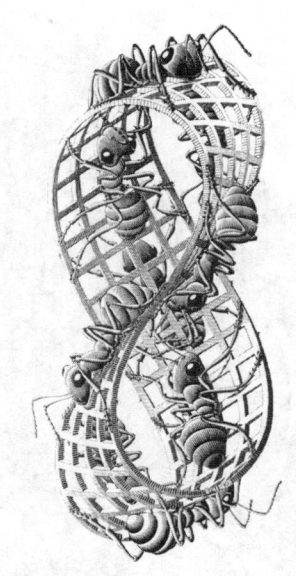

《群星》，木口木刻，1948年　　　　　《默比乌斯带 Ⅱ 》，木口木刻，1963年

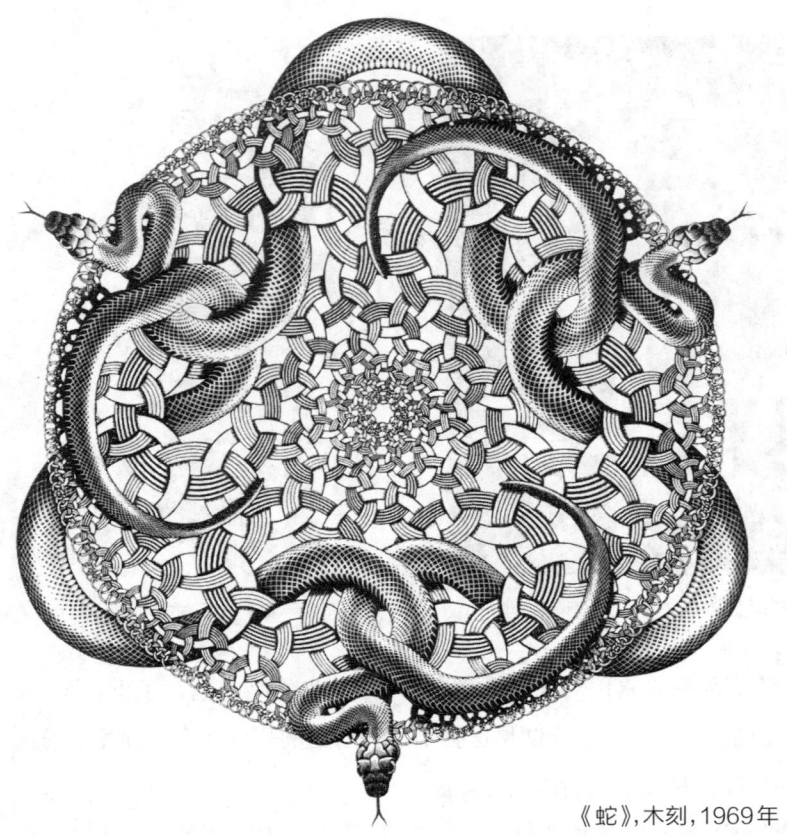

《蛇》，木刻，1969年

的网络结构，但是实现了向中央方向逐渐缩小。

　　恩斯特说："这是一个很好的例子，埃舍尔的角色不仅是个数学家，也是个技艺超凡的木匠。作为木匠，他给作为数学家的自己出了一道题：这个新的网络结构该怎样解释呢？""如果有人想从生物书中找到三条蛇，以此证明这幅画不是纯粹的抽象，那必将是徒劳一场。埃舍尔本人在研究了大量蛇的照片之后，认为他画的这种蛇是最美、最'像蛇'的蛇。"

　　画《蛇》的时候，埃舍尔已经年逾七旬了。他的作品是他毕生对现实礼赞的见证，同时以视觉形象再现充满数学奇迹的无穷之美。

　　1965年10月，版画艺术家阿尔贝特·弗洛孔发表了一篇极有洞见的评论。他评价埃舍尔："他的艺术不能激起多少情感，却常常会带来智力上的惊喜。一旦我们从中发现了某种出人意料的结构，或者发现了与我们的日常经验截然相反，甚至确信有疑问的东西，我们就会获得这种惊喜。""他的作品告诉我们，最完美的超现实主义就存在于现实之中,但愿我们能够克服各种困难,弄懂其中隐含的基本原理。"

曾经有一群美国年轻人写信给埃舍尔,在一幅画下面写道:"埃舍尔先生,感谢您的存在。"细细品味《魔镜》,使我对埃舍尔的认识远远超越了当初在奥克尼与斯特鲁特先生的圣诞夜谈。我要一百次、一千次地对埃舍尔说:"感谢您曾经存在于这个世界上。"

原载《科学生活》2003 年 7 月号

链接 1

《魔镜》"作者前言"摘录

《魔镜——埃舍尔的不可能世界》有一篇精彩的作者前言,题为"魔镜——一个档案",写于1998年。兹照录其结尾部分如下:

在埃舍尔将某种理念表现给公众之前,他一定要把它彻底想清楚,有时,这要用几个月的时间。令人吃惊的是,他从来没有重复自己。这一点还没有多少人注意到。在这本书里,我们可以看到埃舍尔很多作品的草稿:实际上,几乎每一张关于《瀑布》《凸与凹》《高与低》的素描稿都可以制成一幅有趣的版画。对于一位艺术家来说,这样做也是完全合理的,很多人正是以这种方式构建了他的全部作品。

但是,埃舍尔的目的并不是制作一幅又一幅精美有趣的版画。他在努力追求最能充分表达他的思想的那一幅! 在这方面他也是独一无二的。偶尔我们会看到有几幅作品表现着同一个主题,但是,那一定有所改进,有所调整,可以更简洁地传达他的思想。

在这本《魔镜》中,你不仅可以看到他的生平,也可以看到对埃舍尔作品的起源作出的阐释,这些都是从我和他的多次讨论中提炼出来的。埃舍尔本人认为,本书是对他的创作思想的忠实叙述,也是对其创作思想的另一种表现。

"美丽的错误"和"集异璧"

2016年7月26日,《文汇报》"笔会"专版刊出拙文《异国夜话埃舍尔》,首段如下:

> 今年7月10日,第八届吴大猷科学普及著作奖颁奖典礼在台北市隆重举行。由海峡两岸科技名家组成的评委很是尽心,他们设立的高"门槛"确保了获奖图书的高水准。如今这一奖项在海峡两岸声誉日隆,参评的踊跃程度也在不断提升。《魔镜——埃舍尔的不可能世界》一书获得本届翻译类佳作奖,在我看来多少还有点憋屈。不过好书多了,总不能都并列冠军吧。此番荣获翻译类金签奖和银签奖的,分别是《人类大历史:从野兽到扮演上帝》和《10种物质改变世界》,确乎无可非议。

此文回顾了我在奥克尼的那个圣诞节同主人斯特鲁特先生谈论埃舍尔的情景,简介了埃舍尔及其作品,谈到上海科技教育出版社继2002年推出中文版《魔镜——埃舍尔的不可能世界》之后,又于2014年出版了它的典藏版。文末转引了《魔镜》的译者田松的一段获奖感言:

> 《魔镜》获吴大猷奖,让我觉得有点儿意外……因为吴大猷奖是一个科普奖,《魔镜》却是一本艺术著作。当然,《魔镜》获奖,也有十足的理由,正如郑愁予的著名诗句"我哒哒的马蹄是美丽的错误"……我们可以看到,在科学和艺术之间,存在着更深层的关联。在这个意义上,《魔镜》获得吴大猷奖,也是实至名归。

《异国夜话埃舍尔》一文见报后,我随即转呈于我亦师亦友的著名指挥家卞祖善、李寿香伉俪,并迅即收到李女士的回复:"多年前,曾看过埃舍尔先生的画作,但那只是肤浅地欣赏,这次……您文中提到的,郑愁予先生的诗句,台湾的李泰祥先生已谱曲并亲自演唱,您在网上能查到《错误》,很好听的!是一首经典的

1996年出品的中文版《哥德尔、艾舍尔、巴赫——集异璧之大成》书影

流行音乐与古典音乐相结合的典范……再次感谢您!"李寿香女士告诉我,李泰祥先生1941年在台湾出生,同他们是乐界同道好友。据说李先生在录制《错误》时,因体力不支,每录五分钟就要休息二十分钟。2014年,李泰祥因甲状腺癌去世,令人扼腕痛惜。

祖善先生见到《异国夜话埃舍尔》一文时正在欧洲,随即回复我一句话:"妙哉《集异璧之大成》!"此言怎讲?盖"集异璧之大成"者,乃是正文中提及的侯世达杰作《哥德尔、埃舍尔、巴赫》之副书名。我遂再复:"集异璧,人生之大乐也,然则,难矣!"1996年商务印书馆出版了郭维德等译的中译本,书名《哥德尔、艾舍尔、巴赫——集异璧之大成》中的"艾舍尔"即埃舍尔。

哥德尔(Kurt Gödel, 1906—1978)是奥地利裔美国数学家,被学界尊为"智慧巨人"。其最著名的业绩是证明了后人所称的"哥德尔不完全性定理"。他在美国的普林斯顿高等研究院成了爱因斯坦一直寻找的谈伴,并被爱因斯坦视为知音。关于哥德尔,有一部言简意赅的传记《逻辑人生——哥德尔传》([美]卡斯蒂、[奥]德波利著),刘晓力和叶闯执译的中文版由上海科技教育出版社于2002年纳入"哲人石丛书"推出。2008年,此书又被收进上海世纪出版集团的"世纪人文系列丛书"。

巴赫,是指大名鼎鼎的德国作曲家约翰·塞巴斯蒂安·巴赫(Johann Sebastian Bach, 1685—1750)。他是巴洛克盛期的代表人物,其复调音乐对后世音乐的发展影响深远,当毋庸赘述。

《哥德尔、埃舍尔、巴赫》一书依哥德尔、埃舍尔、巴赫三人的姓氏首字母而被简称为"GEB",而"集异璧"三个汉字的读音亦恰如"GEB",殊为妙不可言。要读通"GEB"这部书相当不易,祖善先生亦谓:"此书值得再读、细读。若要融汇贯通,就真的是隔行如隔山了。"此书非常难译,我对几位译者委实是钦佩有加。然而,正是在这"难写难译"之中,深藏着满满的博雅情趣。

至于郑愁予先生的现代诗《错误》全文，以及李泰祥先生的配曲与演唱，均不难在网上搜到，兹从略。

【2021年8月27日再记】

本书交稿未久，欣闻商务印书馆于2021年3月推出"特精版"的《哥德尔、埃舍尔、巴赫——集异璧之大成》。随即购阅，果觉其美非凡。书前题献曰：

谨将此书的中文版献给吴允曾、马希文教授，以表达对他们的怀念

——作者、译者、编者

兹增补书影一帧，以飨读者。

特精版《哥德尔、艾舍尔、巴赫——集异璧之大成》，[美] 侯世达著，本书翻译组译，商务印书馆2021年3月出版

05

回眸百年创新史

"科学类诺贝尔奖",是诺贝尔物理学奖、化学奖、生理学医学奖三大奖项的统称。

　　百年来,科学类诺贝尔奖的数百位得主,

　　可谓人人握灵蛇之珠,家家抱荆山之玉。

　　百年来,科学类诺贝尔奖的数百项获奖成果,

　　改变了世界面貌,推进了人类文明。

　　系统地回顾科学类诺贝尔奖的百年历程,有助于洞悉20世纪科学精神的升华,科学思想的飞跃,科学方法的鼎新,科学知识的结晶。

　　系统地回顾科学类诺贝尔奖的百年历程,可以催人继往开来,奋发勇进,也便于人们以史为鉴,省身笃行。

　　于是乎,科学家们各陈己见,有宏论迭出;社会公众热情高涨,愿多谙详情;出版家们巧思纷呈,推出了一批批驰骋于诺贝尔奖领域的风采各异的图书。

　　于是乎,上海科技教育出版社也在新世纪之初,精思力行,取得多方支持,酿就了这套被列入"国家'十五'重点图书出版计

《诺贝尔奖百年鉴》(29卷)书影

划"的《诺贝尔奖百年鉴》(以下简称"百年鉴")。

自这套29卷的"百年鉴"启动伊始,便常有客问:你们为何要策划这套书?它又有什么特色?

这是因为,许多人都很希望有这样一套书:它以具体的科学内容为基础,便于社会公众对20世纪的重大科技成就有恰当的感性认识;它以学科发展的传承性为主线,便于读者领略科学进步之永无止境;它简明扼要、通俗易懂,使人能轻松阅读,愉快受益。

有鉴于此,"百年鉴"乃将一百年来科学类诺贝尔奖的全部获奖项目按其具体内容分别归入26个领域,每个领域各成一卷8万字上下的小书,每一卷书则以该领域的学科进展为脉络,以相应的获奖项目为重点,如此娓娓道来,使读者不仅能了解这些获奖成果的科学内容和每位科学类诺贝尔奖得主的杰出贡献,而且更能知道诸多学科的发展轨迹。如果用一种更形象化的说法,那么可以把一个学科本身的发展比喻为一条剪不断的线,该学科中的每个诺贝尔奖获奖项目则都是这条线上的一颗明珠,"百年鉴"的每一卷小书正好勾画出这样的一条线,每个获奖项目则在书中各得其所地放着异彩。"百年鉴"的分卷不完全拘泥于一级学科的分类,以利体现现代学科之间的交融。此外,丛书还专设《追寻自然之律》《探究物质之本》和《叩开生命之门》3卷综述,分别对20世纪物理学、化学和生命科学作一鸟瞰,以便读者从宏观上了解它们的全貌。

全套"百年鉴"都是国内作者的原创科普作品。作者们工作于京沪等地的高校和科研机构,了解中国读者对科普的需求,熟悉中国读者的阅读习惯和思维方式,用中国人的理解和表述方式,道出自身对诺贝尔奖的解读、感悟和反思。或许正是上述所有这些特色,使得这套"百年鉴"在2001年刚出到第5本的时候,就被海峡彼岸的一家出版社相中,买走了全套29种书的繁体字出版权。

今天,作为"百年鉴"的主要策划人之一,每当我注视着这29卷书,就仿佛又看见了整套丛书的40位作者犹在奋笔疾书,看见了这些专家学者正以深邃的眼光向神州大地目语:

"时不我待兮,国人其勉之!"

原载《文汇报》2002年5月20日第11版

06

闲话"科学、文化与人经典文丛"

2012年,科学普及出版社的新品牌"科学、文化与人经典文丛"渐显端倪。当年8月其首批4种图书面世,是为《叶永烈相约名人——文学与艺术专辑》《叶永烈相约名人——科技与科普专辑》《叶永烈行走世界——第1辑》《叶永烈行走世界——第2辑》。未久,《林下书香——金涛书话》《南极夏至饮茶记——金涛散文》于2013年2月出版。同年7月,《科学的星空——郭日方朗诵诗选》《科学之恋——郭日方散文随笔选》亮相。2015年1月,《流光墨韵——陈芳烈科学文化记忆》现身。2015年11月,《巨匠利器——卞毓麟天文选说》和《恬淡悠阅——卞毓麟书事选录》出炉。

在这个作者群里,叶永烈先生久为广大公众所熟知,此处毋庸多言。其他作者的著述亦各有意趣。如《林下书香——金涛书话》正文前有一篇《关于"书话"》,可视为"自序"或"代前言"。文中谈到"书话"这一文体的性质、特征和历史;谈到出版书话一向被出版界视为倡导学术、繁荣文化的重要方面,并以浙江人民出版社的《近人书话序列》(包含胡适、叶德辉、梁启超、林语堂、刘半农、顾颉刚、郁达夫、王国维、蔡元培、林琴南、刘师培等学者的书话)和北京出版社的《现代书话丛书》(包含鲁迅、周作人、郑振铎、阿英、巴金、孙犁、黄裳等人的书话)为例证。令金涛先生有感而发的是,虽然文学界很重视"书话"的写作和出版,但由于种种原因,关于科普作品的"书话"却几乎见不到。"这本《林

"科学、文化与人经典文丛"书影

下书香》是一次尝试,它在《科学时报》(今之《中国科学报》)的'读书'专版上前后坚持了近十年,受到读者欢迎,也对繁荣科普创作与出版起到了一定的推动作用。经过这个专栏率先评介的许多优秀作品,如潘家铮院士的科幻小说、卞毓麟的《追星》、张开逊的《回望人类发明之路》、尹传红的《幻想》等,都相继获得国家各种规格的奖励,即是一例。"

郭日方是著名的科学诗人,生于1941年,其人生经历丰富多彩。他是中国作家协会会员,曾任中国驻索马里大使馆外交官,方毅副总理的秘书,《中国科学报》总编辑,中国科普作家协会副理事长,中国科学院文联主席等职。在中宣部、教育部、团中央、中国科学院、中国科协及有关省市宣传部的支持下,曾在北京及全国重点高校举办"郭日方诗歌朗诵演唱会"40余场,反响热烈。下面谨转引《科学的星空——郭日方朗诵诗选》中《历史性的跨越——祝贺嫦娥一号卫星发射成功》一诗的起首二十来行,以见其写科学之实与抒爱国之情浑然一体的迷人风采:

不止是西昌
所有的山峰都披满霞光
不止是北京
整个中国都在举目张望
不止是长江黄河　长城故宫
将硕大的夕阳高高举向蓝天
甚至　每一扇窗口
每一条小巷　每一棵小草
都在侧耳倾听　倾听
那箭击长空的刹那之间
在世界东方　中国首次探月的脚步声
将迸发出怎样气壮山河的交响

看吧　当喷薄耀眼的火焰
蓦然间　托举着中国的长征火箭
冲天而起　当嫦娥一号卫星

旋转着优美的舞姿　频频回首

依依惜别　亲爱的故乡

顿时　欢呼声掌声鞭炮声响彻云霄

在神州大地　卷起排山倒海的声浪

啊　骄傲和自豪　在人们的胸中燃烧

兴奋和泪水　在人们的面颊上流淌

…………

　　《流光墨韵——陈芳烈科学文化记忆》由"文化记忆""科普随笔"和"编创杂谈"三个部分组成。中国科学院院士、中国科普作家协会理事长刘嘉麒为之作"序"述评:"陈芳烈先生在大学时代主修电信专业,工作后又一直在电信行业,这使得身处瞬息万变信息时代的他,能够得天独厚地及时掌握时代信息,运用信息科学和信息技术滋润科普创作。"例如,"陈芳烈先生撰写的《泰坦尼克号与SOS》,不仅使人们重温那场海难惊心动魄的场面,更能了解无线电技术的知识与应用,令读者实有屏住呼吸,一气读完之感……"看了嘉麒先生的"序",我情不自禁地随即翻到《泰坦尼克号与SOS》一文,确实深觉引人入胜。文中还述及为何选用SOS作为国际统一的呼救信号,人们有种种猜测,诸如SOS是Save Our Souls(救命)或Save Our Ship(来救我们的船啊)一词的缩写之类。"其实不然,它的来源十分平常。在1906年召开的首届国际无线电报会议上,东道国德国提议使用他们在船只上一直使用的SOE作为呼救信号。他们的提议尽管受到了重视,但是人们考虑到在莫尔斯电码中E只是一个点,表现起来不是十分令人满意,因此经多次争论选中了SOS(···———···)。它不仅好记,还可首尾相接,连续播发,被认为是一个理想的呼救信号。"真是好亮点、好看点!

　　至于"文丛"所收拙作两种《恬淡悠阅——卞毓麟书事选录》和《巨匠利器——卞毓麟天文选说》的情形,请参阅本书"《恬淡悠阅》的景致"和"《巨匠利器》小议"两篇短文。

本文曾以《话说恬淡悠阅》为题,摘要发表在《科普时报》

2017年10月6日第5版"书里书外"小专栏

07

《恬淡悠阅》的景致

　　书名《恬淡悠阅——卞毓麟书事选录》，直接言明作者平素向往的阅读意趣与心境。此书同《巨匠利器》一样，皆以"前言"一篇解说其中的缘由，其文曰：

　　英国思想家、哲学家、实验科学的先驱者弗朗西斯·培根的一篇 *Of Studies*，400年来引得世上多少读者竞折腰。数十年前读王佐良先生的译文（篇名译为《谈读书》），惟觉词清句丽，妙不可言，曰："读书足以怡情，足以傅彩，足以长才。其怡情也，最见于独处幽居之时；其傅彩也，最见于高谈阔论之中；其长才也，最见于处世判事之际……"

　　这 *Of Studies*，乃是培根存世的58篇论说文（《论真理》《论死亡》《论恋爱》《论嫉妒》等）之一。曩昔水天同先生着手翻译《培根论说文集》时，"适值敌寇侵凌，平津沦陷，学者星散，典籍荡然"，且1939年译成之书，到1950年才首次刊行。水译下了不少考证工夫，加了大量注释，给读者带来诸多便利。另一方面，鉴于水译用语的时代印记，在今天读来已难免有点拗口了。其中 *Of Studies* 译为《论学问》，开头几句是："读书为学底用途是娱乐、装饰和增长才识。在娱乐上学问底主要的用处是幽居静养；在装饰上学问底用处是辞令；在长才上学问底用处是对于事务的判断和处理……"

《恬淡悠阅——卞毓麟书事选录》书影

再者，1983年上海人民出版社曾出版何新译的《培根论人生——培根随笔选》，从上述58篇文章中选译了26篇。其中 *Of Studies* 篇名译为《论求知》。开篇译为："求知可以作为消遣，可以作为装潢，也可以增长才干。当你孤独寂寞时，阅读可以消遣。当你高谈阔论时，知识可以装潢。当你处世行事时，正确运用知识意味着力量……"

一文多译，各有千秋。读者尽可对照英文原著（如外语教学与研究出版社1998年英文版培根 *Essays*）细细品味，此处毋庸赘述。

有人评述，培根的那些论说文称得上是一种"世界书"，它不是为了一国而作，而是为万国而作；不是为了一个时代，而是为一切时代。这话自有相当的道理。但另一方面，阅历和处境不同的人，对培根论说文的感悟亦必有所不同。笔者以为，读这类书须持恬淡之性情；毋急功近利，方能品出真滋味。读后有所晤，才是真快活。

笔者尝应多家出版物之邀，撰文介绍书人书事。呈现在读者面前的这本书，是作者近十余年来谈论书事之文章精选，共计50篇。它们皆与科学为伍，又有文化相伴，其笔调当可传达作者悠然阅读之恬淡心情，全书亦遂以《恬淡悠阅》冠名。书中上篇"悦读撷菁"，汇集了作者对数十种佳作的评介；下篇"书外时空"，包含了多篇与书籍密切相关却并非直接评书的文字。当然，不分上下篇也可以，盖因诸文虽情景不同，而旨趣则一：与读者悠阅共享也！

选这些文章时，考虑了科学与人文的交融。本来，科学与人文是密不可分的。但是，不恰当的教育把它们割裂开来了。半个多世纪来，这在世界上已有大量专门的讨论。无论中外，有识之士都想力挽这"两种文化"分道扬镳的颓局，这确实大有必要。我本人写过一本书，名叫《追星——关于天文、历史、艺术与宗教的传奇》，曾获得了多种褒奖，包括国家科技进步奖、中华优秀出版物奖、国家图书馆文津图书奖等。在"追星"的"尾声"中，我引用了林语堂的一句话："最好的建筑是这样的：我们居住其中，却感觉不到自然在哪里终了，艺术在哪里开始。"我想，最好的科学人文读物，不也应该令人"感觉不到科学在哪里终了，人文在哪里开始"吗？如何达到这种境界呢？很值得作者们多多尝试。

感谢科学普及出版社，将本书纳入"科学、文化与人经典文丛"。感谢吕鸣、王珅二位责任编辑精益求精的文字加工。"经典"二字重若千钧，笔者深感惶恐。但谈谈"科学、文化与人"却永远是一件乐事，愿与读者诸君共勉。

卞毓麟　2015年8月18日

以下酌引《恬淡悠阅》中短文三篇，即《妙不可言的"轮回"》《多情的沃森——从〈基因·女郎·伽莫夫〉想开去》和《资深院士的回忆》，聊为"以恬淡之心悠阅所爱之书，其乐安可言状"之佐证。

08

妙不可言的"轮回"

本文原题《"轮回"之妙》,载于2006年8月26日《文汇报》第6版,刊出时颇多删节,现谨恢复全文原貌如下。

比尔·盖茨有言:"詹姆斯·伯克是我极喜爱的作者。"《华盛顿邮报》也称伯克为"西方世界最迷人的天才之一"。如今中文版《轮回》([英]詹姆斯·伯克著,梁焰译,上海科技教育出版社,2005年)面世,简介其作者可谓适逢其时。

詹姆斯·伯克是英国科学史家、作家兼电视制片人,1936年11月12日生于北爱尔兰的伦敦德里,就读于牛津大学,在基督学院获硕士学位,后往意大利,在波洛尼亚大学、乌尔比诺大学和那里的一些英语学校执教,并编纂了一部英意词典。1966年,伯克移居伦敦,加盟英国广播公司(BBC)科学部,倾心于制作兼具教育和娱乐功能的电视科技节目,并且大获成功。

伯克扬名伊始时,是长期连播的BBC大众科学系列节目《明天的世界》的一名记者。BBC报道美国的"阿波罗登月计划",就由伯克任首席记者兼主

《轮回》,[英]詹姆斯·伯克著,
梁焰译,上海科技教育出版社
2005年7月出版

播。他的文献系列片《联系》(1979年)可谓驰誉全球：先由BBC在英国首播，继而进入美国的公共广播公司(PBS)，此后又在50多个国家相继播出，并在约350所高校的课程中现身。其同名书《联系》在欧洲和美洲都很畅销。如今,70岁的伯克仍住在伦敦。

英文《轮回》初版于2000年，原名*Circle*，也可译为"循环"。有人觉得"轮回"一译易与佛教中的"六道轮回"混淆，其实果真如此的话，那也是一种美丽的误解。在本书的语境中，"轮回"或许比"循环"更富于哲理美。

这"轮回"究竟有何寓意？原来，作者在书中为我们描述了50宗迷人的科学文化史之旅，每一旅程各由一系列前后衔接的事件构成，而旅途的终点恰与起点重合。书中的每一条旅游路线各是一篇三四千字的短文，它们全都显示出万物变化中那种浑若天意的联系。例如,《有(一半)风景的房间》说的是——

我住在伦敦泰晤士河岸，可以看见布鲁内尔建造的维多利亚时代铁路大桥。隔壁房子的一角挡住了大桥的另一半。

布鲁内尔还设计了巨大的蒸汽机船"大东方号"。1866年，菲尔德凭借此船完成了大西洋海底电报电缆的铺设工程。

菲尔德为此曾向莫尔斯请教，后者曾用绝缘的铜缆线把信号传送到纽约港的另一边。莫尔斯的邻居科耳特据此引爆一枚置于船底下的水雷，把那艘大船炸上了天。因其左轮手枪走红，科耳特到1855年成了世上最大的私人军货商。

科耳特的致命竞争对手是美国的雷明顿公司。后膛装填式来复枪以及著名的雷明顿打字机都是该公司的杰作。

雷明顿打字机的问世曾受英国人斯科尔斯的启发，而斯科尔斯在上位键打字机方面则得益于富有创新精神的格利登的帮助。

格利登的远房亲戚约瑟夫于1874年申请了带刺铁丝网的专利，这种装置后来在军队里几乎与雷明顿步枪一样受欢迎。

3年后，格利登将其铁丝网公司的股份卖给了沃什伯恩制造公司。沃什伯恩公司拥有先进的铁丝制造技术，可惜却在1842年前后拒绝了德国工程师勒贝林的重大建议：在生产金属丝的现场把它们就地捻搓成股制成金属缆绳。

勒贝林早年住在柏林时与大哲学家黑格尔交好。卡尔·马克思早在《1844年经济学哲学手稿》中就论述了黑格尔的思想。

马克思的女儿埃莉诺是社会民主联盟的执行委员之一。1884年，她和威廉·莫里斯等多名委员因不满该联盟的无政府主义者而突然秘密离开。

莫里斯后来创办了他的社会主义者同盟。在该同盟的晚会上，人们由长号手霍尔斯特指挥齐唱社会主义颂歌。第一次世界大战后，霍尔斯特首演了他那著名的《行星组曲》，致使其名望和财富再度大增。

我一边听着《行星组曲》，一边望着布鲁内尔大桥的半边风景，而挡住另一半大桥的房子正是霍尔斯特的旧居。

本文笔者提供的这份"故事梗概"，自难再现原著的飘逸文采和精彩细节。然而，在正确地强调素质教育、着力提高公众科学文化素养的今天，让我们的学生，特别是教师，以一种轻松的心态读点伯克的作品，岂不是一桩很可以获得意外惊喜和启迪的雅事吗？

在《轮回》之前，伯克还出版了《明天的世界》(两卷)、《联系》《宇宙改变的那一天》《机遇》《弹球效应》和《知识网》等多部作品。2003年，他又推出了与《轮回》有异曲同工之妙的《双轨》。该书由25篇短文构成，每篇各以一历史事件开始，该事件产生了两种完全不同的后果，随着时间的推移，这两条不同的路径最后竟出人意料地重新汇聚到了一起。

"在让知识好奇心自由驰骋时，无人能与伯克比肩。"《轮回》告诉我们：此言看来不虚。

原载2006年8月26日《文汇报》第6版，
刊出时颇多删节，现恢复全文原貌

詹姆斯·伯克的科学文化之旅三部曲

正文所述詹姆斯·伯克著《轮回》一书,英文全名为 *Circles: Fifty Round Trips Through History, Technology, Science, Culture*（2000年）; 2003年,伯克继而推出《双轨》一书,英文全名为 *Twin Tracks: The Unexpected Origins of the Modern World*（2003年）。2008年,上海科技教育出版社推出《双轨》中译本,伯克为之亲撰长达5000字的"中文版序"。

在正文之前,作者写了一篇简洁而风趣的"如何阅读本书",全文如下:

> 每章开篇以一小段文字讲述一个事件,这个事件生出两条并行的故事线索,也就是故事的轨迹。
>
> 第一轨迹都印在每一面的上半部分,直到"第一轨迹完"。阅读时请不要先翻看每章的结尾部分。有那么一类读者看一篇惊悚故事,喜欢先翻到最后弄清楚是谁干的坏事。如果你属于这类读者,那就另当别论了。
>
> 看完第一轨迹后再回到每章开头看第二轨迹,一气读到"第二轨迹完"。第二轨迹都印在每一面的下半部分。
>
> 最后读每章的结尾部分。
>
> 各章均照此法阅读,一直读到睡眠来袭。

此前,早在1999年,伯克还出版了《知识网》一书,英文名为 *The Knowledge Web: From Electronic Agents to Stonehenge and Back — and Other Journeys through Knowledge*。

2010年,上海科技教育出版社将上述三部著作整合为"詹姆斯·伯克科学文化之旅",统一装帧设计推出,书名分别定为《圆: 历史、技术、科学与文化的50次轮回》《线: 现代世界意外起源的双重轨迹》和《网: 往返于电气时代与石器时代的知识巡游》。

《网: 往返于电气时代与石器时代的知识巡游》也有一篇"如何阅读本书"。

《圆》《线》和《网》书影

它说:"本书读法很多,正如在一个网络里旅行,可有多种不同路线一样。最简单的读法就是从头读到尾……现在你也可以反其道而行之。""因为当甲旅程的时间干线到达网上的一个'网关'时,正好和乙旅程的时间干线交汇在一起。站在这个网关,你会看见标定另一处位置的坐标。""如果你愿意,就可以利用坐标,搭上新干线,继续你的网络之旅;到达下一个网关后,你可以再次跳跃……"这确实别开生面,但是并不神秘。伯克的这些书易读易懂,妙趣横生,令人拍案叫绝。

"詹姆斯·伯克是西方世界最迷人的天才之一。"《华盛顿邮报》此说当不为过。

09

多情的沃森
——从《基因·女郎·伽莫夫》想开去

"开辟鸿蒙,谁为情种?"曹雪芹问得真妙。

太平洋彼岸有个洋小子——詹姆斯·D·沃森,虽然和贾宝玉绝然不同,却也是个地道的情种。不信,且看他那部名著《基因·女郎·伽莫夫》的煞尾:

"现在,三十多年过去了,她依然楚楚动人。"

此语付诸笔端,作者已经年逾古稀,说的是他在1968年正届不惑之时娶的新娘。而令他终生难以释怀的姑娘又是另一位,书中详述了作者昔日与她的恋情和别恨,还有他与其他女郎的故事。读罢掩卷,惟觉余音袅袅,不绝如缕。

切莫以为这沃森是个登徒子。不,他是真诚的,甚至是痴情的:他想找一位完美的女友。1953年,一心想赢得姑娘芳心的沃森年方25岁,就和比他年长12岁的英国科学家克里克一同建立了著名的DNA双螺旋结构模型。为此,他们与从事核酸X射线衍射研究的英国物理学家威尔金斯分享了1962年的诺贝尔生理学医学奖。"爱情是永恒的主题",原本是指恋人之爱。然而,人类对科学之爱也是永恒的。像沃森这样的"科学情种"们,为培育人类文明之花付出的辛劳是怎么估价也不会太高的。

沃森于1928年降临人间,他和意大利文艺复兴三杰之一拉斐尔同一天生日:4月6日。本期"行走于科学和爱情之间"一文,以《基因·女郎·伽莫夫》这部思想、爱情的

《基因·女郎·伽莫夫——发现双螺旋之后》,[美]詹姆斯·D·沃森著,钟扬、沈玮、赵琼、王旭译,上海科技教育出版社2003年4月出版

"双城记"为中心，言简意赅地描述了沃森的业绩和生平。关于DNA，沃森于1968年出版的科普名著《双螺旋——发现DNA结构的个人经历》，销售历久不衰，我国三联书店于2001年8月推出了田洺的中译本。英国科普名家约翰·格里宾的力作《双螺旋探秘——量子物理学与生命》也极值得一读，中文版由方玉珍等执译，2001年7月由上海科技教育出版社出版。当然，《人之书——人类基因组计划透视》也是不应遗漏的，本刊今年4月号已以"认识你自己"为题作了介绍。

发现DNA双螺旋结构是20世纪科学中的一件大事，也是人类有史以来最重大的科学发现之一。2003年，全世界都热烈庆祝DNA双螺旋结构发现50周年。媒体早就透露，英国女王伊丽莎白二世将亲临4月23日的纪念活动。岁月悠悠，遥想当年，1954年8月的《时尚》杂志刊登了沃森的照片，说明文字是"一位具有英国诗人般茫然表情的科学家"。它与扮演哈姆雷特的大腕影星理查德·伯顿的照片刊登在同一页，这使沃森大感惬意。而今物换星移，英伦三岛的超级球星贝克汉姆于今春接到沃森亲笔签名的纪念活动请柬后，竟坦然承认自己"受宠若惊"。发现DNA双螺旋结构的影响真是巨大，甚至连西班牙大画家、超现实主义大师萨尔瓦多·达利都创作了一件大幅油画《半乳糖苷核酸——向克里克和沃森致敬》。

在《基因·女郎·伽莫夫》一书中，沃森让才华出众、极具幽默感的美籍俄国科学家乔治·伽莫夫充当一条忙碌的隐线，使书中涉及的方方面面的事件契合得美妙无比。伽莫夫是20世纪最优秀的科学家之一，是大爆炸宇宙论的奠基人，也是很少有人能望其项背的一流科普作家。他的科普名著《从一到无穷大》《物理世界奇遇记》等赢得了世界上——当然包括中国——无数读者的仰慕和敬佩。他甚至让《物理世界奇遇记》中虚构的主角汤普金斯先生的名字也跻身于一篇学术论文的作者之中。

伽莫夫真是太有趣了。不，是科学实在太有趣了。于是，有些人觉得，科学家做的事情只是满足其个

1968年3月28日，沃森和伊丽莎白·刘易斯喜结连理

人的好奇心，所以并不值得特别尊敬。然而，这就大错特错了。伽莫夫认为，科学家最重要的素质正是极普通的好奇心。他写道："有人说：'好奇心能够害死一只猫'，我却要说：'好奇心造就一个科学家。'"伽莫夫极其强调科学对于人类发展的作用，认为科学的来源就是人类追求对于自然和自身的理解。我很赞同他的见解。本文撰写之时，正值SARS肆虐之际。这场突如其来的灾难再次说明，在生命科学领域还有太多太多的问题急需查明。由此可见伽莫夫的见解是多么正确，诸如双螺旋结构之类的基础性研究又是何其重要。

最后应该一提的是，《基因·女郎·伽莫夫》乃是上海科技教育出版社于2002年底开始推出的"金羊毛书系"中的第4种书。此"书系"收入的，都是诺贝尔奖得主们的较新通俗科学作品，先期出版的3种书是：特霍夫特著的《寻觅基元——探索物质的终极结构》以及汤斯著的《激光如何偶然发现——一名科学家的探险历程》和《创造波浪——从微波激射器到我的科学观》。"金羊毛"这一品牌名，源自希腊神话中"伊阿宋智取金羊毛"的故事。说的是伊阿宋领导阿耳戈船英雄们远航，克服千难万险，终于取得了阿瑞斯圣林里由毒龙看守的金羊毛。从此，"金羊毛"就成了历尽艰险获得的宝物的代名词。而那些一往无前、努力实现自己理想的勇士们，也被称为"金羊毛英雄"。你看，伽莫夫、沃森、克里克……不正是一个个实实在在的"金羊毛英雄"吗？

科学探索需要更多的"金羊毛英雄"，人类需要更多的像沃森那样的"科学情种"。

原载《科学生活》2003年6月号

10

资深院士的回忆

　　《资深院士的回忆》一文评介的是《资深院士回忆录》第1卷(《回忆录》共有3卷,上海科技教育出版社,2003年至2006年先后出版),原载2003年11月14日《文汇报》第15版,全文如下。

　　这是一群不寻常的老人讲述的很不平凡的故事。
　　讲故事的,都是中国科学院和中国工程院的资深院士,即80岁以上的高龄院士。他们充满激情地回顾亲身所历而有传世价值的人与事,读来唯觉汁美味醇。

《资深院士回忆录》(共3卷),上海科技教育出版社,2003年至2006年先后出版

《资深院士回忆录》（第1卷）全书33万字，收入8位老科学家的回忆，即植物生理学家和生物化学家汤佩松的《为接朝霞顾夕阳》、雷达与信息处理技术专家张直中的《我的雷达情结》、热能动力工程学家陈学俊的《科技教育60年》、内科学专家翁心植的《一生中经历的三段艰难岁月》、冶金学和冶金物理化学家魏寿昆的《读书与任教期间几个片段的回忆》、水文地质学家陈梦熊的《地质生涯60年的回顾与思考》、真空电子技术专家吴祖垲的《我的回忆》，以及微生物生化和分子遗传学家沈善炯的《机遇》。书中发人深省之处不可胜数，此处举例，不过作一管窥而已。

2001年，汤佩松院士以98岁高龄谢世。早年他本想选择化学为日后的专业方向。但是一位教师的偏见却改变了他的志愿。汤老在回忆中披露，他在一次化学实验后，花了很多工夫仔细写了一份简短而全面的实验报告，自觉相当满意。不料那位教师却厉声喝问："你这个报告是抄谁的？"汤佩松如实回答："是我用了三个钟头思考后写的。"那教师竟把本子往桌上一扔："这不可能！"原来，老师的判断是："一个在球场上出色的运动员，不可能是一个功课好的学生！"如今看来，这种逻辑是很荒唐的，但它很有警示作用。为人师者，亟当引以为戒。

汤老关于成就和荣誉的人生感悟富含哲理："人们用亮度和热力衡量星体，用荣誉和贡献衡量人们的成就……对我自己来说，一个公平的共同的标准应该是：在每段紧张工作完成后和最后当死神降临的前夕，我能平静地、安详地、心情愉快地轻诵唐人李商隐的名句：'春蚕到死丝方尽，蜡炬成灰泪始干。'"至于句中的"泪"字，"我是用丘吉尔在第二次世界大战伦敦大轰炸紧急关头发出的震撼军民的豪言壮语：'我能贡献给你们的只有血和泪'中泪的含义，不是悲伤而是奋斗的泪痕。"

再如陈学俊先生，生于1919年，1944年奉派前往美国，在田纳西州美国燃烧工程公司所属的最大锅炉制造工厂实习。他热爱音乐，每天晚上在当地一所音乐学院选修和声、小提琴和声乐，且均有所获。不少美国人轻视中国，对中国人学习高雅音乐并用英语唱歌有点惊奇。有一次，陈学俊应一美国同学之邀到教堂唱歌。他先是优雅动听地唱了一首美国人熟悉的歌，赢得热烈掌声。后来，他又唱一首抗战歌曲"嘉陵江上"，并应邀用英语对300多名美国人即席讲话："中国已经不是清朝封建皇帝时代的落后中国，也不是殖民地时代的中国，而是抗击法西斯侵略的中美英苏四大盟国之一，要不是我们军民英勇抗战拖住大部分日军，美国本土也要遭殃，珍珠港事件就足以说明这点，我们要加深中美两国人民之间的友谊，在抗击侵略战争中取得最终胜利以保卫世界和平。"听者为之动容，并称陈学俊为"友谊大使"。念念不忘祖国荣辱，正是前辈科学家们普遍具备的高贵品质。

在《资深院士回忆录》（第1卷）中，令人拍案叫绝的事例不胜枚举。这些老人的亲历，正是现代科学在华夏大地上艰辛创业、摸索跌宕、坎坷曲折乃至奋勇前进的活生生的写照和见证。他们经历了中华民族的最艰难岁月和站立起来发展振兴的时代，在科技和教育领域拼搏了半个多世纪，许多人成了我国现代科技的开拓者或奠基人。他们能亲自动笔追述自己的阅历见闻，真切翔实地向社会各界介绍那些特别有价值的事件和人物，无疑是一件功德无量的大好事。

本书主编韩存志先生在中国科学院学部联合办公室任职20年，与院士们有着频繁的接触并结下了可贵的友谊。近年来，韩先生及其合作者曾先后编就《院士挚语》《院士诗词》和《院士书信》三书，皆由上海科技教育出版社出版而颇受公众关注。《资深院士回忆录》（第1卷）较诸上述三书，内容更显厚重，史料价值益彰。令人欣慰的是，《回忆录》第2卷书稿即将齐备，第3卷亦已在运筹之中。

这个世界有许多事情难以预料。然而，无论从哪一个角度细读《资深院士回忆录》，你都会发现老一辈科学家的亲身经历总是在感召、在激励我们：中华民族必须自强不息，且必能屹立于世界民族之林。时不我待，国人其勉之！

原载《文汇报》2003年11月14日第15版

链接

汪闻韶院士《人生散忆》小记

我本人是学天文的，却被一位水利和岩土工程学家的回忆深深吸引住了，那就是《资深院士回忆录》第3卷中收录的汪闻韶院士的"人生散忆"。这卷《回忆

"汪闻韶院士优秀论文奖"设立仪式

录》是2006年7月出版的,那时汪先生已是87岁高龄。他的回忆长达138页,分为5个部分,每一部分的标题都特别简朴,真是文如其人:一、童年——由出生到逃难(1919—1937年),二、青年——从逃难到留学回国(1937—1954年),三、中年——留学回国到当选学部委员(1955—1980年),四、老年——当选学部委员以后(1980年—现在),五、后志。内容既好看,又感人。

汪闻韶院士为人宽厚,胸襟坦荡,淡泊名利,品德高尚,终身恪守"踏踏实实做人、勤勤恳恳做事"的处世准则。他自己居室简单,却把苏州老家的祖宅全部捐献给了国家。他治学严谨,年事虽高而依然笔耕不辍。其道德与文章,悉有口皆碑。孰料《资深院士回忆录》第3卷问世仅一年余,汪老却因突发心脏病抢救无效,于2007年10月7日与世长辞了,享年八十有八。2011年4月26日,"汪闻韶院士优秀论文奖"在北京设立。在设立仪式上,中国大坝协会接受汪先生家属捐赠50万元,并向汪闻韶夫人严素秋女士颁发捐赠证书。斯情斯景,真是教人如何不敬佩啊!

11

《巨匠利器》小议

《巨匠利器——卞毓麟天文选说》之要义,由其"前言"扼要说明如下。

本书由上、下两篇组成。上篇"司天巨擘"说的是天文学家,下篇"观天慧眼"讲的是天文望远镜。它们的共同核心,是探索宇宙的奥秘。

古往今来,不知有多少人,在儿时就爱上了满天星斗,爱上了繁星密布的天穹。天文学就是研究星星——更广义地说则是天体——和宇宙的科学,天文学家就是专事探索和揭示宇宙奥秘的人。

日复一日,年复一年,越来越深刻地洞察宇宙的奥秘,乃是人类智慧的骄傲,也是文明进步的象征。历史上一些杰出的天文学家,诸如中国的张衡、一行,欧洲的哥白尼、伽利略等,对今天的社会公众来说,可谓早已耳熟能详。

笔者曾应多种出版物之邀,撰写介绍中外天文大家的通俗读物。今选出较有代表性的6篇长文,酌加修订,收入本书上篇"司天巨擘"中。前5篇文章分别叙说5位现代天文学家的传奇人生和辉煌业绩。他们是"轮椅天才"霍金、"星云世界的水手"哈勃、宇宙大爆炸理论的先驱勒梅特、非凡的"科坛顽童"伽莫夫和"孤独的科学旅人"钱德拉塞卡。第6篇文章介绍中国元代的大科学家郭守敬,它原是专为青少年写的,文字尤其浅显,叙述较为详细,篇幅也略长些。上述人物所处的时代背景、个人的性情和经历真是千差万别,这反倒使6篇文章具备了某种奇妙的共同点:鲜明而独到的人文色彩。

下篇"观天慧眼"描绘天文学家的利器——形形色色的天文望远镜,它们看似五花八门,实则井然有序。"坐观星河"寻踪光学望远镜的足迹、"太空电波"展示射电望远镜的崛起、"巨镜凌霄"彰显空间望远镜的风采，书中努力从历史掌故一直讲到最新进展。例如，目前多国正在合作研制的口径30米的光学望远镜（简称TMT）、中国近年来落成的"大天区面积多目标光纤光谱天文望远镜"（已命名为"郭守敬望远镜"）、坐落在上海佘山的口径65米的射电望远镜（已命名为"天马望远镜"），乃至正在贵州省平塘县快马加鞭地兴建的"500米口径球面射电望远镜"（简称FAST）——它的接收天线面积有30个足球场那么大！[①]

不少人曾饶有兴趣地发问：霍金早年缘何终日狂听瓦格纳的音乐？哈勃如何成了好莱坞影星的偶像？伽莫夫的性情是否有点像金庸笔下的周伯通？如今最先进的望远镜威力到底有多大……本书谈到的，远不啻于此。

当今科学与时俱进，历史更无须臾之停歇。于是，在本书交稿后，又不得不为最新的事态撰写"补记"。也许，从今日阅毕校样，到全书印迄装订出厂，还会出现更多理应"补记"的事件——此类事情随时都有可能发生，那就只好日后伺机补阙了。

书名《巨匠利器》，如若当真咬文嚼字，或许易作《巨匠·利器》更加妥帖。但在无伤大雅的前提下，我同责任编辑吕鸣女士一致认为，尽可舍繁取简，省去中间那个分隔点。

感谢科学普及出版社，将本书纳入《科学、文化与人经典文丛》。"经典"二字重若千钧，笔者是以深感惶恐。但谈谈"科学、文化与人"却永远是一件乐事，愿与读者诸君分享、共勉。

卞毓麟　2015年6月18日

[①] FAST已于2016年9月25日正式落成启用。它是世界上最大的单口径射电望远镜，国人都喜欢亲切地称呼它为"中国天眼"。

12

我想知道这是为什么
——《人类宇宙》中文版推荐序

整整半个世纪之前，理查德·费恩曼因对量子电动力学的杰出贡献而荣获1965年诺贝尔物理学奖。这位物理学大师有一段著名的"绕口令"：

> 我想知道这是为什么。我想知道这是为什么。
>
> 我想知道为什么我想知道这是为什么。
>
> 我想知道究竟为什么我非要知道
>
> 我为什么想知道这是为什么！

这些入木何止三分的"为什么"，将科学家刨根问底的求索精神描摹得淋漓尽致。而今，布赖恩·考克斯在其《人类宇宙》中的妙语，仿佛又为上述"绕口令"增添了一番别样的滋味。《人类宇宙》第4章"我们缘何在此"一开始就写道：

> 每个人都明白"你为什么迟到""我迟到是因为闹钟没响"这种对话的含义。但是这样的回答并不完整，我们可以继续深入追问，试着找出最准确的原因。
>
> "它为什么没响？"
>
> "因为它坏了。"
>
> "它为什么会坏？"
>
> "因为电路板上有个焊点熔化了。"
>
> "焊点为什么会熔化？"

中文版《人类宇宙》书影

"因为变热了。"

"为什么会变热?"

"因为现在是8月,而且我的房间很热。"

"为什么8月会热?"

"因为地球绕着太阳转。"

"为什么地球会绕着太阳转?"

"因为引力的作用。"

"为什么会有引力?"

"我不知道。"

如果你追问得足够深入,所有关于"为什么"的问题都会以"不知道"而告终……

毫无疑问,我们对于宇宙的科学认识还不全面,人们还将不懈地继续探索。而另一方面,人类生活在小小的地球上,居然能对宇宙有如此深入的了解,这实在是伟大的奇迹。难怪乎爱因斯坦有言:"宇宙的最不可理解之处在于它乃是可以被理解的!"要讲清楚人类如何理解宇宙以及理解到何等程度,绝不是一件简单的事情。人们自然期望这种叙述能做到雅俗共赏。再进一步,则有朱自清先生大约在70年前所说的那种"没有雅俗之分,只有'共赏'的局面"。多年前曾有友人问:"你能否对此种炉火纯青的境界举出几个实例?"我沉思之后,谨慎地反问:"张乐平的《三毛流浪记》、儒勒·凡尔纳的《海底两万里》、乔治·盖莫夫的《物理世界奇遇记》,你以为如何?"近年来,我还觉得,布赖恩·考克斯和英国广播公司(BBC)合作的BBC"奇迹"系列也相当接近"无分雅俗,只有共赏"的局面了。

2014年10月,人民邮电出版社一举推出BBC"奇迹"系列3个品种的中文版:《太阳系的奇迹》(齐锐、万昊宜译)、《宇宙的奇迹》(李剑龙、叶泉志)和《生命的奇迹》(闻菲译)。这些作品行云流水的叙述风格和令人目不暇接的精美画面,委实让读者大饱眼福。

BBC"奇迹"系列3个品种的中文版书影

2015年初夏，确切地说是6月18日，我微信致人民邮电出版社科普出版分社负责人刘朋，相告3本"奇迹"的作者又有新著 *Human Universe*，并附上封面照片。我在微信中说："好书啊！你们联系版权了吗？"孰料独具慧眼的人民邮电出版社早已先行一步，刘朋迅即回复，告知这本书正在翻译，并表示希望我写几句推荐语。现在的这篇"中文版推荐序"便由此而来。

这本《人类宇宙》，即 *Human Universe* 的中文版，虽非BBC"奇迹"系列的续篇，彼此却大有异曲同工之妙。在《人类宇宙》中，布赖恩·考克斯依然在娓娓动听地讲述人类和宇宙的故事。这一次，故事的主角是"人"，亦即人类；故事的全部情节，始终环绕着"人在宇宙中"或者说"人类与宇宙"而展开。《人类宇宙》全书由5章构成，章标题依次为"我们在哪里？""我们孤独吗？""我们是谁？""我们为何在此？"和"我们的未来在何方？"出现在每一个标题中的"我们"，指的都是"人类"；而在每一个标题中隐而未现的潜台词，则都是"在宇宙中"。因此，第1章其实是讲"人类在宇宙中身处何方"的故事；第2章是说"人类在宇宙中有没有'朋友'"的传奇；凡此种种，披览原书自可尽识其妙，毋庸荐书者赘述。

布赖恩·考克斯在20世纪90年代曾是英国流行摇滚乐队的键盘手，这极容易令人联想起能自如地敲击巴西邦戈鼓的"科学顽童"理查德·费恩曼；布赖恩能说能写又能演，更令人不禁联想起饮誉全球的13集科学电视系列片《宇宙》的主创和叙事者卡尔·萨根。在我看来，理论物理学家布赖恩·考克斯能够兼具这两位前辈巨擘的某些秉性，实在是难能可贵——称这些人为凤毛麟角或许也不为过。或许，考克斯得知我说的这番话时会真诚地说一句"过奖了"，但我相信自己并没有说错。

时代在前进，如今布赖恩·考克斯早年的偶像卡尔·萨根离去已近20年，考克斯本人的事业则如日中天。我深感，在某种意义上，考克斯要比萨根更幸运。考克斯这些书的"致谢"，为我提供了如此置评的依据。致谢，通常很难完全避免套话或谀辞。但是，在布赖恩·考克斯的谢词中，我看到了一种发自心底的感激之情。引发这种感激的那份恩惠，堪令其他科学家羡慕不已。《太阳系的奇迹》"致谢"中写道："布赖恩还要感谢曼彻斯特大学和英国皇家学会同意他将时间用于写作本书和制作电视系列纪录片，尤其要特别感谢曼彻斯特大学任职主席和副校长阿兰·吉尔伯特教授（Alan Gilbert，1944年9月11日—2010年7月27日），因为他

明白大学的真正价值所在,鼓励各院系和学者们为象牙塔外的社会多作贡献。"在
《宇宙的奇迹》"致谢"中,考克斯再次"感谢曼彻斯特大学和英国皇家学会允许他
花很多时间来完成《宇宙的奇迹》的摄制"。在《生命的奇迹》中,考克斯述及,曼
彻斯特大学副校长南希·罗斯维尔(Dame Nancy Rothwell)教授"总是坚定不移
地支持那些希望将部分工作时间用于科学传播的学者",故而向她致以最诚挚的
谢意,并"感谢英国皇家学会在我与BBC共事期间提供了同样的帮助"。在《人类
宇宙》中,考克斯再次"感谢曼彻斯特大学为《人类宇宙》纪录片提供的全力支持
和鼓励,特别是校长兼总理事南希·罗斯维尔女士,她给予了我们充分的自由进行
学术研究"。如此优越的科学人文生态,不仅昔日的萨根未曾享有,而且也是当今
世上许多科学机构仍不具备的。我衷心希望中国的高校和科研机构于此亦能多有
作为,赶上时代,甚至垂范世界。

　　考克斯在《人类宇宙》中表述的某些个人观点,未必都能获得他人的普遍认
同。这也是很自然的事情,科学的发展本来就是争议不断而推陈出新的。广大读
者会对《人类宇宙》作出更多的评论,中文版之短长也将由读者进一步评判。作为
这篇推荐序的结尾,我想说,《人类宇宙》再次印证了一位先贤的格言:

> 我们所见的固然美好
> 我们明了的愈加美妙
> 我们尚未悟彻的更是
> 不胜其美,美不可言

　　　　　　　　　　　　——尼尔斯·斯坦森(尼古拉·斯旦诺)[①]

　　　　　　　　　　　　卞毓麟　2015年11月17日　于上海

---

① 尼尔斯·斯坦森(Neils Steensen):17世纪的丹麦解剖学家和地质学家,1638年1月11日生于
哥本哈根,1686年12月5日卒于德国什未林,其拉丁化名字尼古拉·斯旦诺(Nicolaus Steno)
更为世人熟知。他认识到肌肉由纤维组成,描述了腮腺的导管(即斯旦诺管),证实了动物也有
松果体,指出化石由古代动物死后石化而成,描述了各种岩层,还提出了如今所称的"结晶学第
一定律"。

卷二

13

品牌"哲人石"

高端科普读物

"哲人石"又称"点金石",是中世纪人们假想具有点铁成金之功、祛病延年之效的魔法石。对它的追求,促进了现代化学诞生。

"哲人石丛书"是上海科技教育出版社策划引进的中高端科普丛书,已连续被列为国家"九五""十五""十一五""十二五""十三五"重点图书。在学术界、出版界、科普界和传媒界,人们常将它作为中高端科普读物的典型案例,有时甚至被誉为引领了科学文化出版的方向。

高端科普读物,简言之,常指作品的科学内涵较为深厚,故需读者具备一定的科学背景。有时人们也会说这类书的起点较高,或门槛较高。当然,这高、中、低的分界线究竟应该划在哪里,实在是一言难尽的。大体上不妨认为,高端科普的读者,都已具备中等文化程度。或者说,往下可达较优秀的高中生,往上则不封顶。本书中介绍的"科学大师佳作系列",亦是高端科普的典型案例。

"哲人石丛书"百种全家福(2012年4月)

言及这些年来国内影响力最大的高端科普品牌，人们通常都忘不了湖南科学技术出版社的"第一推动丛书"和上海科技教育出版社的"哲人石丛书"，它们列选的品种都是引进版的外国科普名著。"第一推动丛书"自1992年开始推出，首批图书包括斯蒂芬·霍金的《时间简史——从大爆炸到黑洞》、托马斯·刘易斯的《细胞生命的礼赞——一个生物学观察者的手记》等大家名作，引起了人们的强烈关注。"哲人石丛书"之诞生，要比"第一推动丛书"晚六七年。它自1998年末以诺贝尔化学奖得主普利高津著《确定性的终结——时间、混沌与新自然法则》打头阵亮相，迄2015年年底已推出119个品种[①]，丛书体量已远超"第一推动丛书"。

容易想见，高端科普读物因其本性和社会环境所限，是不容易十分大众化的。人们经常会问：它们的效益究竟如何？有的品种发行量可观，例如"第一推动丛书"中"轮椅天才"霍金的名著《时间简史》，显然有作者的特殊身份帮了大忙。再如"哲人石丛书"的早期品种《确定性的终结》和纽约市立大学著名理论物理学教授加来道雄的杰作《超越时空——通过平行宇宙、时间卷曲和第十维度的科学之旅》均重印再三，销量骄人，但这毕竟不是普遍情况。在当下以经济账而论，"哲人石丛书"这类高端科普读物却是赚不到多少银子的。另一方面，此类读物的社会效益却不容小觑。因此，出版优秀中高端科普读物乃是一项需要坚守而且值得坚守的工程。

2010年1月9日，上海科技教育出版社在京举办了一次稍许有点"迟到"的'哲人石丛书'十周年座谈会"。会议在湖北大厦举行，多家媒体对此早有报道，此处毋庸赘述。此前，《中华读书报》已于2009年8月12日刊出记者王洪波先生的文章《"哲人石丛书"10岁了》。此文起首就介绍"哲人石丛书"："10年间，它出版了85个品种，其中不乏《确定性的终结》《美丽心灵》《迷人的科学风采：费恩曼传》等一印再印的畅销书、常销书。在'谷歌'上输入"哲人石丛书"5个字，可得到269 000余条检索结果，其影响力可见一斑。"

下节全文转录我在"'哲人石丛书'十周年座谈会"上的发言。

---

① 截至2021年7月，"哲人石丛书"已出版143个品种。

相伴哲人石　回首十年路

今天，"哲人石丛书"10岁生日，高朋满座。我作为这套丛书的主要策划人之一，可谓百感交集。那么多的话，从何说起呢？思之再三，还是从9年前尹传红先生对我的一次访谈开始吧。

前期策划的回顾

当时，传红问道："您到上海科教社后的第一大事是什么呢？是策划'哲人石丛书'吗？"

我对他说："'哲人石丛书'是科教出版社'九五'和'十五'期间的重点选题，近年来颇有社会影响，这是和译者、读者们的大力支持分不开的。'哲人石丛书'开始策划、启动时，我本人和潘涛都还未进科教社，翁经义总编辑多次出差北京，总要找我和潘涛一起商讨谋划。事实上，'哲人石丛书'正是在翁社长直接主持下策划成功的，但他硬是不肯在书上留名。"

结果，"哲人石"的每一本书上都印上了"策划　潘涛、卞毓麟"。有人曾经对策划者的署名先后有过一些猜测甚至议论。其实，我作为当事人，可以告诉大家，应该说这里面还有一段佳话。在"哲人石丛书"的第一种书《确定性的终结》付印之前，负责装帧设计的汤世梁先生给我们看打样。他很自然地写上了"策划　卞毓麟、潘涛"，我的名字在先。我当即明确告诉汤先生，请把我和潘涛的名字次序换过来。潘涛很客气，还是希望让长者的名字居先。可是，我毕竟距离退休不过5年了，而潘涛却任重而道远，他应该而且可以担当更重要的角色。况且，他为这套书出的力也绝不比我少，书上印的策划人潘涛在先可以说顺理成章。如果还有什么欠缺的话，那就是缺了翁经义的名字。

1997年是"哲人石丛书"前期策划的关键性一年。那时候，我还在中科院北京天文台（今国家天文台）从事科研工作。我翻了一下当年的工作记事本，这一年翁经义社长在北京同我面对面一起商讨选题计划，竟有八九次之多。绝大多数情况下，当时正在北大读博士学位的潘涛也在场。

在"哲人石丛书"这个名称最终确定下来之前，曾经有一段时间，我们暂时把它叫作"世界科普名著"。这一设想得到了方方面面许多朋友的关注和支持。

例如，1997年4月，翁社长来京，嘱咐我邀请几位朋友一起谈谈"世界科普名著"事宜。4月13日那天，翁社长做东，在北大南门的全聚德小聚，到场的有李元、郭正谊，林自新先生另外有事未能光临，我和潘涛也来了，谈论的重点是酝酿出版"阿西莫夫选集"。后来，虽然没有用上"选集"这个名目，科教社却先后出版了8部阿西莫夫的重要作品，成为在新世纪中推出中文版阿西莫夫科普作品力度最大的出版社。那时，为"世界科普名著"或者说"哲人石丛书"出谋划策的，还有刘华杰、田松、李大光等许多朋友。其实，在座诸位全都是"哲人石丛书"的坚强支柱，我在此向大家表示衷心的感谢，衷心感谢大家对我们的支持！

策划的理念——"哲人石丛书"的宗旨

接着，我同潘涛两人趁还在北京之便，频繁地出入大苹果、伊林/博达等版权代理公司，尽可能为科教社取得相关图书的中文版权创造条件。1998年3月26日我告别工作了33年的中科院北京天文台，乘上K13次列车，南下加盟上海科技教育出版社。临行前两天，还专程到上述几家版权代理公司全面复核科教社委托购买中文版权的进展情况。3个半月以后，潘涛也来科教社报到。同我一样，他也在临行前的两天，再次去了那几家版权代理公司，查核"哲人石丛书"诸选题的版权贸易进展。

"哲人石丛书"是针对广大读者渴求时代感强、感染力深的科普精品而策划引进的。"哲人石"是中世纪想象中有点铁成金之功、收祛病延年之效的"魔石"。这套书以"哲人石"冠名，既象征着科学技术对人类社会的推动作用，也隐喻着科普图书对科学文化的促进效应。因此，我们为丛书确立的主旨是："立足当代科学前沿，彰显当代科技名家，介绍当代科学思潮，激扬科技创新精神"。相应地，整套丛书又包括三个系列，即"当代科普名著系列""当代科技名家传记系列"和"当代科学思潮系列"。几年后，还增加了"科学史与科学文化系列"。

众所周知，追求完美的"双效"（社会效益和经济效益），是出版人永远的"梦"。出版，作为一种产业，就经济效益而言，要追求"利润最大化"。至于社会效益，其出发点在于社会责任感。相对于"利润最大化"而言，这也许可以称之为"责任最大化"。

当初，"哲人石丛书"究竟是否能够取得良好的"双效"，说实在的，谁也不敢打包票。像"哲人石丛书"这种属于科学文化"基本建设"类的大型出版物，倘若要赔钱，赔不少的钱，上海科教出版社究竟是"出"，还是"不出"？

出于对社会责任感的追求，也是对历史责任感的追求，上海科教出版社的领导对这些问题的回答令人鼓舞。具体情况，我想翁经义总编还会向大家汇报，我就不多说了。

团队在流动，品牌在巩固

我刚到上海科教出版社，就被任命为版权部主任，编辑出版"哲人石丛书"，正是版权部工作的重头戏。我见证了这套书的诞生和成长，也自始至终见证了"哲人石"团队成员的演变。

1998年，"哲人石丛书"刚开张时，骨干编辑其实就是我和潘涛两个人。1999年是重要的一年，我们的团队增加了匡志强和王世平两员既年轻又有实力的大将。后来，人员陆陆续续曾有不少变化。2002年，我社在机构调整中，原先的版权部一分为二，成为版权部和科普编辑室两个独立部门。再后来，这些部门的负责人也不止一次有所变动。我曾经担心，变化如此之大，我们早先

2012年4月，"哲人石丛书"历年编辑团队聚集一堂。（前排左起）潘涛、翁经义、卞毓麟、张英光、朱惠霖；（中排左起）王洋、裴剑、伍慧玲、王世平、郑晓林、侯慧菊、刘丽曼；（后排左起）张莉琴、傅勇、殷晓岚、卢源、叶剑、洪星范、匡志强、贾立群

那种严谨得有些苛求的工作作风还能不能延续下去？"哲人石丛书"这个来之不易的品牌能不能保持不倒？

结果令我非常欣慰，"哲人石"的团队在流动，"哲人石"的品牌在巩固。这些年来，卞毓麟退休了，潘涛奉命另有高就了，翁总也要退出领导岗位了。每次变化，都会有人问："那么，'哲人石丛书'还出下去吗？"而我们的回答总是："不但要继续出下去，而且要出得更好，使精品变得更精！"

我非常高兴地看到，科教社的科普编辑室先后在匡志强、侯慧菊、叶剑①几位室主任主持下所取得的突出成绩。在他们的带领下，团队成员共同努力，使得"哲人石丛书"的规模从我当初主事时的40多个品种增加到了90种！更为可喜的是，我们的"哲人石"团队中还涌现出不少优秀的青年编辑，今天在场的殷晓岚、章静、刘丽曼等就都是好手。我希望他们多多向各位前辈、学长学习，再接再厉，在科技出版工作中取得更优异的成绩。

回顾10年前最初的"哲人石丛书"团队成员，如今只有我的老战友王世平还在这块前沿阵地上打拼了。作为科教社指日可待的副总编辑，目前王世平正在分管"哲人石丛书"的全面工作。作为一名老科学工作者和老出版人，我对她寄予莫大的希望，相信她一定会兢兢业业，谦虚谨慎，一丝不苟地带好整个团队，认真总结过去10年中"哲人石丛书"的经验和教训，把这个品牌打造得更坚实、更漂亮。

再次感谢各位前辈、学长、专家、朋友的一贯支持，感谢大家光临。谢谢！

王绶琯先生赐文

"'哲人石丛书'十周年座谈会"嘉宾云集。德高望重的王绶琯先生已届米寿，因行动不方便，未能亲临，却特地给我写了一封短信，并附文一篇。信中述及他为"哲人石丛书"十周年撰文曰："文思不畅，写了很长时间（见附件）。如果赶不上用，就当是写给你的一封信，留作纪念吧。"王先生的文章，言辞恳切感人，谨照录如下。

---

① 叶剑之后由殷晓岚继任至今。——作者2021年8月记

"哲人石"出版已及十年。回顾这十年里频频"点石"之情，愿在此一吐心中珍藏的一些感受。

这是"被点之石"的感受，未必能够真正体会到"炼石者"的匠心和"点石者"的辛劳和技巧。加以我这块石虽然有幸受点，却尚未见成金，所以只是报告一下自我感觉，以表心意。

在"哲人石丛书"的策划与出版团队中，我最熟悉的自然是曾在中国科学院北京天文台（今国家天文台）工作三十余年的卞毓麟。多年以来，每当与卞毓麟相见，他总会带来一些惊喜。十年前的一次，他带来的是一本普利高津新著的新译。这是他到上海后参加策划的"哲人石丛书"的第一本。普利高津是当代一位科学思想猛烈冲击科学传统的名家。丛书把他亲笔作序、充满挑战意识的新作取为开卷首选，令我这样一个久经文化荒漠忍饥忍渴的归客怦然心动。

科学，包括以认识自然为旨的自然科学，和以运用由此得来的知识以扩展人类自身能力的技术科学。前者以其理性与思辨汇入人类精神文明的发展，往往被归入"科学文化"，后者常被笼统地称作"科技"，主宰了人类历史上物质文明的进步。在我国文化大饥馑期间，前者遭到了致命摧残，后者遭到了全面歪曲。灾后的"拨乱反正"虽然扭转了大局，但有些高层次上的问题至今余波未息。"科学文化"属其中之一。近来谈论甚多的"钱学森问题"就反映了这种情况。

在科普的拨乱反正中，着力开拓国际名著的引进显然是必由之道（当今文明世界中科学知识的共献共享已成共识。但是第一流的科学家往往并非就是最好的科普作

本书作者卞毓麟在"十月天文论坛：中国天文的过去、现在和未来暨庆贺王绶琯先生九十华诞典礼"上与寿星合影（2012年10月15日）

者。所以任何国家出现的名家科普佳作就必然为普世珍惜,争相出版)。对于我们的初期开拓者,面对嗷嗷待哺的读者和尚待摸索的市场,选题和翻译无疑是最关键的要素。对于我,前面所说的"哲人石丛书"所做的选择确实带给了我意外的惊喜。其中策划者的眼力,编者的胆识,还有翻译者的理解和表达的能力,曾久久地在心中留下了回响。

弹指十年,今日的卞毓麟鬓染微霜。这回带给我的是一本阿西莫夫随笔的自选集,也是"哲人石丛书"中最新的一本。我一直是阿西莫夫的一个忠实读者。读他的著作本应有喜无惊。但这一回却出乎意料,不无惊喜地在他那三十一篇"小品"中时而品味出了一位科普大师思想中一道道"源头活水",俨然一派"科学文化"风光!

十年里这一前一后的惊喜当属偶然。但发生的概率却有一定的必然性。这十年里卞毓麟和他的同事"炼"出的"哲人石"多达八十五块,琳琅满目。我浏览过的虽然十不满一,精读过的更少,但仍不失为全豹的一斑。原先忖测一时未必得到青睐的"科学文化"竟然触手可及。这足以使人窥见"哲人石"作为出版事业的格调和作为出版业的多元化。多元化是明智的。因为学术见解需要宽容。包容尽可能多的不同观点、照顾尽可能多的不同需求,"有容乃大"!

"哲人石"的文章种类也是多元的。除了名家佳作之外,还设置了传记系列、思潮系列等等。人们可以各取所好。我读了其中几册,同样觉得受益良多。我认为自己还算是一个"好读书"的人。但是大多数是"困而读之",每年里能够从吾所好,坐下来好好读一两本的时候其实不多。这样,对于图书,就既希望其多样任我选择,又希望其精选适我要求。同样重要地还希望译者的学养和笔力能有充分的保证。这些显然苛刻的要求在我接触过的几块"哲人石"中都得到了满意的答复。

有的历史学家认为,是古代"哲人之石"的炼金士们炼石点金,年复一年,代复一代,终于造就了今日化学科学的成长。我欣遇今日"哲人石"的操持者,自己虽是泥沙之质,难以变出几两黄金。但是沙中碎石一旦被"点"到了,"欣于所遇,暂得于己",碎金也许只是一二毫克,但也就"快然自足"了!我相信世上"读书人"芸芸如我者一定很多,搞得好聚起来就会成为一种"资源"。所见及此，事实上，自古以来就一直有人把沙里淘金当作是一方致富之源！

至于"炼金者""点"出"金块金砖"的宏愿，相当于人们想望中的学术大成就。对此王国维在他脍炙人口的名篇里曾经以三则宋词形容三个必要条件，即：学识（或天赋）、勤奋和机遇。对于任何一个人，"三事俱备"的概率一般不高。而如果以每一百万人为一群，那么不管是哪一群，人的天赋情况和勤奋程度的分布都应当基本上相同，各群人做出成就的概率就完全取决于他们为自己创造的机遇。科普图书看来平常，但却正是在为自己社会的科学成就创造机遇。这是概率问题，主要看数量，但质量赋有权重。今日"哲人石"的"炼金士们"保持现在的势头"炼而不厌，点而不倦"，总有一天会点到玉石之质，灿然成金。打那时以后将经常会有几个自己的普利高津或阿西莫夫来谈论我们今天的故事……想到这里，精神为之一振。就写下以上这一席话，寄给卞毓麟。

王绶琯　二零一零年一月

链 接

从10周年到20周年

"'哲人石丛书'十周年座谈会"之后，数年间科普编辑室的人员又陆续有所变动。叶剑雄心勃勃地去闯一片新天地——研发3D科普影视产品，且初见成效。科普编辑室的工作遂由殷晓岚主持，室内其他成员也在正常地流动。"哲人石丛书"依然在稳步前进，自1998年至2017年逐年出书的品种数如下：1998年3种，1999年12种，2000年15种，2001年10种，2002年10种，2003年5种，2004年8种，2005年4种，2006年5种，2007年3种，2008年10种，2009年5种，2010年5种，2011年4种，2012年5种，2013年6种，2014年6种，2015年3种，2016年3种，2017年5种，累计127种。它们以先后次序分属4辑，其中第一辑40种，第二辑32种，第三辑28种，从第101种开始为第四辑。

"哲人石丛书"珍藏版首批8种图书(上海科技教育出版社,2018年7月)

2012年4月14日,由上海科技教育出版社和中国科普研究所主办、《科普研究》杂志协办的"架设科学与人文的桥梁——'哲人石丛书'100种回顾与展望科普座谈会",在科普研究所召开,科教社由张莉琴社长率队出席。王世平副总编的报告题为《点化人心的"哲人石丛书"》,其最后一张PPT是一幅画面:"远在乌鲁木齐天文台的卞毓麟老师向各位朋友致以最诚挚的感谢!"那天,我正在访问位于乌鲁木齐县甘沟乡的新疆天文台南山站。

不经意间,"哲人石丛书"已经20岁了。2018年8月17日傍晚,在上海展览中心友谊会堂隆重举行了上海科技教育出版社主办的"20年科学人文出版的不懈追求——庆祝'哲人石丛书'出版20周年暨'哲人石丛书珍藏版'新书发布"活动。上海世纪出版集团总裁王岚女士、上海市新闻出版局彭卫国副局长、中国科学院褚君浩院士、上海科技教育出版社张莉琴社长为本次书展新推的"哲人石丛书珍藏版"揭幕。珍藏版首批亮相的8种图书很精致,它们依次编号为:01《确定性的终结:时间、混沌与新自然法则》、02《失败的逻辑:事情因何出错,世间有无妙策》、03《美丽心灵:纳什传》、04《数学大师:从芝诺到庞加莱》、05《改变世界的方程:牛顿、爱因斯坦和相对论》、06《天才的拓荒者:冯·诺伊曼传》、07《素数之恋:黎曼和数学中最大的未解之谜》和08《大流感:最致命瘟疫的史诗》。

非常不凑巧的是,我因赶赴浙江绍兴参加中学语文教学方面的一个大型研讨会(来自全国各地的约2000名中学语文教师与会,我按既定议程应邀做大会报告,谈科普作品的写作与阅读),又缺席了那天"哲人石丛书"20周岁的纪念活动。值得记忆的是,到举行这次活动的那一天,"哲人石丛书"的品种已有129种,其中2018年已出的两种新品是:《发现天王星:开创现代天文学的赫歇尔兄妹》和《我是我认识的最聪明的人:一位诺贝尔奖得主的艰辛旅程》,都相当精彩。

14

拉马努金之谜

今读传记两部，一部令我心醉，一部令我心碎。

令我心醉者，《人生舞台——阿西莫夫自传》，"书缘"曾作简介；令我心碎者，《知无涯者——拉马努金传》，是为本文主题。

拉马努金何许人也？他"对于数学是一块宝石……正如莫扎特之于音乐，爱因斯坦之于物理"，《杜鹃蛋》一书的作者克利福德·斯托尔如是说。

1887年12月22日，拉马努金诞生在印度南部的小镇埃罗德。该镇位于马德拉斯西南大约400千米，约有15 000居民。按照印度的古代神话，湿婆神怒斩梵天的五个头之一，埃罗德一词的原意"湿头"即由此而来。

生长在穷乡僻壤的拉马努金从未受过正规的数学教育。然而，他却用自己极其独特的、他人全然不可思议的方式，成了使印度为之骄傲、令世界为之瞠目的数学奇才。20世纪最伟大的数学家之一、英国人哈代曾经设计了一种关于天生数学才能的非正式的评分表，他给自己评了25分，给另一位杰出的数学家李特尔伍德评了30分，给他同时代最伟大的数学家希尔伯特评了80分，而对拉马努金，他评了100分！

拉马努金于1918年当选为英国皇家学会会员，时年31岁。但是，他的身体糟透了，死神在一步步逼近。拉马努金在疼痛发烧中，在无穷尽的家务纠纷中，在自己已不能泰然处之

中文版《知无涯者——拉马努金传》，[美] 罗伯特·卡尼格尔著，胡乐士、齐民友译，上海科技教育出版社2002年10月出版

拉马努金的影像颇为罕见，这是一幅1920年前的照片，摄者佚名（来源：Wikipedia）

时，他躺在床上，头支在枕头上，依然在工作。他的妻子佳娜琪后来说："他和哪一个来看他的人都不讲话，总是数学……直到死前4天还在涂涂画画。"1920年4月16日上午，拉马努金在陷入昏迷后两个小时去世了，年仅33岁。在他身边的是他的妻子、父母、两个弟弟和几个朋友。

美国科学作家罗伯特·卡尼格尔的《知无涯者——拉马努金传》是美国的一部畅销书，曾获1992年"美国书评界传记奖"。作者怀着对丰富多彩而引人入胜的细节的高度热情，描绘了拉马努金这位无学历的印度年轻小职员如何于1913年写信给大名鼎鼎的哈代，请求他对自己的若干数学思想发表意见。哈代慧眼识俊杰，看出来信出自一位天才之手，就想方设法安排拉马努金来到英国。书中把我们从印度马德拉斯的庙宇和贫民窟引到英国剑桥大学的庭院和教堂。在那里，虔诚的印度教徒"直觉王子"拉马努金与严格而又怪癖的"证明使徒"哈代并肩验证他的光辉理论，这是一种极其难能可贵而富有成果的合作。拉马努金英年早逝令人扼腕，他身后留下的那份使人着魔的、深奥的数学遗产，如今仍为后辈数学家孜孜不倦地探索着。

为了写作《知无涯者》，卡尼格尔专程前往南印度深入考察。他拜访了与拉马努金有关的有可能找到的几乎每一个人，当年拉马努金所到之处几乎都留下了卡尼格尔的足迹。他取得的第一手资料之丰富与准确，可以说无人能与之匹敌。"言必有据"，对于《知无涯者》来说实在是当之无愧的。作为一名优秀的科学作家，卡尼格尔曾经荣获格雷迪－斯塔克科学写作奖，他是《师从天才——一个科学王国的崛起》等书的作者，其作品散见于《纽约时报杂志》《文明》《今日心理学》《健康》《科学》等多种刊物。他还是巴尔的摩大学耶鲁·高登文学艺术学院语言、技术和出版设计研究所的高级研究员，曾在约翰斯·霍普金斯大学执教新闻文学。此书的两位译者珠联璧合——胡乐士先生英语文化背景丰厚，齐民友先生

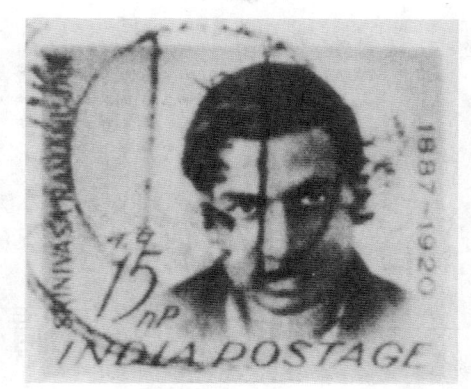

1962年印度发行的
拉马努金纪念邮票

则是我国著名数学家，中译本读来深感其功力不凡。

拉马努金去世16年后，即1936年，哈代应邀在美国哈佛大学300周年校庆纪念活动中演讲。那年，哈代正好60岁，已经满头灰发。他用经过再三斟酌的散文韵律对听众说："如果我想为自己没能完成任务作辩解，我就会把它说成是无法完成的……这就是对现代数学史上一位最有传奇色彩的人物作出某种合乎理性的估计；这个人的生涯充满了悖论与矛盾，他不符合我们在相互估计时所习惯的几乎所有的典则。关于他，只有一种判断是我们大家都会同意的：他在某种意义下是一个很伟大的数学家。"

"这时，在哈代心目中，四分之一世纪前从印度寄来一个装满了数学公式的信封的情景还栩栩如生，哈代开始讲起他的朋友：拉马努金。"就这样，将近40万字的《知无涯者》画上了最后一个句号，然而拉马努金留给世人的思索却依然在延续……

《知无涯者》是一部成功的传记，也是传记体作品的成功。世界顶尖级的数学科普大师马丁·加德纳对《知无涯者》一书的评语是："至今出版过的关于当代数学家的传记中，这是最好的，文献最丰富的作品之一……您定会发现，对本世纪最杰出、谜一般的智者之一的光辉的研究会俘虏了您。"

确实，我被俘虏了，我愿意当这样的俘虏。

原载《文汇报》2002年12月13日第15版

15

能不忆埃翁
——漫话《数字情种》

　　科学类诺贝尔奖中未设天文学奖和数学奖。然而,在20世纪后期,天文学家已经屡屡荣获诺贝尔物理学奖,盖当代天体物理学已为整个物理学之重要组成部分也。在数学领域中,堪与诺贝尔奖相匹的是菲尔兹奖和沃尔夫奖。菲尔兹奖授予较年轻的数学家,得主的年龄都不超过40岁。沃尔夫奖分设物理、化学、医学、农业和数学5项奖金,每项奖额各10万美元,于1978年首颁,1981年又增加了艺术奖。该奖表示对获奖者终生成就的褒扬,得主年龄不限。

　　1983—1984年度的沃尔夫数学奖由两位风范殊异的大师分享,他们是73岁的美籍华人数学家陈省身和《数字情种》一书的传主、71岁的保罗·埃尔德什。"我留了720美元,"埃尔德什说,"我记得曾有人评论,对我而言那已是留下了一笔不小的数目。"事实上,他所得的那5万美元大部分都捐给了他以其父母的名义在以色列设立的一项奖学金。

　　《数字情种——埃尔德什传》的英文原著有一个冗长的书名: *The Man Who Loved Only Numbers: The Story of Paul Erdos and the Search for Mathematical Truth*,可直译作《那个只爱数的人: 保罗·埃尔德什和探索数学真理的故

《数字情种 ——埃尔德什传》,[美] 保罗·霍夫曼著,米绪军、章晓燕、缪卫东译,上海科技教育出版社2000年8月出版

事》。这位美籍匈牙利人是当代罕有的数学奇才。他于1913年3月26日出生在布达佩斯，3岁时便能心算3位数的乘法，4岁时便自行"发现"了负数。他在60多年的数学生涯中，带着两件旧行囊，穿梭于各大洲的大学数学系和研究中心之间，在不同的数学领域内与多达485位合作者共同发表了1475篇高水准的学术论文。他有无与伦比的思维能力，却对日常生活束手无策；他极富同情心，无视一切物质享受，没有妻子和孩子，甚至居无定所，追求数学真理就是他的一切。

"不同于音乐或美术，数学的弱点是一般人无法了解。在这方面数学家所做的通俗化的工作是值得赞扬的，但一般人总与这门学问隔着一段距离，这是不利于发展的。"陈省身的这番话真是精辟。这里，数学通俗化决不仅仅是向社会公众介绍形形色色的几何定理或代数公式，而且应该让公众理解隐藏在这些定理或公式背后的人的思维、精神和生活方式。这虽然很不容易做好，但毕竟已有不少优秀的范例，而在那些脍炙人口的数学家传记的背后，则是付出了艰苦劳动的传记作者。

《数字情种》一书的作者保罗·霍夫曼是《不列颠百科全书》出版商，美国公共广播公司"科学伟人"节目主持人，曾任《发现》杂志总裁兼主编，著有《阿基米德的报复》等十余种书。他于1986年与埃尔德什首次晤面。"那时我就决定花几个星期跟踪埃尔德什周游世界，目睹他神不知鬼不觉地出现在他那些同事们的檐下，匆忙道过寒暄而直入数学话题，"霍夫曼写道，"埃尔德什睡在哪儿，我就跟着睡在那儿，一天连续19个小时不睡觉，看着他不断地证明和猜想。眼看着年仅30岁的自己熬不过病病恙恙的73岁老人，我感到挺不是滋味。"他风尘仆仆地追踪采访埃尔德什一生的最后10年，其结晶便是这部《数字情种——埃尔德什传》。

这部传记情趣怡然，穿插着数学史上的种种趣闻轶事，刻画出一幅栩栩如生的埃尔德什"肖像画"，同时也向读者展现了一代又一代数学家不屈不挠地迎战诸如"费马大定理""四色定理"这类难题，直至取得辉煌胜利。

《数字情种》中大量真实生动的细节强有力地感染着读者，使人们更深刻地领会了埃尔德什追求数学真理执着之甚。例如——

医生向急需进行角膜移植的埃尔德什仔细介绍预定的手术过程，"医生，我还能看书吗？"躺在手术台上的埃尔德什问。

"可以，"医生答道，"这正是我们手术的目的。"

手术室的灯光暗了下来，我们这位数学家烦躁地问："你们为什么把灯关了？"

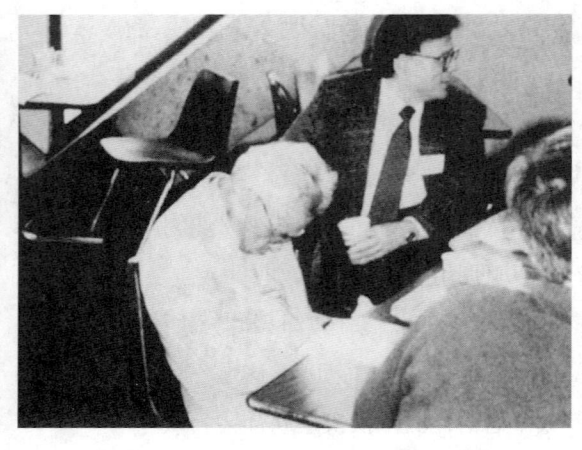

《数字情种——埃尔德什传》刊载的照片：埃尔德什每天有19个小时用于证明和猜想，他否认在数学讨论会上睡着了。他会说："我不是在睡觉，我是在思考。"

"为了手术。"医生说。

不料，这位数学家竟和医生吵了起来，说做手术的只是一只眼睛，为什么不能一边做手术一边用另一只眼睛看书呢？

在当今的世界上，"工作狂"并不罕见，然而对工作痴迷到如此程度的终究是凤毛麟角。霍夫曼从未使用"工作狂"这样的字眼形容埃尔德什，这是很明智的。因为在埃尔德什看来，"一个数学家就是一台把咖啡转化为数学定理的机器"，因而只有他那样的工作节奏和劳动强度才最顺乎自然。确实，只有像他那样的数学家，才会在70多岁的时候，有好几年发表的论文还多达每年50来篇，这比许多优秀数学家一生所写的论文还多。他证明了数学不只是年轻人的游戏。也只有像他那样的人，才会以异常平静的口吻说出这样的话："坟墓里有的是休息时间。"

1996年9月20日，埃尔德什的大脑和心脏终于停息下来。他的一生是求真务实、探索创新的一生。1949年，他和阿特勒·塞尔伯格出乎世人所料用初等方法证明了素数定理便是最著名的一例。这正是吾人时下不绝于口的科学精神。许多数学家视埃尔德什为20世纪的欧拉，而他用匈牙利文自撰的墓志铭竟是："我终于不再愈变愈蠢了"。

读完《数字情种》，心情很难平息。掩卷遐思，不知怎地，脑海中浮现出了卞之琳的《断章》诗：

你站在桥上看风景，

看风景人在楼上看你。

明月装饰了你的窗子，

你装饰了别人的梦。

据说诗人愿意认同对此诗的这一理解：相对的时空关系及其转换。我在梦中见到埃尔德什，那个"蠢"字当然与他无缘。但用一个字来概括埃尔德什真是太难了。所以，我想用略带禅味的"痴""慧"两字来注释他那硕果累累的一生。于是，梦醒后便有了这阕《忆江南·读〈数字情种——埃尔德什传〉》：

> 归去也，
> 痴慧大觉生。
> 倥偬神骁无系缚，
> 情钟数算有奇风，
> 能不忆埃翁？！

原载《中国图书评论》2001年3月号

16

爱因斯坦：
圣人，俗人，伟人

2004年3月14日是阿尔伯特·爱因斯坦诞生125周年。岁首年末，继《爱因斯坦·毕加索》之后，又读了一本关于这位物理学巨擘的好书：《恋爱中的爱因斯坦——科学罗曼史》。

"严格来讲，这并不是一部爱因斯坦的传记——在书店的书架上这样的书已经够多了。事实上，我的目的是要使青年时代的爱因斯坦活过来，使他光彩夺目——是他的业绩使得这位老人、这位偶像得到了世人的崇敬。"这是本书作者、《纽约时报》科学编辑、美国知名科普作家丹尼斯·奥弗比的自评。

其所以能做到这一点，很大程度是因为20世纪末期发现了一大批有关爱因斯坦的新资料。例如，1996年11月，爱因斯坦的家庭信件在克利斯蒂拍卖行提交拍卖。他和在苏黎世联邦工业大学求学时期的女同学、后来成为他第一任妻子的米列娃·马里奇之间在求爱时期的430封情书卖了40万美元，而许多没有被卖掉的东西则由家庭成员分掉了。

爱因斯坦和米列娃是1919年2月14日离婚的，这时离他40岁生日还有一个月。他除了支付法庭费用外，还被罚了100法郎。他被宣布为通奸者，并禁止在两年内再婚——至少是在瑞士。另一方面，三个多月后的5月29日，英国天文学家爱丁顿率队观测当天的日全食取得成功，观测结果对爱因斯坦

《恋爱中的爱因斯坦——科学罗曼史》，[美]
丹尼斯·奥弗比著，冯承天、涂泓译，上海科技
教育出版社2003年12月出版

爱因斯坦与他的第一任妻子米列娃·马里奇以及他们的长子汉斯·阿尔伯特,摄于1905或1906年

的广义相对论提供了有力支持。6月2日,爱因斯坦和埃尔莎在德国完婚。

爱因斯坦因对理论物理学的贡献,特别是发现光电效应规律而荣获1921年的诺贝尔物理学奖。按照离婚协议中的有关条款,他把121 572瑞典克郎的奖金给了米列娃。后者用这些钱在苏黎士买了三幢公寓楼。她过着安静、坚韧克己的生活,做数学家教,照顾她和阿尔伯特的儿子爱德华,偶尔也和阿尔伯特谈到自己的生活。

这部书40余万字,其最大特色是科学与人文的美妙交融。丹尼斯·奥弗比毕业于麻省理工学院物理学专科,这有助于他驾轻就熟地描述相对论和量子论的要义。尽管他认为物理学家读者也许会对书中详细描写爱因斯坦的罗曼史和家庭事务感到不快,而非科学界的读者又可能对讨论爱因斯坦的物理学毫无兴趣,但是实际上这不仅有必要,而且读者也能更充分地从中享受到阅读的愉悦。

作者奥弗比为本书写的引言有个标题,叫作"圣人与俗人"。他在引言中说:"只有在探索他(爱因斯坦)存在的神圣一面的同时也描述他凡俗的一面,才有可能自称对爱因斯坦的阐述是完整的。物理学是爱因斯坦的音乐,是他最初想与米列娃共同演奏的曲调,没有它,我们将不可能洞察他的生活,这类似于不听莫扎特的伟大歌剧就无法理解莫扎特一样。因此……我尽了最大的努力,来演奏一点爱因斯坦的音乐。"

原载《解放日报》2004年1月23日第7版

17

"上帝粒子"不再是传说

　　金色十月，秋风送爽。果然不出所料，10月8日晚消息从斯德哥尔摩传来：比利时理论物理学家弗朗索瓦·昂格勒和英国理论物理学家彼得·希格斯因成功预言希格斯玻色子而荣获2013年诺贝尔物理学奖。昂格勒生于1932年11月6日，现年81岁；希格斯生于1929年5月29日，现年84岁。1964年，他们各自独立地提出了希格斯玻色子理论。其实，昂格勒的合作者、1928年出生于美国的比利时理论物理学家罗伯特·布劳特，也对此作出了同等的贡献。然而，他已于2011年以83岁高龄谢世，按诺贝尔奖不得授予逝者的规定，布劳特只好永久地缺席了。

　　早在20年前，鉴于希格斯玻色子之奇特与重要，美国著名粒子物理学家、1988年诺贝尔物理学奖得主利昂·莱德曼就给它起了一个优雅的诨名——上帝粒子，并写了一本备受称道的科普杰作《上帝粒子：假如宇宙是答案，究竟什么是问题？》，其中文版已于2003年由上海科技教育出版社出版。"玻色子"是以印度物理学家玻色的姓氏命名的一大类微观粒子，它们的共同特点是"自旋量子数"为整数。例如光子的自旋为1，就是一种玻色子，希格斯玻色子的自旋则为0。

　　追根溯源，寻找希格斯玻色子之旅，始于一个十分古老的问题："世界是由什么构成的？"古希腊哲学家德谟克利特主张世间万物皆由不可分割的"原子"组成，不同物体的"原子"各有不同的几何形状。虽

中文版和英文版的《上帝粒子》书影

然他的具体构想并不正确，但"原子"这一概念和名称却永久地流传下来了。19世纪初，英国化学家道尔顿创建了近代的原子学说。到20世纪30年代中期，人们已经知晓：每个原子中央各有一个原子核，原子核由带正电荷的质子和不带电的中子组成；不同化学元素的原子，其核内的质子数和中子数各不相同。带负电荷的电子则由电磁力的作用而束缚在原子核周围。及至20世纪后期，物理学家已相当肯定：质子和中子其实亦非"基本"粒子，它们皆由"夸克"组成。不同的夸克由所谓"味"和"色"之不同以作区分。例如，质子由不同"味"的3个夸克构成——2个上夸克和1个下夸克，它们具有完全不同的"色"，所产生的组合便呈现为"白色"……

当代物理学如此这般的绘景，堪称神奇而美妙。但是，有一个根本问题依然是个谜，即基本粒子的质量从何而来？这个问题曾经难住了无数科学家。当今的粒子物理学有一个"标准模型"，是人类理解物质世界微观结构及其相互作用力的集大成之作，而其点睛之笔便是"希格斯机制"。这种机制，预言了"上帝粒子"的存在，它是各种基本粒子获得质量的根源。自从希格斯、昂格勒以及其他一些物理学家各自独立地提出这种机制之后，人们一直在苦苦寻找希格斯玻色子的踪影，却一无建树。直到2012年7月4日，事情才有了转机：那天，一个酷似希格斯玻色子的新粒子终于在欧洲核子研究中心的大型强子对撞机上现身……

正好，这就为英国科普作家吉姆·巴戈特笔下的《希格斯："上帝粒子"的发明与发现》一书提供了绝妙的结尾。两天之后，巴戈特的这部新作杀青，并由牛津大学出版社迅速推出。《希格斯》一书以洗练生动的语言，钩玄提要地回顾了百年来的基本粒子物理学史，讲述了寻找"上帝粒子"的酸甜苦辣，字里行间充盈着人类不懈探索的精神、科学家的人文情怀和鲜明个性。对于关注外国科

2013年诺贝尔物理学奖获得者：比利时理论物理学家弗朗索瓦·昂格勒（左）和英国理论物理学家彼得·希格斯

普作品的读者,本书作者巴戈特是一个熟悉的名字。他擅长写作科学前沿题材,14年前他的另一部佳作《完美的对称——富勒烯的意外发现》中文版面世,迅即好评如潮。

巴戈特这部《希格斯》的中文版权,最终为上海科技教育出版社取得。该社旋即邀请中国科学院高能物理研究所的著名粒子物理学家邢志忠执译。2013年1月,邢志忠教授快速浏览全书之后,顿觉确乎值得一译。接下来的3个月便是译者日以继夜的魔鬼式劳作,直至4月译事告竣。5月份,《欧洲核子研究中心快报》刊出题为"希格斯玻色子的诞生"一文,宣称"来自ATLAS和CMS的结果现在提供足够的证据,确定了2012年发现的新粒子就是玻色子。"ATLAS和CMS是大型强子对撞机上与寻找希格斯玻色子有关的两个探测设备,来自世界各国的数千名科学家正使用它们进行合作研究。

2013年8月中旬,中文版的《希格斯》面世。8月18日那天,邢志忠应邀专程赴沪亲临上海书展作科学讲座:"'上帝粒子'的发明与发现",紧接着的签名售书场面感人。对于这次活动,当晚18点档的东方卫视新闻报道历时超过了两分半钟。不能不提的是,中文版高水准的翻译给读者带来的便利和愉悦。书中加了不少言简意赅的译注,还纠正了原著的若干差错。这既体现了译者的学养,更凸显了一种工作态度。译事无止境,只可惜当下如此认真的译者委实太少。

《希格斯:"上帝粒子"的发明与发现》一书把对"上帝粒子"的理论预言和寻找过程展示得一清二楚。对于科学家来说,成为诺奖得主无疑是人生中非常精彩的一幕。然而,更精彩的还是莱德曼在《上帝粒子》一书中谈及当年获奖时的那种感受:"获得诺贝尔奖当然令人非常激动,但这种激动实在不能与我们意识到试验成功那一刻那种难以名状的激动相比。"

原载《解放日报》2013年10月11日第16版

18

神奇量子虚拟猫，大德小亏恁风流
——约翰·格里宾著《量子、猫与罗曼史：薛定谔传》

薛定谔那样的巨擘，由格里宾这样的高手作传，其妙殊难言状也！

格里宾生于1946年，毕业于剑桥大学，是天体物理学博士。迄今已著有百余部科普和科幻作品，乃当世最优秀的科普作家之一。他的科学探秘三部曲《薛定谔猫探秘——量子物理学与实在》《双螺旋探秘——量子物理学与生命》和《大爆炸探秘——量子物理学与宇宙学》取得了巨大成功，并获行家赞誉："在普及量子力学的比赛中，格里宾是公认的大师。"格里宾还著有（包括与人合作）一系列杰出科学家的传记，如《费恩曼传》《霍金传》等，《量子、猫与罗曼史：薛定谔传》则是其中较新的一种。

奥地利物理学家埃尔温·薛定谔，1887年生于维也纳，因对量子理论的新研究与狄拉克同获1933年诺贝尔物理学奖。量子理论中有一个至为重要的关系式，便是世人所称的薛定谔波动方程。他荣获诺贝尔奖时，正在德国柏林大学任教。当年，希特勒攫取了德国政权。虽说薛定谔因并非犹太人而未遭直接迫害，但他公开表示对纳粹的憎恶，并回到了祖国奥地利。薛定谔后来又到了英国，最后于1956年返回维也纳，1961年与世长辞。

中文版《量子、猫与罗曼史：薛定谔传》书影

薛定谔对量子力学的诸多贡献中,有一项在物理学史上极有名的思想实验,世称"薛定谔的猫"。它用虚拟的方式,描述一只关在铁盒中的猫怎会既是死的也是活的,或者说既不是死的也不是活的,从而揭示了当时对量子力学的某些诠释中显现的矛盾本质。

薛定谔风流韵事多多,但几乎没有"一夜情"。他常常坠入情网,奇怪的是,其科学创造力却往往随之凸现。1925年,他与某一位情人远出共度圣诞,随即在短短6个月内完成了6篇探讨波动力学的重要论文。在他赴牛津大学就职时,竟然还同时带着妻子和情人。

严肃的科学家往往都不愿公开谈论他人的私生活。但对于薛定谔,恐怕很难只字不提。深受人们尊敬的英籍德国物理学家、1954年诺贝尔物理学奖得主马克斯·玻恩在晚年回忆道:"他(薛定谔)的私生活对于我们这样的保守中产阶级分子来说,似乎很不可思议,但这一切都无妨。他是位极可爱的人,无拘无束,喜欢逗趣,性情多变,仁慈慷慨,并且拥有极完美而聪明的头脑。"

1993年,诺贝尔物理学奖得主利昂·莱德曼在其名著《上帝粒子》中写道:"(前述)这6篇论文是科学史上伟大的创造性突破……薛定谔的理论在'20世纪所有令人惊奇的发现中最令人惊奇'","基于此,我个人认为,可以原谅薛定谔的风流韵事,因为那毕竟是一些传记作者、社会历史学家和嫉妒的同事们所关心的事。"

格里宾的书写得精彩非凡。读者诸君,你对这一切又怎么看?

链 接

本文见报始末

2014年8月,"上海书展暨书香中国上海周"前夕,遵上海世纪出版集团为"推出20种好书"之嘱,上交千字文一篇,介绍英国科普大腕约翰·格里宾著《量子、猫与罗曼史:薛定谔传》一书。结果,文章被拆解、删节成各不相同且均不足500字的两份,一份作为"精品精介"刊于2014年8月8日《中国出版传媒商报》第19版,另一份纳入"世纪出版集团推出20种好书"刊于2014年8月13日《文汇报》第11版。此处谨恢复文章本来面目,以飨读者。

19

自然的发现及其他
——初识劳埃德的《早期希腊科学》

欧洲文艺复兴时期的人文主义者,何以研究古希腊语蔚然成风? 其缘故不只在于语言和文学本身,而且在于从古希腊学者的著作中可以找到关于自然界的绝妙知识。

今天人们为何依然流连于古希腊科学的智慧中? 因为在相当大的程度上,近代科学正是孕育于从约公元前600年开始的那5个世纪的古希腊时期。

在通常的语境下,将"古希腊科学"简称为"希腊科学"不会引起任何歧义。然而,我们却不能将"希腊科学"这一语汇简单地按现代词义释读为"古代希腊的科学"。这是因为,"科学"(英语中的 science)是近代的概念,而非古已有之。在古希腊语中,没有一个词语恰好等同于我们今天所说的"科学"。固然,在古希腊语中有 *philosophia*(爱智、哲学)、有 *episteme*(知识)、有 *theoria*(沉思、思索)、有 *peri physeos historia*(对自然的探究),它们在各种特定的具体场合译成"科学"既合乎情理,也不致误导;但是,这些词语中的每一个仍与我们的术语"科学"大不相同。英国科学史家劳埃德(G. E. R. Lloyd)的经典之作《早期希腊科学——从泰勒斯到亚里士多德》,正是从"希腊科学"这一术语的内涵开始谈起的。

劳埃德于1958年获英国剑桥大学古典学博士学位,此后长期在剑桥大学讲授古典学。他自1987年起始执"古代科学

中文版《早期希腊科学——从泰勒斯到亚里士
多德》,[英]G·E·R·劳埃德著,孙小淳译,
上海科技教育出版社2004年12月出版

和哲学"讲席,1989年起任达尔文学院院长。2000年从这两个职位上退休,任荣誉教授。众所周知,英国有个以研究中国古代科学技术著称的李约瑟研究所,其工作受东亚科学史基金会指导,而该基金会的现任主席正是劳埃德。1997年,劳埃德因"对思想史的贡献"受英国王室赐封爵位。他还是世界许多著名学府的兼任访问教授,其中包括美国的斯坦福大学、加州大学伯克利分校、康内尔大学,我国的北京大学、中国科学院自然科学史研究所等。自20世纪60年代始,他就从事古希腊科学思想史研究,《早期希腊科学》便是其于1970年出版的一部面向一般读者的名著。此书仅10来万字,但作者在历史叙述中探讨的科学哲学和科学社会学问题至今韵味如故,有些甚至依然相当前卫。

在《早期希腊科学》的前言中,劳埃德言简意赅地申明,"我们这里只是把'希腊科学'当作一个缩写语来用,用来指古代作者的思想和理论……我们笼统地称之为'科学家'的古代作者,他们对自己所作的自然研究的看法因人而异。因此,研究早期希腊科学,既是研究希腊人提出的理论的内容,同样又是研究他们关于自然探索的观点的发展和相互影响。"

一个不争的事实是,在远比上面提到的"古希腊时期"早得多的时代,古代埃及和巴比伦已经有了许多关于自然现象的记录,经验知识也已经有了一些条理,例如度量的单位和规则,简单的算术,最初的历法,对天象周期性的认识,乃至对日食和月食的预测等。后来,许多知识辗转传给了希腊人。那么,人们常说科学起源于希腊又是什么意思呢? 再说,科学——至少就西方科学而言,当真是起源于某个特定的时间和地点吗?

劳埃德的陈述直接而明确。首先对这些知识加以理性的考察、首先探索其各部分之间的因果关系——因而事实上也就是首先创立科学的,是米利都的泰勒斯。泰勒斯(其全盛期在公元前585年前后)和其他米利都的哲学家无疑都大大得益于先前的思想和信念,但是,"他们所做的思考与先前大不相同,这使我们有理由说,我们今天所了解的哲学和科学都是从他们开始的"。

这种说法究竟是什么意思? 它在多大程度上能得到证明? 这正是《早期希腊科学》着重阐明的问题。为此,劳埃德指出:"米利都哲学家们的思辨确实有两个重要特点,使他们的思考有别于他们之前的希腊或非希腊思想家们的思考。第一个特点可以说是自然的发现,第二个特点则是理性的批判与辩论活动。"

所谓"自然的发现"，是指米利都人开始"懂得区分'自然'与'超自然'，即认识到自然现象不是因为受到任意的、胡乱的影响而产生，而是有规则的，受着一定的因果关系的支配"。例如，泰勒斯认为地震是浮在水上的大地被水波摇动的结果，而不像荷马或赫西奥德那样将其归因于大神宙斯或海神波塞冬的愤怒。而且，荷马描述的通常是某次特定的地震或闪电，米利都人关注的则是一般的地震或闪电现象。"他们的探索指向自然现象的类别，而且他们展示出科学的这一特征：科学探讨普遍的、本质的事物，而不是特定的偶然的事物"。

劳埃德认为理性的批判与辩论对于希腊科学十分重要，这同他们民主体制中不断进行政治论争的习惯相吻合。由于辩论和竞争的需要，希腊哲学家们就经常会对自己的理论、方法和证据进行反思。于是，正如本书译者孙小淳先生所言，这"使古希腊科学实践为科学哲学与科学社会学问题提供了历史的案例。劳埃德研

26岁的拉斐尔在梵蒂冈教皇宫内创作的巨大壁画《雅典学院》，以柏拉图和亚里士多德为中心，画了一群大学者。他充分发挥空间构成技巧，精心思考每个人物的性格与所长，其宏伟与精细唯有米开朗基罗的天顶画才能与之相比

《雅典学院》中央细部：柏拉图与亚里士多德一边向观众走来，一边在激烈辩论。柏拉图右手向上指，似乎想表示一切均源于神灵的启示；亚里士多德右手向前伸，掌心向下，仿佛在说明现实世界才是他研究的主题

究古希腊科学，最为关注的常常是科学哲学与科学社会学问题，这正是他的著作读起来发人深省、玩味无穷的原因"。

《早期希腊科学》的主题是从泰勒斯到亚里士多德去世期间的希腊科学。全书共九章，依次为："背景和开端""米利都学派的理论""毕达哥拉斯学派""变化问题""希波克拉底医派""柏拉图""公元前4世纪的天文学""亚里士多德"以及"结论"。书中素材选用十分谨慎，无一不出诸公认的善本。各章内容可谓精彩纷呈。例如，变化是人们能够感觉到的现象，但世界是否真的从根本上发生了变化呢？因此，在古希腊自然哲学中，"变化"乃是一个很重要的问题。劳埃德在《早期希腊科学》中详细讨论了希腊哲学家是如何考虑变化问题，以及它与其他一些根本问题是如何密切相关的。例如，亚里士多德的"物理学"主要是讨论因果、时间、广延、无限等，这与我们今天讨论物质、能量、基本粒子等的"物理学"其实不是一回事。劳埃德则阐明了亚里士多德是如何重新表述变化和物质组成问题，并从而转化成了他的"物理学"问题。

在本文结束之前，应该郑重提及孙小淳先生的"译者序"。此文可读性很强，既钩玄提要地对劳埃德古希腊研究的精义作了很到位的概括，又正好成为本书的导读。其中的最后一节"古希腊与古代中国的比较研究"，无疑将会引起读者进一步的兴趣。

75年前，英国著名自然科学史家威廉·丹皮尔曾经说过："再没有什么故事能比科学思想发展的故事更有魅力了——这是人类世世代代努力了解他们所居住的世界的故事。"诚哉斯言！《早期希腊科学》这本经典性的小册子，正好为我们一瞥希腊科学思想发展的故事提供了一条可行的捷径。

原载《中华读书报》2005年6月22日第14版

20

卡尔·萨根的宇宙

　　康德说过，读卢梭的书他得读好几遍，因为在初读时文笔的优美妨害了他去注意内容。今天，我们读卡尔·萨根的书，也会出现类似的情况。萨根作为世界一流的天文学家和科学活动家，其科普作品的"含金量"自不待言；而其作品所体现的透彻的哲理性、厚重的历史感和异乎寻常的洞察力，更是科学文化史上的奇迹。享誉世界的科普大师艾萨克·阿西莫夫之所以推崇萨根为"历史上最成功的科学普及家"，其原因亦盖出于此。

　　萨根1934年11月9日生于纽约，毕业于芝加哥大学。长期任康内尔大学天文学与空间科学教授和行星研究室主任。他深深介入美国的太空探测计划，并在行星物理学领域取得许多重要成果。第2709号小行星以其姓氏被命名为"萨根"。他在科普方面的成就更为引人注目：20世纪80年代他主持拍摄的13集电视系列片《宇宙》，被译成十多种语言在60多个国家上映，此外他还写了数十部科普读物。1994年，他被授予第一届阿西莫夫科普奖。他还获得过美国天文学会的"突出贡献奖"和美国国家科学院的"公共福利奖"。1996年12月20日，萨根因患骨髓癌并发肺炎去世，终年62岁。

　　2000年12月20日是卡尔·萨根的4周年忌辰。此前此后，两部与萨根密切相关的新书相继由上海科技教育出版社

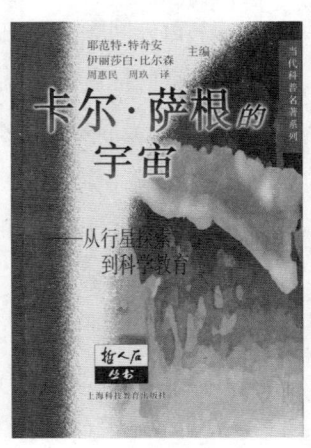

《卡尔·萨根的宇宙》，[美]耶范特·特奇安、伊丽莎白·比尔森主编，周惠民、周玖译，上海科技教育出版社2000年12月出版

《暗淡蓝点》书影:(左)英文版(兰登书屋,1994年),(中)上海科技教育出版社"哲人石丛书"版
(2000年),(右)人民邮电出版社"科学新经典文丛"版(2014年)

出版,这真是对他的极好纪念。这两本书中,先出版的是萨根本人的力作《暗淡蓝点》之中译本,它于今年10月面世未久,即被评为"牛顿杯科普图书奖"2000年度的十大科普好书之一。后出版的是一部引人入胜、插图精美的文集《卡尔·萨根的宇宙》,它由美国科学界多位一流人物撰写,涵盖了萨根为之献身的科学、教育、政策制定以及相关的许多领域。本文写就时,该书中文版已立待付梓。

萨根首创的名词——"暗淡蓝点",指的是从太空中遥望的地球。《暗淡蓝点》一书是萨根60岁那年出版的,其主题关系到人类生存与文明进步的长远前景——在未来的岁月中,人类如何在太空中寻觅与建设新的家园。该书的叙述风格宛如一部纵贯往昔与未来的史诗,于宏伟缜密间交织着大量扣人心弦的精彩故事。全书首先回顾了历史上有关人类在宇宙中地位的种种观念,接着根据20世纪中叶以来空间探测的成就对太阳系作了全方位的考察,然后评估了将人送入太空的种种理由,最后是作者本人对未来太空家园的长远展望。

《暗淡蓝点》一书布局大气磅礴,章法井然有序。开卷就是对人类惯于漂泊的历史回眸,继而便淋漓酣畅、丝丝入扣地阐明了当今的科学技术正在为人类移居太空创造最基本的条件。从年轻时代起,萨根便对此种前景持积极乐观的态度,《暗淡蓝点》则用诗一般的语言道出了此种心境:"我们是在宁静的海洋上航行的水手,我们感受到了微风的吹拂。"

《暗淡蓝点》全书22章,其最后两段意境尤为迷人:

在过了一段短暂的定居生活后，我们又在恢复古代的游牧生活方式。我们遥远的后代们，安全地布列在太阳系或更远的许多世界上……

他们将抬头凝视，在他们的天空中竭力寻找那个蓝色的光点。

他们会感到惊奇，这个贮藏我们全部潜力的地方曾经是何等容易受伤害，我们的婴儿时代是多么危险……我们要跨越多少条河流，才能找到我们要走的道路。

萨根——以及智慧、悟性及志向与之相匹的科学家们，似乎已经找到了这样一条漫漫而修远的通天之途，一条人类文明的未来之路。这不由得令人联想起斯蒂芬·茨威格对罗曼·罗兰的评论："他的目光总是注视着远方，盯着无形的未来。"卡尔·萨根正是这样的人，因此，人们自然而然地对他充满着崇敬之情。1994 年 10 月，为了庆祝他的 60 岁生日，康内尔大学专门组织了一个与其工作相关的讨论会，会议就在校园内举行，世界上 300 位科学家、教育家以及萨根的朋友和家属应邀参加。《卡尔·萨根的宇宙》收录的文章，即来自此次荣誉讨论会。会上的四大论题是：1. 行星探索；2. 宇宙中的生命；3. 科学教育；4. 科学、环境和公共政策。这些话题通过那些卓越的发言者的论述，充分显示了萨根数十年间的兴趣、工作内容和成就之所在。

《卡尔·萨根的宇宙》全书共含 24 章，每一章的作者，都是相应领域中无可争议的"大腕"。例如，"寻找地外文明的意义"一章的作者是弗兰克·D·德雷克，"物理学容许有星际旅行虫洞和时间旅行机器吗？"一章的作者是基普·S·索恩，"科学与伪科学"的作者是詹姆斯·兰迪，"用视觉图象展示科学"的作者是乔恩·隆贝格，等等。此外，书中另有"幕间插文"一篇，是卡尔·萨根本人在这次祝寿讨论会上做的公开演讲，主持人是康内尔大学的退休校长科森。讲演之后还安排了提问和回答的时间。由于内容趣味盎然，因而全部刊入了书中。

在这次会议的开始，是华盛顿卡内基研究所的高级

1994 年卡尔·萨根年满 60 岁，这是他在康奈尔大学举办的大型庆祝会上（来源：《卡尔·萨根的宇宙》）

研究员弗兰克·普雷斯作《向萨根致敬的演讲》，可谓妙语连珠。例如，演讲的首句便是："赫胥黎曾经说过：'过了60岁还从事科学工作的人，他的作用会是弊大于利。'这对我们一些人是适用的，但卡尔却是少数的例外！"康内尔大学荣誉校长弗兰克·H·T·罗兹在会上致闭幕词《60岁的卡尔·萨根》，其结尾引证了当年年初萨根的一段名言：

> （科学）使得国家的经济和世界的文化向前运行。其他国家都很懂得这个道理。这就是为什么美国大学里有这么多来自其他国家的科学和工程学研究生的缘故。科学是发展中国家走出贫困和落后的金光大道。同样的道理，美国如果不能抓住这个要领而放弃科学，那就必然会回到贫困和落后的道路。

4年前的今天——1996年12月23日，卡尔·萨根安葬于康内尔大学的所在地纽约州的伊萨卡。"卡尔讲的题目是宇宙，而他的课堂是世界。"全世界所有受到他的写作、讲课、演说和电视节目感染的人，都将长久地深深地怀念他。

原载《文汇报》2000年12月23日第10版

21

经典之树常青
——卡尔·萨根《布罗卡的脑》中文版序

一

人民邮电出版社的"科学新经典文丛",继2014年秋出版《暗淡蓝点:探寻人类的太空家园》之后,今又推出卡尔·萨根的另一部杰作《布罗卡的脑:对科学罗曼史的反思》,这很值得庆贺。

关于萨根其人其事,最完整的介绍当推美国科学作家凯伊·戴维森所著60余万言的《展演科学的艺术家:萨根传》一书。诚如奥地利传记作家斯蒂芬·茨威格(Stefan Zweig)所言:"历史是真正的诗人和戏剧家,任何一个作家都别想超越它。"萨根已经逝世20个年头了,而《萨根传》一书却影响愈甚,其要害正在乎它对历史之忠实。

了解"科学先生"卡尔·萨根的奇特人生,可以有许多途径。随着其作品在中国不断流传,国人对他的认识也在与时俱增。去年"科学新经典文丛"推出《暗

三联书店1987年版《布鲁卡的脑:对科学传奇的反思》(左)和人民邮电出版社2015年版《布罗卡的脑:对科学罗曼史的反思》(右)

淡蓝点》，卷首冠以尹传红撰写的《"科学先生"卡尔·萨根（代序）》一文，言简意赅地介绍了萨根之为人与业绩，并且梳理了其作品在中国翻译出版和传播的概况。我推荐大家一读尹传红的上述文章，而现在这篇"中文版序"则力避与之重复。

中国科普作家协会、人民邮电出版社和中国科普研究所鉴于《暗淡蓝点》的重要价值，特于2014年10月25日晚在京联合举办了一场"纪念卡尔·萨根诞辰80周年暨《暗淡蓝点》新书出版座谈会"。会上有几个主题发言，首先是我国科普界的耆宿、90高龄的李元先生。李老谈及有关萨根的诸多往事，其情绪之高昂、思维之清晰，皆令与会者感佩不已。

我接着发言，从30年前的一个故事说起。这其实同《布罗卡的脑》之主题密切相关，不过当初我还没有读到这本书。那是1984年，我正在为于光远等任主编的《自然辩证法百科全书》撰写"宇宙中的生命""平庸原理"等条目。鉴于这些议题非常微妙，我感到有必要直接与此领域的学术带头人萨根沟通探讨，于是给他去了一封信。信中顺便提及，我对普及科学知识极有兴趣。

这一年萨根正好50岁，早已名扬全球，忙得不可开交。但是，他很快就给我这个素不相识的同行回了信。他说：

> 我很高兴收到您的来信并获悉你有志于在中国致力科学普及。谨寄上什克洛夫斯基和我本人所著《宇宙中的智慧生命》（1966）一书第25章的复印件。该章题为"平庸假设"；我相信将它提升为一种"原理"也许为时尚早。另附一篇新近发表在《发现》杂志上的文章《我们并无特别之处》的复印件。我希望这将对您有所帮助。请向你在中国天文界的同事们转达我热烈的良好祝愿。
>
> 您真诚的卡尔·萨根

确实，卡尔是真诚的。他真诚地做人，真诚地从事科学研究，真诚地为公众理解科学、为揭露和反对伪科学、为人类的今天和更美好的明天奉献自己的一生。他科研成果卓著，科普业绩举世瞩目。1996年12月，萨根因病逝世，年仅62岁。国际天文学联合会将第2709号小行星永久命名为"萨根"。

卡尔·萨根主创的13集科学电视系列片《宇宙》，在20世纪80年代初问世后，迅速红遍五大洲。也是在1984年，在李元先生推动下，应中央电视台之邀，吴伯泽等人和我在短短两个多月内完成了《宇宙》电视片脚本的全部中译。1986年，88岁高龄

智库股份有限公司分上、下两册出版的丘宏义译《预约新宇宙》(1996年)，即中文繁体字版的《暗淡蓝点》。左为封面，右为扉页

的我国科学界前辈、法国天文学家弗拉马里翁(Nicolas Camille Flammarion)的传世科普巨著《大众天文学》的译者李珩先生，为与电视片《宇宙》配套的同名图书撰写了中译本序言《从〈大众天文学〉到〈宇宙〉》，副题是"天文学大众化的100年"。李珩先生赞扬萨根"在科学普及上的非凡才能从《宇宙》一书及电视片的编剧中得到了证实"。

我在发言中还愉快地提到，1998年自己55岁生日时，喜出望外地收到了中国台湾同行李荣彬先生寄来的上、下两册《预约新宇宙——为人类寻找新天地》，即丘宏义先生执译的中文繁体字版《暗淡蓝点》，1996年由台湾智库股份有限公司出版。"暗淡蓝点"这个著名的语汇是萨根首创的，指的是从太空中遥望的地球。他在《暗淡蓝点》全书结尾用诗一般的语言写道：

> （人类遥远的后代们）会感到惊奇，这个贮藏我们全部精力的地方曾经是何等容易受伤害，我们的婴儿时代是多么危险……我们要跨越多少条河流，才能找到我们要走的道路。

萨根及其志同道合者们，似乎已经看到这样一条人类文明的未来之路。这不禁令人想起茨威格对罗曼·罗兰(Romain Rolland)的评论："他的目光总是注视着远方，盯着无形的未来。"

是的，具有这种目光的人，才能是《布罗卡的脑》的作者。

二

《布罗卡的脑：对科学罗曼史的反思》，英文原名为 *Broca's Brain: Reflections*

on the Romance of Science，1979年由兰登书屋在纽约出版，在20世纪80年代前期一直是畅销书。它的写作时间，比《暗淡蓝点》早了近20年。当时萨根已年届不惑，学术积累丰厚，对科学、社会、人生等的见解相当成熟、深刻。《布罗卡的脑》一书的内容，是对宇宙和人类自身的科学探索。书中涉及的论题非常广泛：从盐的结晶到宇宙的结构、神话与传说、生与死、机器人与气候、行星的探索、智能的本质以及寻找地外生命等。萨根指出，因为世间万物是相互关联的，而且人类通过感官、大脑和自身经验来感知世界的方式又高度相似，所以这些论题彼此间都存在着联系。

自然有人会问：一部科学作品，内容如此广博，其可读性又如何呢？萨根在"引言"中已预先作答："本书中的每一章都是为大众读者而写的。某些章节，例如'金星和韦利科夫斯基博士''诺曼·布卢姆，上帝的信使''太空中的实验'和'美国天文学的过去和未来'之中，偶尔包含了一些技术细节，但这些细节的理解于全书的理解无碍。"显而易见，在确保可读性的前提下，这样的书必定非常精彩、好看，更何况如作者所言："和我的前几本书一样，我会在本书中必要的地方毫不犹豫地插入对社会、政治和历史的评说。"

书名《布罗卡的脑》，借用全书首章章名，其寓意由副书名"对科学罗曼史的反思"点明。皮埃尔·保罗·布罗卡（Pierre Paul Broca）是法国外科医生和人类学家，生于1824年6月28日，卒于1880年7月9日。他于1849年获巴黎大学医学学位，后来专攻脑外科。1861年，他通过尸检证明大脑左前叶第三回（后称布罗卡区）受损会丧失语言能力，从而首次确切证实了某一特定能力与大脑某一特定控制点之间存在着联系。布罗卡酷爱人类学，他关于头颅的知识超过所有的同代人，并设计出测量头盖的新工具。他还是达尔文（Charles Darwin）进化学说的早期支持者。托马斯·亨利·赫胥黎（Thomas Henry Huxley）曾说，只要想起布罗卡的名字，就会满怀感激之情。

极富戏剧性的是，萨根在巴黎的人类博物馆储藏室一个偏僻的收藏架上，看到了一只矮圆筒瓶，瓶上的标签写着"P. Broca"，瓶中是用福尔马林溶液浸着的布罗卡之脑及其切片。萨根双手虔诚地捧着这只圆筒瓶，心情十分激动，脑海中思如潮涌。《布罗卡的脑》全书由此启幕，然后洋洋洒洒地展开，展开，再展开……

也许，不熟悉萨根这种写法的人乍读之下会觉得有点"东拉西扯"。但事实上，萨根始终在环绕着中心推进剧情。这是一种境界，我将这种境界称为"形散神聚"。

三

1984年10月，河北人民出版社推出 *Broca's Brain* 的第一个中译本，书名定为《宇宙科学传奇》，译者是陈增林。当时侨居纽约的钱歌川先生特撰中文版序，称赞此书是"美国当代著名科学家卡尔·萨根博士用真实材料写的科普读物，比一般科普读物的身价高出百倍"。原书共25章，可惜《宇宙科学传奇》只有20章译文。"金星和韦利科夫斯基博士""诺曼·布卢姆，上帝的信使""美国天文学的过去和未来""礼拜日训诫"和"羊膜内的宇宙"这5章，不知何故被删去了。

1987年10月，北京三联书店出版了此书的全译本《布鲁卡的脑——对科学传奇的反思》，译者是金吾伦、吴方群和陈松林。金吾伦先生是中国社会科学院哲学研究所的一位科学哲学家，我们曾因共同参与编纂《自然辩证法百科全书》而时有交往。他亲笔签名惠赐的那册中文版《布鲁卡的脑》，我一直珍藏至今。

值得在此一提，人名Broca究竟应该如何翻译？在不同时代、不同场合，同一位外国科学家被赋予不同的中译名是常有的事。例如从晚清到民国初年，大科学家牛顿最常见的中译名曾是"奈端"。科学家Broca早先译作"白洛嘉"，但近几十年中"布鲁卡""布洛卡""布罗卡"等译名也纷纷登场。如今，随着我国科技名词审定工作的不断进展，许多外国科学家的译名逐渐有了"国标"。全国科学技术名词审定委员会在2014年公布的《人体解剖学名词》（第二版）中将speech area of Broca定

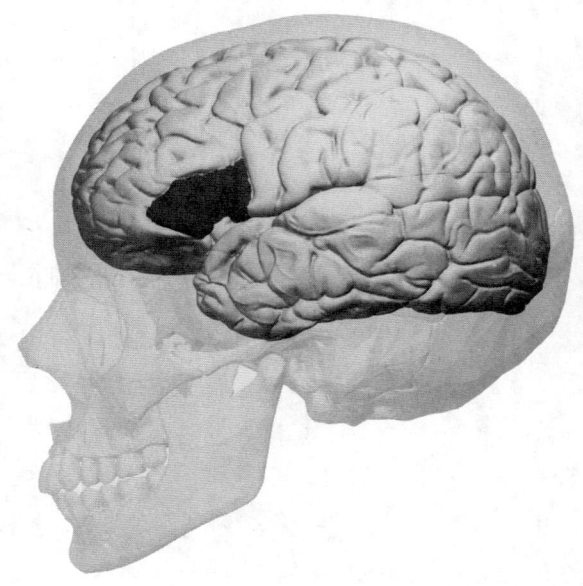

布罗卡区（深色）在大脑中的位置［来源：DBCLS（Database Center for Life Science）］

名为"布罗卡语言区",将 Broca gyrus 定名为"布罗卡回"。Broca 译为"布罗卡"亦成定局。

"科学新经典文丛"这个最新中文版《布罗卡的脑:对科学罗曼史的反思》,由北京师范大学的 4 位硕士张世满、邓生龙、胡毓堃和马灏执译。新一代学子有志于研究、翻译萨根的作品,令人很感欣慰。

或许有人疑惑:当代科学发展日新月异,萨根几十年前写的这些科普读物难道尚未过时? 还有必要重新出版吗?

当然,具体的科学知识,若时过境迁则需要更新。但是,科学精神和科学思想的光辉永远不会过时。再者,萨根阐释科学的技巧、展演科学的艺术,也依然是后来者的楷模。唯其如此,在去年的"纪念卡尔·萨根诞辰 80 周年暨《暗淡蓝点》新书出版座谈会"上,我给自己的发言定下了题目:《经典之树常青》。

我深深盼望中华大地上多多涌现像萨根那样杰出的科学家兼科学普及家。这并非指每个科学家为此的投入和付出都要能与萨根比肩,而是说为了提高全民族的科学文化素养,每一位科学家都应该具有怎样的一份理念、热情和责任感。

是为序。

卞毓麟,2015 年 9 月 3 日于上海

22

他那108种书的中文版

由黄群和许关强二位先生执译的中文版《人生舞台——阿西莫夫自传》，起初作为上海科技教育出版社"哲人石丛书·当代科技名家传记系列"的重头戏，由我本人做责任编辑，于2002年9月面世，获得广泛关注和好评。7年之后，《人生舞台》纳入上海世纪出版集团的"世纪人文系列丛书"，经原译者校阅修订后，于2009年12月推出新版本，我和殷晓岚共任责编。此时，阿西莫夫90诞辰在即，12月30日的《中华读书报·书评周刊》刊出拙文《阿西莫夫：中译本数量最多的外国作家？——纪念阿西莫夫诞辰90周年》。此文相当浓缩却又较为全面地介绍了几十年来阿西莫夫著作在中国的出版状况及其影响。

2014年7月，上海科技教育出版社推出新构建的"科学大师传记精选"首批图书5种：《迷人的科学风采——费恩曼传》《天才的拓荒者——冯·诺依曼传》《展演科学的艺术家——萨根传》《美丽心灵——纳什传》和《人生舞台——阿西莫夫自传》。《人生舞台》经原译者再次校订，仍由我和殷晓岚同任责编。书后有我写的两个附录："附录一 在阿西莫夫家做客"是上述2002年和2009年两个版本原有的，"附录二 阿西莫夫：中译本

阿西莫夫著《人生舞台》之英文版（1994年）和第一个中文版（上海科技教育出版社，2002年）

数量最多的外国作家"则是新增的,系据《中华读书报》所载拙文修订而成。我觉得人们会对"附录二"怀有某种特别的兴趣,遂再次酌情修改,呈献于此,与读者诸君共享。

惊人的数字

艾萨克·阿西莫夫1920年1月2日出生于俄罗斯斯摩棱斯克附近的小镇彼得罗维奇,3岁时随父母移居美国纽约,1928年入美国籍。他毕业于哥伦比亚大学,主修化学,二战期间曾在军队服役,战后获博士学位,并在波士顿大学医学院执教,1958年成为职业作家。

阿西莫夫是有史以来著述最丰的作家之一。据他最后一卷自传所附书目统计,其已出版的著作达470部之多。其中非虚构类作品共269种,包括科学总论24种、数学7种、天文学68种、地球科学11种、化学和生物化学16种、物理学22种、生物学17种、科学随笔集40种、科幻随笔集2种、历史19种、有关《圣经》的7种、文学10种、幽默与讽刺9种、自传3卷、其他14种;虚构类作品共201种,含科幻小说38部、探案小说2部、短篇科幻和短篇故事集33种、短篇奇幻故事集1种、短篇探案故事集9种、主编科幻故事集118种。

不仅如此,在所有的外国作家中,其著作在中国内地的译本达上百种之多,似乎也就是阿西莫夫独一家。须知,我们不是在说上百篇文章,而是上百种书;而且也并非一书多译,而是上百本不同的书!诚然,莎士比亚的作品拥有众多的名家佳译,但莎翁终其一生创作的戏剧和诗集毕竟与"上百"相去甚远;儒勒·凡尔纳、阿加莎·克里斯蒂等人的作品被大量译成中文,然品种亦皆未上百。

笔者研读、翻译阿西莫夫有年,对其著作中文(简体字)版详加考证,乃知迄2009年12月止,有中文版行世的阿氏著作已达105种之多。其中含科学总论10种、数学2种、天文学39种、地球科学6种、化学和生物化学5种、物理学8种、生物学5种、科学随笔集7种、历史1种、自传1卷、科幻小说16部、短篇科幻和短篇故事集4种、主编科幻故事集1种。

早先,我国翻译外国作品尚无购买中文版权一说。那时,阿西莫夫作品在我国一书多译的现象时有发生。例如,其科幻名著 *Caves of Steel* 就曾有晓岚等译《太空镇上的谋杀案》(1981年)、杜渐译《太空站来客》(1988年)、孙静等译《太空城疑案》(1997年)等不同版本。2005年,四川出版集团下属的天地出版社正式取得中文简体字版版权后,出版了叶李华先生的译本,书名定为《钢穴》。在统计已有多少种阿氏著作出版中译本时,但凡一书多译的都只能算是1种。

类似地,阿西莫夫的科普名作 *Extraterrestrial Civilizations*,曾有卞毓麟和黄群合译、分为上下册出版的《太空中有智慧生物吗? ——地外文明(上篇)》(1983年)和《寻访人类的太空之友——地外文明(下篇)》(1984年),以及王静萍等人的另一译本《地球以外的文明世界》(1983年)。在统计中文版时,虽有两个译本,还是只算1种书。

再者,鉴于阿西莫夫的知名度,又常有国人改写或选编种种阿氏作品。例如,黑龙江人民出版社的《C字滑行道》(1981年),科学普及出版社的《外国名科学家小传》(1982年),浙江科学技术出版社的《赤裸的太阳》《黎明世界的机器人》和《机器人与银河帝国》(均为1992年),地质出版社的《无穷之路——阿西莫夫科普作品选》(1981年。此书并不对应于阿氏 *The Road to Infinity* 一书),湖南少年儿童出版社的《阿西莫夫科幻小说》(1991年,汇编了3部作品)等。鉴于它们都不是阿西莫夫任何一部原著的直接译本,故未纳入105种中文版阿氏著作之列。

顺便一提,Asimov 曾译为"阿西摩夫",例如寿纪琛等译的《阿西摩夫科学探案》。20世纪90年代以来,渐统一译为"阿西莫夫"。

首 功 难 忘

阿西莫夫作品的第一个中译本是《碳的世界——有机化学漫谈》,郁新(甘子玉、林自新两位前辈合用的笔名)译,1973年10月由科学出版社出版。虽然关于此书曾有不少介绍,但首功难忘,它依然有许多值得重提的地方。

首先,这是在"文革"期间出版的,当时要顶着被批判 ——诸如"崇洋媚外""洋奴哲学"之类——的风险。

其次,这本仅仅8万多字的小书确实写得好。它以非常浅显的语言颇有深度地讲述有机化学的故事,秩序井然地介绍了五花八门的有机化合物(汽油、酒、醋、维生素、糖类、香料、肥皂、油漆、塑料……)与人类的关系。这本小册子使我国的

第一种中文版的阿西莫夫作品《碳的世界——有机化学漫谈》，郁新译，科学出版社1973年10月出版

读者开阔了眼界，感受到了自身的文化闭塞，了解到科普作品居然可以写得如此精彩。

再次，它提供了一些经典的段落，至今仍被视为科普写作的范本。例如，作者在书中写道：

> 我们设想有两个小孩，各有一箱积木，可以用来搭房子。甲孩子那一箱积木，有90种不同形状的木块，但是每一次只允许用10块或12块来搭房子。乙孩子那一箱积木，只有四五种不同形状的木块，但是，他每次可以用任意数量的木块来搭房子，如果他喜欢，可以用100万块。
>
> 显然，乙孩子可以搭成更多式样的房子！
>
> 正是因为同样的理由，有机化合物要比无机化合物多得多。

在这里，每一种形状的木块代表一种化学元素的原子。有机化合物虽然仅由碳、氢、氧、氮等少数几种元素构成，但它们的分子中却可以包含成千上万、甚至上百万个原子；无机化合物虽然可由90来种元素构成，却因每个分子仅含少量原子而远不如有机化合物那样变化多端。这个比喻貌似平凡，却足以显示作者极不平凡的阐释能力。

最后，《碳的世界》使许许多多中国人记住了阿西莫夫这个名字。

在引进阿西莫夫作品的初期，科学出版社一马当先。继《碳的世界》之后，该社又推出了《阿西莫夫科学指南》的中译本。因篇幅庞大，中译本分成4个分册先后出版，即《宇宙、地球和大气》(1976年)、《从元素到基本粒子》(1977年)、《生命的起源》(1977年)以及《人体和思维》(1978年)。关于这部《科学指南》，后文还将再次谈及。另外，该社还于1977年推出《碳的世界》的姐妹篇《氮的世界》。

科普"军团"

20世纪80年代，随着改革开放的深入，阿西莫夫的名字也为越来越多的国人所熟悉。他的科普读物，仿佛组成了一个庞大的"军团"。整个80年代出版的中文版阿氏作品多达48种，其中有科学出版社的《原子核能的故事》《洞察宇宙的眼睛——望远镜的历史》《太空中有智慧生物吗？——地外文明（上篇）》和《寻访人类的太空之友——地外文明（下篇）》《宇宙——从天圆地方到类星体》《变！未来七十一瞥》《古今科技名人辞典》，科学普及出版社的《原子内幕》《你知道吗？——现代科学中的一百个问题》《奇妙的航程》《生命和能》《我，机器人》《阿西莫夫论化学》《塌缩中的宇宙》《自然科学趣谈》（上、下），上海科学技术出版社的《数的趣谈》，广东科技出版社（顺便一提，我一直觉得很有意思，全国众多的科技出版社大多是科学技术出版社的简称，但广东科技出版社却非简称，而是本名；还有云南科技出版社亦是如此）的《太空镇上的谋杀案》，江苏科学技术出版社的《走向宇宙的尽头》，地质出版社的《阿西摩夫科学探案》，福建人民出版社的《九个明天》《美国科学幻想故事集》，原子能出版社的《辐射对遗传的影响》，广西人民出版社的《数的世界》，上海翻译出版公司的《科技名词探源》，中国友谊出版公司的《繁星似尘》，北京出版社的《二十世纪的发现》。

还有，地质出版社于1984年分两辑出版了阿氏迄1982年的21种 *How Did We Find Out*——之中译本。这套专谈科学史的小丛书是为小学生写的，译成中文每一种尚不足3万字。它着重叙述科学发现的过程，很是引人入胜。中文版第一辑10种是《我们怎样发现了——数字》《恐龙》（按：此处和以下书名均已省略"我们怎样发现了——"字样）《细菌》《维生素》《原子》《外层空间》《地震》《黑洞》《南极洲》和《火山》，第二辑11种是《地球是圆的》《电》《彗星》《能》《核能》《人的进化》《石油》《煤》《太阳能》《深海生物》和《生命的起源》。后来，阿氏又陆续为该系列写出16种新书，只可惜不再有中译本了。

阿氏的科学读物几乎遍及自然科学的每一个领域。论卷帙之浩瀚，当首推《阿西莫夫新科学指南》《阿西莫夫科学技术传记百科全书》和《阿西莫夫科学和发现编年史》这三部巨著。

前文提到科学出版社曾以四个分册出版了《阿西莫夫科学指南》的中译本。该书英文版原是阿氏的第120本书，于1972年面世。后来，作者对它作了许多修订和补充，于1984年再出新版，书名改为《阿西莫夫新科学指南》。1991年，科学普及出版社推出新版的中译本，即朱岚等译的《最新科学指南（上）》和程席法等译

阿西莫夫《最新科学指南》书影:(左)1991年科学普及出版社推出的第一个中文全译本,(右)2000年江苏人民出版社纳入"剑桥文丛"的新版本

的《最新科学指南(下)》,共约90万字。1999年,江苏人民出版社再度出版此书,书名易为《阿西莫夫最新科学指南》(上、下两卷)。

《科学指南》精彩纷呈。试举一例如下:在20世纪六七十年代,西方国家对"人体冷冻学"的兴趣日见其增。阿氏在《科学指南》中对此扼要介绍后,坦率地表达了他本人的态度:

> 实际上,把人体完整地冷冻起来,即使完全可能使他们复活,也没有什么意义……如果地球上很少或者没有死亡,就必须很少或者没有出生,这就意味着一个没有婴儿的社会……一个由同样的脑子组成的社会,人们以同样的方式思维,因习陈规循环不已。必须记住,婴儿拥有的不仅是年轻的脑子,而且是新的脑子……多亏了婴儿,才不断地有新的遗传组合注入人类,从而打开优化与发展的道路……或许长生不死的前景比死亡的前景更加糟糕。

1982年,阿氏的第257本书《阿西莫夫科学技术传记百科全书》(第二次修订版)问世,内有1510位科学家的小传。1988年,该书的中译本由科学出版社出版,定名为《古今科技名人辞典》,计116万字,20余位译者分条署名。

阅读这部《名人辞典》,可以深深感受到阿西莫夫文体的魅力。它不仅包蕴了科学史,而且以极简练的笔墨兼顾了社会史。它对时代背景的勾画,每多科学社会学的神来之笔。例如,关于拉瓦锡之死,书中写道:

> 法国革命爆发了。1792年激进的反君主政体者控制了全国。法兰西宣告成为共和国,税农们开始受到追捕。拉瓦锡……被抓了起来。当他提出他是一个科学家而不是税农(不完全真实)时,据说逮捕人员作出了这一著名的回答:"共和国不需要科学家。"

审判是一场闹剧,马拉以各种可笑的罪名控告拉瓦锡:例如,"在人民的烟草中掺水"……拉瓦锡于1794年5月8日被送上断头台……拉格朗日哀悼说:"砍掉他的头只要眨眼的工夫,可是生出一个像他那样的脑袋大概一百年也不够。"……拉瓦锡死后不到两年,抱憾的法国人为他的半身像揭了幕。

1989年,阿氏出版了他的最后一部科学类巨著,即《阿西莫夫科学和发现编年史》,全书厚达700页。该书无中译本,它确实不容易翻译,此处不再赘述。

新世纪的新气象

20世纪80年代后期到90年代中期,我国科普的总体状况有过一阵低落。从1989年到1997年将近10年间,新出版的阿西莫夫作品中译本只有2种:前已提及的《最新科学指南》和福建少年儿童出版社的《颠覆帝国的阴谋》(1990年),后者的原著是1950年出版的科幻小说 *Pebble in the Sky*,它是阿西莫夫正式出版的第一本书。

1994年12月5日,《中共中央、国务院关于加强科学技术普及工作的若干意见》发布实施。此后,党和国家一再强调科普工作的重要性,并出台一系列相关措施。由是,科普气候逐渐回暖,科普出版日见繁荣。在20世纪的最后岁月,又有了几部新的中文版阿氏作品。其一是内蒙古人民出版社的《诠释人类万年》(1998年),英文原书名 *The March of the Millennia* (1991年),这是一部历史读物,由阿西莫夫和弗兰克·怀特合著。接着是上海科技教育出版社于1999年出版的《新疆域》和《新疆域(续)》。这两本科学随笔集,收录了阿氏自1986年以来为洛杉矶时报辛迪加撰写的每周一期科学专栏文章。其中每篇文章仅1600字光景,却一一道明了关于生命、地球、空间和宇宙的种种新发现。

1988年8月,我到阿西莫夫家做客,他向我提及正在创作一套少儿天文读物。阿氏去世后,原出版社于1996年对全套31种书稍作修订,并由他人增添2种新作。2000年,江苏科学技术出版社推出其中译本"阿西莫夫少年宇宙丛书",将其合订为11本,依次称为《地球和它的近邻》《行星世界的巨人》《水星和火星》《千万万个太阳》《彗星和小行星》《寻找外星人》《宇宙大爆炸》《21世纪太空城》《太空探险家》《观星指南》和《遥远的行星世界》，计有精美彩色插图千余幅。

同在2000年，上海科技教育出版社推出中文版的《亚原子世界探秘——物质微观结构巡礼》和《终极抉择——威胁人类的灾难》。《终极抉择》全书33万字。作者基于当代天文学、物理学、地球科学、生态学、环境科学和社会学等领域的新进展，以丰富的想象力，由远及近依次分析了可能导致人类毁灭的5大类灾变——宇宙的灾变、太阳系的灾变、地球的灾变、人类的毁灭、文明的毁灭，以提醒人类要自珍自爱，作出明智的抉择。它使人们意识到威胁，又能以积极的心态采取理性的行动。2002年，上海科技教育出版社又推出《人生舞台——阿西莫夫自传》中译本。在21世纪的头10年中，该社已成为阿西莫夫非虚构类作品中译本的首要出版者。

科幻小说洋洋大观

另一方面，随着新世纪的到来，中文版阿西莫夫虚构类作品也有了重大突破。

阿氏的写作生涯始于短篇科幻故事。从1950年开始，其长篇科幻小说接连问世。自20世纪50年代后期至80年代初，其大部分精力专注于科普创作。后来，他又出版了多种长篇科幻新作。阿氏最主要的科幻小说，有"机器人""基地"和"帝国"三大系列。

我国的科幻爱好者们早就盼望全面引进阿氏的大宗科幻作品，但此事付诸实施却颇多困难。事实上，在中国内地开始出版阿氏著作中译本的头30年内，严格意义上的中文版阿氏科幻作品仅有前已列出的《奇妙的航程》《我，机器人》等8种而已。

2005年，四川出版集团下属的天地出版社跨出了很大的一步。该社在一年之中，出齐了阿氏科幻主要作品的全部中文版，那就是由《基地前奏》（上、下）、《迈向基地》（上、下）、

四川出版集团·天地出版社于2005年
推出的阿西莫夫《机器人短篇全集》书影

《基地》《基地与帝国》《第二基地》《基地边缘》(上、下)、《基地与地球》(上、下)组成的"基地"系列；由《钢穴》《裸阳》《曙光中的机器人》(上、下)、《机器人与帝国》(上、下)、《机器人短篇全集》(上、下)组成的"机器人"系列，以及由《繁星若尘》《苍穹微石》和《星空暗流》组成的"帝国"系列。

阿西莫夫创造的"机器人学"(robotics)一词，已在科技领域中广泛使用。阿氏的机器人故事都有着共同的基础，那就是他提出的"机器人学三定律"，或曰"机器人学三法则"。这些"定律"或"法则"构成了机器人行为的道德标准，但它们有时会使机器人陷入不知所措的矛盾境地。由此展开的故事情节非常引人入胜，它们为科幻小说增添了高雅的情趣。

值得一提的是，阿西莫夫在科学随笔集《变！未来七十一瞥》中有一篇题为《机器人法则》的文章。文中说到："在我看来，机器人是机器，而机器总是由人制造的。既然一切机器都有危险，不是这种危险就是那种危险，人在它们身上装上安全装置不就安然无事了吗？"是的，阿氏以"机器人学三法则"的特殊形式提出了有关机器人的安全措施。这三条法则是：

1. 机器人不得伤害人，也不得在人遭受不幸时不采取行动。
2. 机器人必须服从人的命令，除非该命令与第一法则相抵触。
3. 机器人必须保护其自身存在，除非该保护与第一和第二法则相抵触。

阿西莫夫说，在制定这些法则时他并没有认识到，人类有史以来一直就在运用它们。我们不妨把它们理解为如下的"工具三法则"：

1. 工具应可以安全使用。这是显而易见的。尽管刀有刀把，剑有剑柄。但任何肯定会伤人的工具，如果使用者意识到的话，则不论它其他效能如何，决不会被常规使用。
2. 工具在安全的前提下，必须行使其功能。
3. 工具在使用过程中应保持完好，除非为了安全或行使其功能不得不破坏它。

逐条对比"工具三法则"同"机器人学三法则"，就可以发现它们是精确对应的。机器人或者计算机都是人类的工具，这些法则自然也就应该彼此对应了。

2009年的新品

阿西莫夫一生写过三卷自传。头两卷《记忆犹新》和《欢乐依旧》分别于1979年和1980年问世，书中严格地按时间先后记述了作者从出生到1978年的经历。它们均无中译本。《人生舞台——阿西莫夫自传》则是阿氏晚年病重期间完成的最后一卷自传，又过不到两年，作者就去世了。此书53万字，写法与前两卷自传大不相同。它不再拘泥于时间顺序，而是顺着作者的思绪，一个话题接着一个话题，率真坦诚地将其家庭、童年、学校、成长、恋爱、婚姻、疾病、挫折、成就、亲朋、对手，乃至他对写作、道德、友谊、信仰、生死等诸多重大问题的见解一一娓娓道来。全书在极平易的语言中充盈着睿智和灼见，很能引发人们在阅读中更深刻地思考人生的真谛。2009年12月，中文版《人生舞台》纳入"世纪人文系列丛书"推出新版的情况，前文已作简介，此处不再赘述。

阿西莫夫共有科学随笔集40种。早先已有5种中译本：《数的趣谈》《阿西莫夫论化学》《变！未来七十一瞥》《新疆域》和《新疆域（续）》。2009年，上海科技教育出版社又出版两种阿氏科学随笔集，即吴虹桥等译的《宇宙秘密——阿西莫夫谈科学》和江向东等译的《不羁的思绪——阿西莫夫谈世事》，它们是第104种和第105种中文版的阿氏作品。

阿氏的科学随笔精彩纷呈，不唯阐释巧妙，更有独到的思考。例如，《宇宙秘密——阿西莫夫谈科学》一书共有31篇文章，最后一篇就叫《宇宙秘密》。文中提到，有一次阿氏和纽约科学院院长海因茨·帕格尔斯等人在一起谈天说地时，海因茨提出一个有趣的问题："将来某一天，一切科学问题

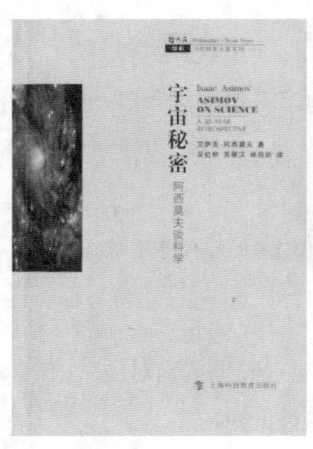

第104种和第105种中文版阿西莫夫作品《宇宙秘密——阿西莫夫谈科学》和《不羁的思绪——阿西莫夫谈世事》。它们分别是上海科技教育出版社"哲人石丛书"的第86和第89个品种

全都得到了解答，我们无事可做了，这有没有可能？还是说，全部得到解答是不可能的事？有没有什么方法，让我们现在就能断定上述两种情形哪种是正确的？"对此，阿西莫夫首先回应：

> 我相信我们现在就能断定，而且很容易……我的信念是，宇宙在本质上具有一种非常复杂的分形性质，科学探索也具有同样的性质。因此，宇宙中任何未知的部分，科学研究中任何悬而未决的部分，不论它们与已知的解决了的部分相比是多么小，都含有起始物的全部复杂性。所以我们永远都不会完事。无论我们走了多远，前方的路还会远得就如同我们站在起点一样，这就是宇宙的秘密。

什么是分形呢？阿西莫夫描述了他观看一盘30分钟的关于分形的录像带：

> 我们从一个四面围绕着附属小图形的深色心形开始，它在屏幕上一点点长大。其中的一个附属图形在屏幕上居中并慢慢长大，直至布满整个屏幕。你可以看到，它的四周也围绕着附属图形。
>
> 录像给我们的视觉效果就是慢慢地陷入复杂性，而这种复杂性永不停歇。看上去像小点一样的小物体逐渐长大，显现出复杂性，而同时新的小物体又形成了，**无穷无尽**。图形的不同部分接连被放大成新的美景，足足让我们欣赏了半小时。

阿西莫夫坚信自己对海因茨·帕格尔斯说的话是正确的。他认为这并不是对科学本身，而是对科学哲学的贡献。他把这事告诉了妻子珍妮特·阿西莫夫。她建议他"最好把那个想法总结成文"。

"为什么？"阿西莫夫说，"那不过是个想法而已。"

"海因茨可能会用它。"珍妮特答道。

"我倒是希望他能用上，"阿西莫夫说，"我所知道的那点儿物理学不足以成就任何事，而他却懂得很多。"

"但他也许会忘记，他是从你这儿听去的。"

"那又怎样呢？想法不值钱。只有用想法做出事才有价值。"

诸如此类的种种想法，有可能引起争议，也有可能是错了。但是，我相信，人们会普遍赞同它们确实很有意思。

　　阿西莫夫的著作是一座实实在在的宝库。这篇"压缩饼干"式的文章倘能引发国人、特别是年轻一代更多地关注这座宝库,则笔者幸甚焉!

链接 1

忌辰20周年追记

　　2012年4月6日,阿西莫夫逝世20周年。翌日,上海市科学技术协会主办、上海市科普作家协会承办了一场"回望阿西莫夫　繁荣原创科普"的研讨会,百余名科学家、科普作家、科学爱好者和各路记者踊跃参加。会上,我应邀演讲"阿西莫夫及其作品在中国的影响",中国科学院院士、上海市科普作家协会理事长褚君浩作了"科学家们如何看待阿西莫夫及科技人员的职责"的主题发言。研讨会后,众多媒体纷纷报道,或展开讨论。例如,5月2日《文汇报》"科技文摘"专版以整版篇幅探讨这一主题,并冠以通栏标题"翘首以盼我们的阿西莫夫";5月19日,上海电视台"纪实频道"在《科技2012》栏目播出《艾萨克·阿西莫夫》,如此等等。可以很形象地说,阿西莫夫创作时的全部需求,就是知识、书房和一台打字机。这几件东西,我们似乎都不缺乏,但中国的"阿西莫夫"却难觅踪迹。有人认为,这或与时下工具性的教育观念以及趋利性的价值取向有关。此说无论当否,都值得继续研究。

　　由于越来越多的各方热心人士不时询及阿氏众多著作中文版的详情。笔者遂借助多年之积累,撰成长文《阿西莫夫著作在中国》,于2012年4月在中国科普研究所主办的《科

2012年4月7日本书作者在"回望阿西莫夫　繁荣原创科普"研讨会上的主题演讲《阿西莫夫及其作品在中国的影响》PPT首页。画面上可见阿氏作品的部分样例

中文版《阿西莫夫论科幻小说》,涂明求等译,安徽文艺出版社2011年11月出版

普研究》第7卷第2期上刊出。此文不啻补充更新前述《中华读书报》的文章,而且有着更强的专业性和文献性。此文仍限于研讨在中国大陆出版的中文简体字版阿西莫夫作品。文中悉数列出106种中文版阿西莫夫著作的信息——最新的一种是《阿西莫夫论科幻小说》(涂明求等译,安徽文艺出版社,2011年11月)。为力避冗繁,利于查考,文中采用了如下的编排体例:以中文版(而非英文原版)的出版时间为序对诸书逐一编号,继而列出每种作品的英文原名和原著初版年份、阿西莫夫本人以原书出版先后为序赋予作品的编号(但阿氏在1984年出版其作品第300号之后,未再全面公布新作品的编号,故本文中相关信息亦付阙如)、他亲自设置的作品分类,最后列出中译本的书名、译者、出版社和出版时间。倘遇一书多译,则诸译本一并列出。我相信,这无论是对阿西莫夫的爱好者还是研究者,都是很有用的参考资料。

就在这次研讨会前夕,上海科技教育出版社推出了新组构的《阿西莫夫书系》首批4种图书:《宇宙秘密》《终极抉择》《新疆域》和《新疆域(续)》。4月22日,我应邀为上海市"科普图书进社区"虹口区专场活动演讲"阿西莫夫的魅力"。接下来现场签售"阿西莫夫书系"的场面热烈,令人感奋。如今《不羁的思绪——阿西莫夫谈世事》也加入了《阿西莫夫书系》的行列,预期这支队伍还将会不断地壮大。

2012年8月,我和尹传红应浙江省科学技术协会之邀,作为东道主的品牌系列科普活动"科学会客厅"报告会的主讲嘉宾,与现场听众一道"回望科幻巨匠阿西莫夫",并取得圆满成功。

2014年是英文原版《人生舞台》正式出版20周年,中文版《人生舞台》披上新装,与"科学大师传记精选"的首批其他4种图书一起亮相,自然值得庆贺。至于早先《中华读书报》所刊《阿西莫夫:中译本数量最多的外国作家?》一文的这个问号,看来是可以删去了。

是的,没错。阿西莫夫是中译本数量最多的外国作家,他的这一纪录难以打破。

链接 2

对《忌辰20周年追记》的追记

2014年下半年,江苏文艺出版社又先后推出2部阿西莫夫科幻小说的中译本,即第107种中文版阿氏作品《永恒的终结:关于时间旅行的终极奥秘和恢宏构想》(2014年9月)和第108种中文版阿氏作品《神们自己:关于平行宇宙的一切》(2014年12月),译者均为崔正男。《永恒的终结》英文原著名 *The End of Eternity*,1955年由道布尔戴出版社出版,它是阿西莫夫的第15本书。《神们自己》是阿西莫夫的第121本书,英文原名 *The Gods Themselves*,1972年亦由道布尔戴出版社出版.

——2015年8月

三卷自传和一首小诗

整个"附录二"至此已经全部结束。现在,该追叙书名《人生舞台》的来历了。为此,特转录拙文《三卷自传和一首小诗》(原载《科技日报》1997年5月7日第4版)如下。

艾萨克·阿西莫夫的晚年,健康状况迅速下降。1988年夏我们见面时,他精力还相当充沛,体格也还强壮。1990年1月11日,他自觉体虚而入院检查,结果表明其心血管状况很糟糕,而且影响到了肺和肾。阿西莫夫以前做过心脏搭桥手术,面对疾病他并不惊慌。他表达的意愿是:不希望像一只足球那样,由一位医生传给另一位医生,接着又传给下一位医生,而所有这些医生则不断地给他做各种复杂的检查,以图延续他的生命。他希望宁静地死去。

不过,死神尚未来临。1990年1月26日,从医院回家的那天,其夫人珍妮特·阿西莫夫建议他再写一部自传;它应该更富有思想性,而不只是各种事情按时间先后的罗列。阿西莫夫接受了她的建议,随即干了起来。不久,他再次入院,写作时断时续。出院后他愈加努力工作,他说这仿佛是在和死亡竞赛，而他感到胜利在望，因为全书竣工已指日可待。最后，他在1990年5月30日的日记中写道：

"现在可以交稿了。从开始动笔至今一共125天。在这点时间里写下235 000个（英文）词，并不是许多人都能做到的，况且此间我还得干别的事情。"

作者是1992年4月6日去世的，1994年这部自传才由道布尔戴出版社正式出版。全书包括前言、正文166节、珍妮特写的跋，以及阿西莫夫书目，共560余页。

早先在1977年，阿西莫夫用9个月完成了一部长达54万英文单词的自传——篇幅相当于好几部长篇小说。出版者也是道布尔戴。交稿时，阿西莫夫猜想编辑或许嫌篇幅过长而要求删节。但实际上却很顺利：出版社当即决定将它分为两卷。第一卷于1979年出版，第二卷则于翌年面世。出版社与作者一起商定这两卷自传的书名，阿西莫夫拟用《我的回忆》(As I Remember)，因为书中的全部内容都源自他的回忆和40年来从未间断的日记。但出版社希望书名能更吸引人，听起来更富有诗意。一位编辑甚至提议：找一首意境朦胧的小诗，从中引一句作为书名。结果，阿西莫夫采用了这样一首诗——

> In memory yet green, in joy still felt,
>
> The scenes of life rise sharply into view.
>
> We triumph, Time's disasters are undealt,
>
> And while all else is old, the world is new.

他用该诗首句"In memory yet green"作为自传第一卷的书名，中译常作《记忆犹新》；小诗的第二句"In joy still felt"则成了第二卷的书题，中译常作《欢乐依旧》。晚年述及往事，阿西莫夫还提到他曾考虑再接着用"The scenes of life"作为自传第三卷的书名，中译或可作《人生幕幕》或《往事历历》。不过，其最后一卷自传的实际书名是I. Asimov。

《记忆犹新》行将付梓之际，出版社告诉阿西莫夫：他们无法找到这首诗的出处，他们也需要知道这位诗人的名字。结果阿西莫夫道出了真相："这是我自己写的。"出版社在《记忆犹新》和《欢乐依旧》中印上这首小诗时，故弄玄虚地伪托作者"佚名"。我对此也始终蒙在鼓里，直至最近读到I. Asimov中

阿西莫夫的头两卷自传《记忆犹新》(In Memory Yet Green)和《欢 乐 依 旧》(In Joy Still Felt)

的有关章节才恍然大悟。

　　1979年2月，两家出版商争相出版阿西莫夫的第200本书，这位才气横溢的作家轻而易举地解决了这一难题：他把自己的两部新著都定为第200本书，有如一胎生下两个孪生儿。其中的一本是《作品第200号》，由霍顿·米夫林出版社出版；另一本就是《记忆犹新：阿西莫夫自传，1920—1954年》。两家出版商都心满意足。

　　《作品第200号》内容很丰富，其构思与格局和10年前的《作品第100号》完全相同：分门别类地节录和摘编他的第101本到第199本书，并酌加背景说明。《记忆犹新》全书朝气蓬勃，妙趣横生，随处给人以清新的印象，一直写到作者34岁时为止。1984年《作品第300号》问世时，阿西莫夫终于将《记忆犹新》编号为201。《欢乐依旧：阿西莫夫自传，1954—1978年》则是他的第216本书。

　　阿西莫夫本人很钟爱前面提到的那首小诗，我也一直想把它译成一首似拙实巧的中文诗，却终于知难而退未能如愿。在此，我愿借诸报端"无奖征译"，诸君倘能佳译早酿，不亦美哉乎？

确实也有友人偶作试译，只是未必十分较真，也就不宜公开发表了。最后，有了中文版的《人生舞台》，书中的这首小诗全译如下：

　　　　记忆犹新，欢乐依旧，

　　　　人生舞台重入眼帘。

　　　　我们胜利了；击败生活的灾难，

　　　　一切都在衰老，世界与时俱进。

书名《人生舞台》就是这么来的，我觉得这是遂了阿西莫夫本人的心愿。

23

阿西莫夫的第257本书

[编者按]1905年是爱因斯坦的"奇迹年"。那一年,他先后发表了论述"光电效应""布朗运动"和"狭义相对论"的五篇里程碑式的物理学论文。今年适逢爱因斯坦奇迹年的百年纪念,联合国已确定将2005年作为"国际物理年",本刊特转载20世纪最伟大的科普作家之一艾萨克·阿西莫夫撰写的爱因斯坦传略——《阿西莫夫科学和技术传记百科全书》的一个条目。关于该书以及传略正文中其他科学家的序号由来,请参阅卞毓麟的文章"阿西莫夫的第257本书"。

享誉全球的美国作家艾萨克·阿西莫夫(1920—1992),一生给世人留下了将近500部作品,其中《阿西莫夫科学和技术传记百科全书》(以下简称《传记》)占有相当重要的地位。

《传记》初版于1964年,并于1972年修订再版。作者非常欣赏自己的这部杰作,他写道:"有些人不甚了解这本书全是我个人编写的",事实却是"我一个人做了所有必须进行的研究和写作,而没有任何外来的帮助,就连打字工作都是我自己做的";"我写这本书是出于一种无与伦比的爱好。所以,我非常珍爱它。"

1982年,经过较大幅度的增订,《传记》第二次修订版作为阿西莫夫的第257本书面世,书中共列有古往今来1510位

中文版《古今科技名人辞典》,科学出版社1988年5月出版

重要科学家的传略。科学出版社曾于1988年出版该书中文版,书名易为《古今科技名人辞典》,计百余万字,我本人翻译了其中101位天文学家的小传。

《传记》的构思独具匠心。作者在初版序中写道:"我最好先说明我这部科学史的特色,以及我为什么觉得有理由在科学史的书目中添上这本书……"

首先,本书通过科学家的传略来讲述科学史,它"特别强调科学知识是成千上万非凡杰出、然而也难免犯错误的人辛勤劳动累积的结果"。其次,本书所列传记一律按出生年月日排序编号,而科学本身正是按同样的顺序发展起来的。作者希望"说明学科之间的相互作用,而这种相互作用实质上取决于一切学科而非某一门学科已达到的水平"。就此而论,编年体确实优于各科分论,更优于单纯地以传主的姓氏为序。第三,现代科学的基础孕育于古代和近代的早期,而基础又非常重要,所以作者不愿过分地"薄古";与此同时,他也尽了"最大努力给近几十年以应有的篇幅"。

阿西莫夫的文采与史才相得益彰。他的传记博大而简约,严谨而生动,于钩玄提要之间每多点睛之笔,其独树一帜决非其他著作所能取而代之。书中各篇传记的序号极利于相互参考,读者阅读某一小传时,很容易被引导去追踪查阅编有序号的其他科学家。"这样认真地查阅,他们会发现无论从哪里开始,都可以把全书通读一遍"。所有的科学知识本来都是互通的,《传记》之妙则在于"不管从哪里抽出一个线头,整个线团都将随之而抽尽"。

《传记》中文版的翻译、排版、装帧质量都相当不错,就连阿西莫夫本人生前给我的私函中也称赞它"非常之美"。不过,金无足赤,这个中文版也有一些小缺憾。

因为,翻译工作是在20世纪80年代初进行的,依据的是1972年的原版书;及至80年代中期在国内见到1982年的原著第二次修订版时,中文版的编辑出版工作已近尾声。为了不致造成太大的返工,出版社只好以原译稿为基础,酌情参照新版本局部调整相关文字。而且,由于1982年版新增加了310位科学家的传略,所以每位传主的序号已与1972年版大不相同。

美国道布尔戴出版公司于1984年出版的《阿西莫夫科学和技术传记百科全书》(第二次修订版)

结果,中文版《古今科技名人辞典》中只好悉行删除每篇传略中提及的其他科学家的序号,而一律代之以*,表示书中有此条目。其实,这样做就丧失了原著的上述极大优点,因而非常可惜。

现在,我根据1982年第二次修订的英文原版书,重新译出"[1064]爱因斯坦"条,并全部恢复该传略提及其他科学家时所附带的序号,以便读者更真切地领略原著的风貌。

链 接

[1064]爱因斯坦,阿尔伯特
(EINSTEIN,Albert)

德国—瑞士—美国物理学家。1879年3月14日生于德国乌尔姆,1955年4月18日卒于美国新泽西州普林斯顿

阿尔伯特·爱因斯坦是一位化学工程师的儿子。他虽然是犹太人,却在巴伐利亚州慕尼黑的一所教会语法学校接受了最初的教育,他幼年时,家庭就移居慕尼黑了。人们经常将爱因斯坦与牛顿[231]相比(自从牛顿时代以来,爱因斯坦无疑是能够与之媲美的唯一科学家),他也像牛顿那样,在少年时代并未显得特别聪慧。事实上,他学说话很迟缓,以至于到三岁时,有些人竟觉得他大概有点呆滞。

1894年,爱因斯坦的父亲因经商失败而去了意大利的米兰,阿尔伯特则留在慕尼黑完成中学学业。然而,他只是对数学感兴趣,拉丁语和希腊语学得十分糟糕,以至于老师劝他退学时竟对他说:"爱因斯坦,你将一事无成。"于是,这位年轻人就此成了科学史上最不同寻常的退学生。他的舅舅雅各布也是一位工程师,这时便开始让他做数学难题,以

《阿西莫夫科学和技术传记百科全书》英文原版插页照片"59. 阿尔伯特·爱因斯坦"

继续满足其对数学的兴趣。

在一次去意大利度假（那是为了躲避在德国服兵役——因为他从一开始就是一个和平主义者）之后，爱因斯坦开始在瑞士上大学。因为他入学时只有数学真正合格，所以上学并非易事。他对实验不感兴趣，大部分课都不去听，而是集中精力自学理论物理。多亏一位朋友出色的课堂笔记，他才通过了全部课程的考试。

一旦毕业，他就试图找一个教师职位，但这并不容易，因为他不是瑞士公民，而且他还是犹太人。1901年，还是靠着借课堂笔记给他的那位朋友之父的影响，爱因斯坦在瑞士的伯尔尼专利局谋得一个低级职员的位子，并于当年成为瑞士公民。

因此，在与学术界没有任何联系的情况下，他开始了自己的研究工作；幸好，这并不需要实验室，而只要一支铅笔、一些纸，以及他的大脑。1905年是爱因斯坦的奇迹年，因为那一年《德国物理年鉴》上发表了他的五篇论文，它们涉及三大重要进展（就在同一年，他获得了博士学位）。

一篇文章是研究光电效应的，即光投射在某些金属上会激发电子的发射。1902年，勒纳［920］已经发现如此发射的电子的能量与光的强度无关。亮的光或许会导致发射较多数目的电子，但并非发射能量更高的电子。经典物理学无法对此作出令人满意的解释。

但是，爱因斯坦将普朗克［887］在5年前提出，然后又被忽略的量子理论用来处理这一问题。爱因斯坦主张，由拥有固定能量的量子组成的某一特定波长的光，会被某一金属原子吸收，而使后者发出一个具有确定能量的——而不是其他的——电子。于是，较亮的光（较多的量子）将导致发射较多数量的电子，但是每个电子包含的能量却依然如故。然而，波长较短的光应该拥有较高能量的量子，从而应导致发射较高能量的电子。波长大于某一确定临界值的光，由能量很微弱的量子组成，以至于根本不会造成电子发射。这种长波光子所含的能量不足以将电子从其所属的原子中击出。当然，对于不同的金属，这一"阈值波长"是各不相同的。

于是，普朗克的理论第一次可以应用于经典物理学无法解释，而它却能够阐明的某种物理现象了（黑体问题除外，它导致了该理论的最初发展）。这就朝着创立新的量子力学迈出了一大步，甚至是走过了全程。为此，爱因斯坦最终获得了1921年的诺贝尔物理学奖，但这却不是他在1905那一年取得的最伟大的成果。

1905年，在发表上述第一篇论文之后两个月，爱因斯坦又在他的第二篇论文中得出了对于布朗运动的某种数学分析，这种运动是布朗[403]在70多年前首先观测到的。爱因斯坦证明，如果微粒悬浮于其中的水由随机运动的分子组成，那么按照麦克斯韦[692]和玻尔兹曼[769]运动学理论的要求，悬浮微粒就应恰如观测所见的那样作折线运动。三年前，斯维德伯里[1097]已经对布朗运动提出了这种分子解释，但弄清其数学详情的却是爱因斯坦。

水（或任何其他液体或气体）中的所有物体，都不断从四面八方受到分子的撞击。由于机遇在起作用，从一个角度撞击任何一个普通大小的物体的分子数，都与从其他角度撞击它的分子数大致相等，两者在数目上的差异与所涉及的真正巨额的全部分子数相比，乃是微乎其微的。有鉴于此，对普通大小的物体而言，就不存在任何总体效应（或者，至少是没有可探测的效应）。

当一个物体变得越来越小时，撞击它的分子总数就减少了，从不同方向撞击它的分子数的微小差异就变得越来越可以鉴别了。花粉颗粒或染料微粒小得足以先是被某一方向上稍稍多余的分子推往一侧，继而又被另一方向上多余的分子推往另一侧，然后再次改变方向。这种运动相当随机，从而证实了分子本身的随机运动。

分子的平均尺度越大，这种撞击的差异能造成可探测效应的物体也就越大。因此，爱因斯坦导出的用以描述布朗运动的方程，便可用来查明分子和组成他们的原子的尺度。三年以后，佩兰[990]对布朗运动做了实验，肯定了爱因斯坦的理论工作，并且首次给出了原子尺度的良好数值。那时，道尔顿[389]的原子理论已经提出一个世纪，而且已为所有的人接受，只有像奥斯特瓦尔德[840]那样的少数顽固分子是例外。但是，直接观察到单个分子的效应，这还是第一次。甚至奥斯特瓦尔德都屈服了。

这一年中爱因斯坦的最大成就，涉及一种代替旧的牛顿观念的新宇宙观，而牛顿的观念占统治地位已有二又四分之一个世纪之久。

爱因斯坦的工作将迈克尔逊[835]和莫雷[730]的著名实验推到了顶峰，他们两人未能探测到光沿不同方向通过以太时的任何速度差异。爱因斯坦后来说，他在1905年还没有听说过这个实验，但他却为关于电磁效应的麦克斯韦方程在一定程度上缺乏对称性所困扰。不管情况如何，他开始假设，无论光源或者测量者如何运动,在真空中测得的光速始终不变。他进而假设光以量子的形式行进,因而具有类似粒子的性质,而不只是需要借助某种物质来传播的波,于是以太就不是必需的了。10年以后,康普顿[1159]将这种类似粒子形式的光命名为光子。它代表了从光的极端波动理论向牛顿的旧粒子理论的某种倒退,而采取了比两种旧理论都更加精微并且有用的某种中间立场。

爱因斯坦还指出,没有了以太,宇宙中当然就没有任何东西可以被视为"绝对静止"的,也没有任何运动可以被看作"绝对运动"。所有的运动都是相对于某个参照系而言的,通常参照系的选择以方便使用为宜,而且对于所有这类参照系,自然定律都保持不变。由于"所有的运动都是相对的"这一思想,他的理论遂被称为相对论。在这篇特定的论文中,他仅仅处理了参照系作均匀非加速运动的特殊情况,所以该理论被称为狭义相对论。

爱因斯坦证明,从光速恒定这一简单假设和运动的相对性出发,就可以解释迈克尔逊—莫雷实验,麦克斯韦的电磁方程也能保持成立。他还证明,斐兹杰拉尔德[821]的长度收缩效应和罗伦兹[839]的质量增大效应是可以推导出来的,而真空中的光速因此就是传输信息的极大速度。

种种(表面上看来)奇奇怪怪的结果随之而来。时间流逝的速率随运动速度而变化;人们必须放弃同时性的观念,因为在一定的条件下,你不再能说出A发生在B之前,还是发生在B之后,抑或与B同时发生。空间和时间作为单独的实体已不复存在,并由融为一体的"时空"取而代之。所有这些都与"常识"相违,但常识是以普通速度运动的普通大小的物体之有限经验为基础的。在这样的条件下,爱因斯坦的理论和寻常的牛顿观念(那就是"常识")之间的差异变得小到无从探测。然而,在整个宇宙的庞大世界中,以及在原子内部的微小世界中,常识并非指南;在这两种观念之间确有某种可以探测到的差异;更加有用的是爱因斯坦的观点,而不是牛顿的观念。

在狭义相对论中,爱因斯坦查明了质量和能量的相互关系,它由一个著名的公式来表示:$E = mc^2$,此处E是能量,m是质量,c是光速。因为光速非常巨大,所以很小一点质量(乘以光速的平方)就等价于巨额的能量。

随着质量和能量由此而被解释为同一现象的不同方面,谈论拉瓦锡[334]的质量守恒或亥姆霍兹[631]的能量守恒就显得不足了。取而代之的是大为推广了的质能守恒。或者,要是有谁仍然只是谈论能量守恒的话,那么他就必须明白,质量只是能量的另一个方面。

这一新观点立即将放射性元素发出的能量解释为所涉及的质量稍有损失的结果,这种质量损失是如此之小,以至于用通常的化学方法是探测不到的。质量和能量的这种相互关系,很快即为大量的核测量所确认,并从此成为原子研究的基础。有一次它的适用性似乎出了毛病,泡利[1228]便假想存在着中微子来挽救它。

当质量大规模转化为能量致使一代人之后原子弹有可能造成巨大破坏时,这种新的推广在日常事务中——而不仅仅在原子物理学家们非常艰深的研究中——的价值便压倒一切地显现出来了,爱因斯坦直接对这一结局作出了贡献,但事后却感到毛骨悚然。

尽管有这三篇第一流的论文,爱因斯坦还是直到四年后才终于在苏黎世大学得到一个(低薪水的)教授职位。然而,他的声誉不断上升,普朗克深受年轻的爱因斯坦的影响。1913年,由于普朗克的努力,柏林的威廉皇帝物理研究所为爱因斯坦创设了一个职位。有生以来第一次,爱因斯坦所得的报酬足以使其有可能毕生从事科学研究了。

第一次世界大战爆发了,不过爱因斯坦几乎未受什么影响。因为当时他是一名瑞士公民。然而,当许多德国科学家签署一份民族主义的主战宣言时,爱因斯坦仍是签署一份呼吁和平的反宣言的少数科学家之一。

那时,爱因斯坦正在研究将其相对论用于加速参照系的更一般的情形,并在此过程中研究出一种新的引力理论,牛顿的经典理论则是它的一个特例。1915年,他在又一篇惊人的论文中发表了这一理论,通常称为"广义相对论"。该理论中确立的公式可以导出有关整个宇宙的宏大结论,德西特[1004]运用这些方程达到了比爱因斯坦本人更好的效果。

在广义相对论中,爱因斯坦指出其理论预言的效应有三处与牛顿理论的预言不同。所涉及的现象是可以测量的,因此有可能在这两种理论之间作出抉择。

首先,爱因斯坦理论考虑到一颗行星的近日点的位置有某种移动,而这样的移动是牛顿理论所不允许的。只有在水星(最靠近太阳及其引力影响)的情况下,这种差异才大到足以被察觉。事实上,勒威耶[564]业已探测到,并试图以假设存在一颗"水内行星"来解释的那种运动,恰好能够用爱因斯坦的理论来阐明。但是,这给人的印象并不如想像的那么深刻,由于爱因斯坦从一开始就知道水星运动的这种差异,所以他或许是"有针对性"地建立其理论的。

但是,第二,爱因斯坦指出,在强引力场中的光应该显示出红移。这从未被寻找或观测到,因而可以堂而皇之地进行公正的检验。只有极强的引力场才会显示出大得在当时就能测量到的红移,在爱丁顿[1085]提议下,W·S·亚当斯[1045]证明了在天狼伴星的情形下存在这种爱因斯坦红移。天狼伴星是一颗白矮星,具有当时所知最强的引力场。

(在20世纪60年代,利用改进的测量装置,测量到了我们自己的太阳造成的光的爱因斯坦红移。它非常之小,且与爱因斯坦的预言相符。此外,20世纪50年代后期穆斯堡尔[1483]发现的γ射线的波长位移,实质上也是一种爱因斯坦红移,它业已经过测量,且与理论预言相符。)

第三,最富于戏剧性的是,爱因斯坦证明,光应该被引力场弯曲,其弯曲的程度远比牛顿预言的大得多。第一次世界大战期间无法检验这一点。然而,随着战争结束(德国——但不是爱因斯坦——被打败),机会来了,1919年5月29日将会发生一次日全食,那时正好有较一年中任何其他时候更多的亮星处于被掩食的太阳四周。

伦敦的皇家天文学会准备了两个日食观测队,一个到巴西北部,一个到西非海岸外几内亚湾中的普林西比岛。观测队测量了太阳附近亮星的位置。如果光从太阳附近经过时弯曲了,那些恒星就会处于与6个月前它们所处的位置稍有差异的地方,6个月前这些恒星高悬在半夜的天空中,它们的光不会从太阳附近经过。位置的比较再次支持了爱因斯坦。

爱因斯坦在全世界出了名。普通人或许并不理解他的理论,或许只是隐约知道它大概是哪方面的东西,但是毫无疑问,他们都知道他就是那位科学家。自从牛顿以来,没有一个科学家在生前就受到如此的尊敬。然而,这并没有使爱因斯坦免受当时正开始席卷德国的那股邪恶势力之害。

1930年,爱因斯坦访问加利福尼亚,到加州理工大学演讲,直到希特勒开始掌权他仍在那里。没有理由回德国了,他便在新泽西州的普林斯顿永久定居下来,一年以前,那里的高等研究院已经为他提供了一个职位。1940年,他成了美国公民。

他一生的最后几十年耗费在殚精竭虑地寻找一种将引力和电磁现象两者都包容在内的理论（即统一场论）。然而，使爱因斯坦苦恼日增的是他被难住了。而且，迄今为止，其他所有的人也都被难住了。爱因斯坦也未能成功地接纳正在横扫物理学世界的所有变化，虽然他本身就充当了智力革命家的角色。例如，他不接受海森堡［1245］的不确定性原理，因为他不能相信宇宙竟会完全被机遇所支配。"上帝也许会狡猾，"他曾经说过，"但是他决不邪恶。"

1930年，他争辩道，不确定性原理意味着时间和能量不可能同时完全精确地测定。他提出了一个"思想实验"，以证明事实并非如此，时间和能量是可以同时测定到任意精度的。但是，玻尔［1101］在彻夜未眠之后，翌日便指出了爱因斯坦论证中的一个错误。如今，这种时间—能量不确定性已广为人们所接受。

第二次世界大战开始了，爱因斯坦在其所不欲的某些事情上起了作用。1939年，哈恩［1063］和梅特纳［1060］发现了铀裂变，齐拉特［1208］便充分意识到它意味着什么。齐拉特不希望核弹的恐怖降临到人类头上，但是另一方面，希特勒或许会拥有这种炸弹的可能性却必须予以认真考虑。

齐拉特劝说爱因斯坦——作为世界上最有影响的科学家——写一封信给弗兰克林·D·罗斯福总统，敦促他启动一项发展某种核弹的庞大研究计划。其结果便是曼哈顿计划在6年中果真造出了这样一种炸弹，第一颗于1945年7月16日在新墨西哥州阿拉莫戈多附近的怀特沙漠试验场爆炸。那时，希特勒已被打败，于是第二颗和第三颗原子弹便于次月在日本上空爆炸了。

核弹仍然在威胁着战后的人类，6个国家——美国、苏联、英国、法国、中国以及印度已经拥有这样的武器。爱因斯坦在晚年为结束核战争威胁的某种世界性协议而顽强地奋斗。他还表达了强烈反对20世纪50年代初横扫美国的麦卡锡主义的一时猖獗。他革新物理学的能力超过他改变人心的能力，在他逝世的时候，局势比先前的任何时候都更危险。他去世时，也像生前那样朴实无华。他火化了，没有葬礼，骨灰撒在某个未经披露的地方。

为了纪念他，在其死后发现的第99号元素不久便被命名为einsteinium，即"锿"。

（卞毓麟译）

原载《天文爱好者》2005年5月号

24

望断《基地》三十年

我酷爱阿西莫夫,爱读他的科普,也爱读他的科幻。

读久了,自然而然地,又从阅读进入了翻译和研究。例如,1980年,突然收到黄伊先生的约稿函,知其主编《论科学幻想小说》一书组稿已近尾声,特命我撰写一篇《阿西莫夫和他的科学幻想小说》,字数不拘,但文章质量必须保证。记得约稿信有言:"请于一星期内交稿,过时不候。"我写了13 000字,按时面交黄先生。该书1981年5月由科学普及出版社出版,后来有人评论我这篇急就章为"我国第一篇系统地介绍阿西莫夫科幻创作历程的颇有深度的作品"。如今,四分之一个世纪过去了,重读这篇文章,可以发现不少原先因第一手资料不足而叙述欠妥之处。全文共八节,

"基地"系列的首个简体中文版(天地出版社,2005年)

第四节用于简介"基地三部曲"。此前几年,我就盼望有谁能将它们译成中文,然此举殊非易事。后来阿西莫夫又写了《基地边缘》(1982年)、《基地与地球》(1986年)、《基地前奏》(1988年)以及他去世后一年才面世的《迈向基地》(1993年)。

1988年8月,我在纽约拜访阿西莫夫夫妇,后来写了一篇纪实文章,题为《在阿西莫夫家做客》。文中说到,在他家客厅的一个书柜顶上,有一只友人相赠的把杯,杯上塑有阿西莫夫的头像。阿西莫夫介绍说:友人们曾计议"用什么形体来构成杯子的把手:一个裸体女郎?还是一个机器人?结果他们决定用机器人。这真是一个愚蠢的决定"。

其实,阿西莫夫本人和我都很明白:这是一个相当聪明的决定。杯子的把手是一个腰弯成了90°的机器人,而"机器人"则是阿西莫夫创作的极其成功的科幻系列作品。因此,他在说到那项"愚蠢的"决定时,语气中显然洋溢着赞许之情。我欣赏着这只别具匠心的把杯,同时提议:"您不妨为它做一个底座,并把这底座命名为Foundation(基地),如何?"

"真是个好主意。"阿西莫夫非常高兴地答道。其夫人则轻叹了一声:"哦——"

那一年,《基地前奏》问世,我更加期盼着"基地"系列的中译本。

20世纪90年代,国人逐渐进入世界图书版权贸易领域,意欲引进阿西莫夫科幻作品的出版社不在少数。我本人于1998年离京华返沪上,从中国科学院北京天文台来到上海科技教育出版社,第一项任务就是组建版权部。在拟引进的首批选题中,就包括阿西莫夫的一批科普和科幻作品,"基地"系列自然也在其中。但不久便查明,台湾地区的汉声出版公司在几年前已取得阿西莫夫许多科幻作品的中文出版权,且繁体字本已陆续应市。

1999年,台湾嘉义市天文协会的李荣彬先生给我寄来了汉声出版公司的阿西莫夫"基地"系列、"机器人"系列中文版,令我喜出望外。可惜工作太忙,委屈它们在书架上躺了两年多。

2002年初,我得了带状疱疹,疼痒难

1999年热心科普的李荣彬先生从台湾寄来的繁体中文版"基地"系列图书

当,在医院病房里干不了什么事,正好阅读叶李华译的《基地》作消遣。不料,同室病友竟大吃一惊:"'基地'已经出书了?"原来,2001年"911"恐怖事件以及本·拉登的"基地"在当时正是热门话题。不过,英国《卫报》"发现"本·拉登从阿西莫夫的《基地》科幻小说中得到启示一说,却令人难以置信,难道他们的记者最近采访过拉登?

守望中文版《基地》,到繁体字本还只是一半。昨天(3月28日)尹传红发来"伊妹儿",附件是叶永烈写的阿西莫夫《基地》小说序,我这才知道四川的天地出版社已将汉声出版公司的叶李华译本以简体字出版。欣喜之余,我也与永烈先生深有同感:如今我国引进的科幻小说品种繁多,然而,经典式的阿西莫夫"基地"系列,无疑仍应列入科幻迷们的首选书目。

望断《基地》三十年,至此终于告一段落。中国的青年人和成年人又多了一套很值得一读的好书。我愿借此机会,谨向译者、读者和出版者致以衷心的祝贺,并再次表达对伟大的科普和科幻作家艾萨克·阿西莫夫的深切怀念之情——今年清明节后一日(2005年4月6日)乃是他的13周年忌辰。

原载《科学时报》2005年3月31日B1版

阿西莫夫的"基地"系列有许多英文版本,此处为若干样例(左起):《基地》《基地边缘》和《基地前奏》

25

喜读"阿西莫夫少年宇宙丛书"

    2000年金秋,图文并茂、装帧精美、全套11册的"阿西莫夫少年宇宙丛书"中译本面世。原作者便是享誉全球的美国科普泰斗艾萨克·阿西莫夫,译者则是中国科学院紫金山天文台和南京大学天文系的一批专家学者,其中不乏科普事业的热心人。丛书主审者是我国科普名家李元先生以及易照华和王思潮两位教授,丛书由江苏科学技术出版社出版。这套书的问世,我期待已久,其质量上乘,更使人倍感欣喜。回想1988年8月,我在纽约阿西莫夫家中做客,他曾提及正在创作一套少儿读物。几年后,我才明白,当时说的正是这套"少年宇宙丛书"。

    "少年宇宙丛书"是阿西莫夫晚年的作品,从中可以充分看到这位科普大师炉火纯青的境界和风采。这套书原名 *Library of the Universe*,原为31种。从1987年

中文版"阿西莫夫少年宇宙丛书"中的两册(江苏科学技术出版社,2000年)

英文版"阿西莫夫少年宇宙丛书"两种:《宇宙碎屑:小行星》(左)和《深空谜案:黑洞、脉冲星和类星体》(右)

起到1990年,由美国的Gareth Stevens公司次第出版。两年多以后,这位当代科普泰斗便与世长辞了。

20世纪90年代前期,台湾鹿桥文化事业有限公司出版了该丛书的中译本,取名《神奇宇宙》,并在1993年北京港台书展上亮相。译本共33册,除原来31种外,尚有一册译名为《天文学研究计划》,内容是提供给业余爱好者参考的一些天文活动项目,此外还有一册《总索引》。

江苏科技出版社的"少年宇宙丛书"译文质量明显高于鹿桥版《神奇宇宙》,将全套书整合成11册,装帧制作也更具特色,这颇值得我们的科普翻译工作者和出版工作者引以为荣。除了引人入胜的内容和优美的表述外,书中众多精致的彩照、彩图也令人爱不释手。

"少年宇宙丛书"充分展现了作者的聪明才智和平易近人的写作风格。虽然书名冠以"少年"二字,但无论是青少年还是成年人,只要读了这套书,他都会由衷地赞叹宇宙之令人敬畏,同时由衷地感佩人类认识能力之伟大。

我认为,这套书几乎值得每个人一读。

原载《科学时报》2001年5月25日B3版

26

弗拉马里翁和《大众天文学》

　　法国天文学家、享誉世界的科普名家尼古拉·卡米伊·弗拉马里翁（Nicolas Camille Flammarion，1842—1925）的巨著《大众天文学》（Astronomie Populaire），是一部名副其实的传世杰作。自1880年初版问世，至1925年作者逝世，在法国印了13万册，并在国外被译成十几种文字。

　　弗拉马里翁去世后30年，其遗孀秉承丈夫"科学知识应该大众化，而不应该庸俗化"的遗志，得到时任巴黎天文台台长丹戎（André-Louis Danjon，1890—1967）以及法国几位著名天文学家的鼎力支持，于1955年出版了修订改写的《大众天文学》新版本。改写本根据原书的结构，补充介绍了近二三十年中科学的巨大进展，从而成为一部新颖而完善的"天文宝典"，再次风行全球。1964年，英国首先推出英文新版，名为《弗拉马里翁的天文书》（The Flammarion Book of Astronomy）。

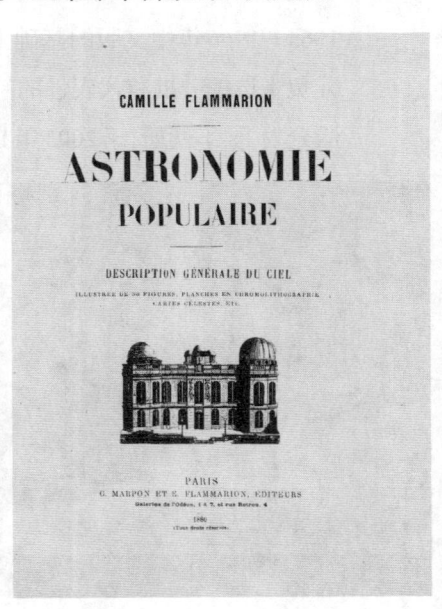

　　又过了30年，法国于1985年再次出版《大众天文学》的全新版本，书名《弗拉马里翁天文学》（Astronomie Flammarion），由10多位法国天文学家齐心协力，全面刷新，全书千余页，插图约1500幅，分为两大册全彩印刷。北京图书馆（今国家图书馆）于1987年收藏了这一新版本。

1880年在巴黎出版的法文版《大众天文学》（Astronomie Populaire）书影

中文版《大众天文学》的问世，经过相当曲折，可谓故事多多。20世纪20年代，中央观象台（今北京古观象台所在地）首任台长、中国天文学会创始人及评议会首任会长高鲁（1877—1947）即有意将《大众天文学》译成中文，惜未能实现。

20世纪60年代初，我国著名天文学家、中国科学院上海天文台台长李珩（1898—1989）教授为将弗拉马里翁天文科普的成功经验传播到中国，利用业余时间全身心地投入翻译1955年的法文新版《大众天文学》，并由中国天文馆事业的先驱者、天文科普名家李元（1925—2016）先生襄助，对照英文版整理、校阅，且酌增新的彩图。这个译本后由科学出版社于1965—1966年依次分成《地球·月球》《太阳·行星世界·彗星·流星与陨星》和《恒星宇宙·天文仪器》三个分册出版。

1987年，李元在北京图书馆见到1985年的法文版《弗拉马里翁天文学》，立即复印目录及序言等相关资料寄给李珩先生。但面对这部皇皇巨著，垂暮之年的李珩实在是力不从心，只能望洋兴叹了。1989年8月19日，李珩先生与世长辞。

2001年，广西师范大学出版社征得李珩的女儿李晓玉教授同意，决定重版这一科普巨著。2002年年初，阔别多年的李晓玉与李元重逢，即与广西师范大学出版社的领导共商出版《大众天文学》修订版事宜，并达成共识：在科学出版社1965—1966年中文版的基础上，作为附录加入李珩教授编写的增补材料，并由李元负责选编一批有代表性的精美彩色天文图片，以反映天文学的最新成就。修订版分为上、下两册，于2003年1月出版。

2013年，李晓玉和李元与北京大学出版社商定再出中文新版，其质量又有所改进提高。这次还特地邀请我国天文学界前辈领军人、90高龄的中国科学院院士王绶琯（1923—2021）先生点评推荐，其词曰："《大众天文学》是一本世界科

李珩（右）和李元在工作（1988年）

普名著,中译本由我国著名天文学家和翻
译家李珩教授译著,可谓名著名译,谨予推
荐。"我本人也遵嘱写下两行真实感受:

> 用令人着迷的语言,叙说宇宙的神
> 奇与壮美;
>
> 以晓畅优雅的文字,构筑科学通俗
> 化的丰碑。

上述种种情况,在北京大学出版社这
个中文版里,刊于正文前的"《大众天文
学》在中国(新版代序)"(李元撰于2013年春)、"译者序言"(李珩撰于1985年)
以及"原出版说明"(1955年)中有着更详尽,也更生动的说明。此外,我应李元先
生和出版社责任编辑刘维之邀,又为这个中文版撰写了一篇"弗拉马里翁传略",
排列于以上三篇文字之后,兹照录全文于此。

李珩、王绶琯、李元三位师长如今均已作古,借写下这篇短文之际,我再次表达
对他们由衷的敬意与深深的怀念。

弗拉马里翁传略

弗拉马里翁(Nicolas Camille Flammarion)称得上是最广为世人所知的法国现
代天文学家。1842年2月26日生于法国上马恩省的蒙蒂尼勒鲁瓦;1925年6月3
日卒于法国奥尔热河畔儒维西。

弗拉马里翁出生前,其父亲已由务农转而开设小商店。在全家4个孩子中,
弗拉马里翁排行最小。父母曾打算让他成为一名教士,并让他在一所教会学校接
受了初等教育。然而,甚至在孩提时代,弗拉马里翁的兴趣就扩展到了各种科学
领域,尤其是被天文学的魅力深深吸引。他在5岁和9岁时,曾先后观看过1847
年10月9日和1851年7月28日发生的日食现象。他11岁时就进行了天文和气象

观测。在他的杰作《大众天文学》一书中，刊有一幅1853年彗星的素描画，那是弗拉马里翁在11岁时的作品。关于这幅画，他写道："一个小孩子觉得一颗普通的彗星非常神奇，它第一次使他对这些天文奇观有了概念；这便是1853年的彗星如何震撼了我，如果允许我做一点个人回忆的话，那是在当年的8月，我从林贡古城的壁垒顶上观看它。在夏天温和的暮色中，这颗彗星闪耀着宁静的光芒。我甚至为这一景象画了一幅素描，却从未想到过这幅微不足道的绘画将来竟会有公开发表的荣耀。"

1856年，弗拉马里翁的双亲因负重债举家移居巴黎，他本人也辍学当了一名雕刻徒工。他在工余到夜校学习英语、代数学和几何学，并日益坚定地放弃了成为教士的念头。1858年，一名医生在给16岁的弗拉马里翁治病之际，无意中发现了这位少年撰写的一大包题为《宇宙之演化》的长篇手稿。医生对此留下了极为深刻的印象，便将他推荐给当时的巴黎天文台台长勒威耶（Urbain Jean Joseph Le Verrier）。几天之后，弗拉马里翁就到巴黎天文台以见习天文学家之衔就任计算员了。3年后，他通过国家考试，获得文理两科的学士学位。

勒威耶对弗拉马里翁颇为赏识，可是做这位台长的助手却不是舒服的差使。很久以后，弗拉马里翁说过，勒威耶"如果具有更和蔼可亲的性格，并且不那么喜欢样样都管的话，那么他的一生就会对科学和人文更加有用了"。许多员工都难以忍受这位台长专制暴躁的作风，弗拉马里翁也不例外。因此，他于1862年离开

《大众天文学》的一幅插图：弗拉马里翁11岁时绘画的1853年彗星

了巴黎天文台,到巴黎经度局任计算员,并在索邦大学听课。

与此同时,弗拉马里翁的天文写作也硕果渐丰。他的第一本书《可居住世界的众多性》于1861年出版,初次显示了他进行科学普及的杰出才能和优美的文学风格。不久,他就被任命为《宇宙》杂志的科学编辑。往后十余年中,弗拉马里翁把许多时间花在写作和演讲上,但他还是想方设法挤时间做各种科学实验。他一度对地球大气问题深感兴趣,为此曾多次乘坐探测气球升空,以便研究高层大气的状况。他还写了一本题为《地球大气层》的书。

弗拉马里翁初期的天文研究工作与双星有关,于1871年写了有关这一主题的首篇论文。接下来的几年中,他计算了大量双星的轨道,并于1878年完成一份光学双星表,呈送科学院。1882年,弗拉马里翁创办了科普杂志《天文学》。1887年,他创建了法国天文学会,并担任首任会长。1894年《天文学》杂志更名为《天文学和法国天文学会会刊》。1891年,法国开始出版《弗拉马里翁年鉴》,直至1964年。

弗拉马里翁的一些初步研究工作,往往预示着日后的重大进展。例如,他在19世纪70年代探索"星流"的工作就意义深远。天文史家们认为,要是他能够坚持这些研究,就有可能大大超前于博斯(Lewis Boss)、爱丁顿(Arthur Stanley Eddington)、赫兹普龙(Ejnar Hertzsprung)以及其他人的工作。但是,他那过于活跃的大脑显然使他难以长期固守任何既定的研究路线。

弗拉马里翁的研究兴趣广泛,科学著述众多,涉及火山学、大气电学、气候学等许多题材,而他特别热衷于研究的课题则是火星。他是19世纪的火星研究大家。1876年,弗拉马里翁著的《天上的地球》一书中,以各家观测者的素描为基础综合制成一份火星图,美国天文学家洛厄尔(Percival Lowell)认为它属于具有历史价值的火星图之列。书中刊出了他于1873年6月29日晚观测火星时亲手描绘的火星"沙海"图,这比贝尔(Wilhelm Beer)和梅德勒(Johann Heinrich Mädler)于1830年绘制的著名火星图复杂得多。嗣后,天文学家们开始发现火星上斑块的形态和颜色随季节不同而有明显变化。1877年火星大冲期间,弗拉马里翁首先发现火星上某些区域的明暗程度和形状有所变化,并指出在相隔仅一两个月拍摄的照片上,已能察觉这种现象。在小望远镜中显现为均匀暗斑的"海",在大望远镜中却呈现出无数微小的不规则黑点。由于此类

1883年的卡米伊·弗拉马里翁肖像照,欧仁·皮鲁(Eugène Pirou,1841—1909)摄

黑点有些变深有些变淡,才使"海"的轮廓或色调有所改变。

1876年至1882年,弗拉马里翁任巴黎天文台的研究员。该台台长勒威耶曾于1870年在公众要求下被免职,后于1872年再度复职,1877年与世长辞。所以,弗拉马里翁在勒威耶手下工作的时间并不长。1883年,弗拉马里翁得到一位法国富翁的资助,在巴黎附近的奥尔热河畔儒维西镇建立了一座私人天文台,即儒维西的弗拉马里翁天文台。他在此台工作40多年,发表了100余篇观测和研究报告。他利用该台的仪器,对火星作了大量观测,并全身心地投入了发端于斯基亚帕雷利的火星运河之争。他坚定地站在火星上存在运河和智慧生命——甚至比地球上的生命更高级——这一边。同时,他还报道探测到月球上有一个环形山发生了变化,并坚决主张那是因为有植物在生长的缘故。事实上,他热衷于相信所有的世界都有活着的生物居住。1892年,弗拉马里翁出版了《火星这颗行星》一书。一位英国作者认为,这部书将是"未来多年中有关火星的标准著作",只可惜它未被译成英文。但是,正如科学史上经常发生的那样,这部作品不久就被后来者洛厄尔的著作超越了。1909年,弗拉马里翁著的《火星及其宜居条件》一书出版。

弗拉马里翁具有广博的知识、强烈的好奇心以及丰富的想象力,所以看来并不奇怪,这使他在晚年对所谓"灵学"问题很感兴趣。他做过精细的科学实验,并敢于揭露这个领域中的骗局和谎言。

不过,弗拉马里翁最伟大的贡献是在科学普及方面。他为法国许多报刊撰写了大量普及天文学的文章。弗拉马里翁从1866年开始,就在巴黎作天文学讲演;此后,法国的其他城市以及一些欧洲国家的首都——如布鲁塞尔、日内瓦、罗马等,也竞相邀请他去演讲。他的每次演讲总是座无虚席,他使听众入迷的魔力,可以与英国的小说家狄更斯(Charles Dickens)媲美。

　　毫无疑问，弗拉马里翁最为成功、最受大众欢迎的天文普及著作就是1880年首次出版的《大众天文学》。直到他去世时的1925年，该书已在法国再版20多次。1882年，他因为此书而荣获巴黎科学院颁发的蒙蒂尤奖。许多天文学家皆因青年时代读了这部著作而走上了探索宇宙奥秘之途，著名的法国天文学家李奥（Bernard Lyot）就是其中的佼佼者。《大众天文学》于1894年被译成英文，后来又译成西、意、俄、中等十多种文字，堪称读者遍天下。20世纪的美国科普巨匠阿西莫夫（Isaac Asimov）曾称赞《大众天文学》："在十九世纪的同类著述中，这乃是一部无出其右的杰作。"

　　弗拉马里翁是一位竭诚将天文知识传授给社会公众的权威性的天文学家。他热爱生活、思维敏锐，在文学上也取得了可观的成就。他写的小说，背景大多体现了科学为公众服务。弗拉马里翁的座右铭是："科学知识应该大众化，而不应该庸俗化"。

　　诚哉斯言！

卞毓麟　2013年春于上海

历史悠久的巴黎天文台外景。建筑中部有两道墙柱，雕刻着17世纪所用的天文仪器和测量仪器。下页是它们的放大照片（来源：《大众天文学》插图）

巴黎天文台（见上页图）外墙上的两道墙柱，雕刻着17世纪所用的天文仪器和测量仪器。左图下端是一座惠更斯的重锤摆钟（来源:《大众天文学》插图）

卷三

27

数学的奇妙和愉悦

莎士比亚、庞加莱和加德纳

我特为给你推荐一位朋友，

精通音乐与数学，

做她的教师可以愉快胜任，

我知道她对这两门功课已有一点根底。

——莎士比亚：《驯悍记》第 2 幕第 1 场

莎士比亚早期作品《驯悍记》的剧情梗概是：富翁巴普提斯塔的大女儿性子暴躁、难以理喻，大家都叫她"泼妇凯瑟丽娜"。可是，聪明、幽默的彼特鲁乔先生却决心要娶这位美丽的悍妇，并使她变成一个温柔、贤淑的妻子，结局是他如愿以偿。

题头引文，是彼特鲁乔向巴普提斯塔提亲时的话语。"她"，指"泼妇凯瑟丽娜"。"她对这两门功课已有一点根底"，其实是反话；而贯穿于全剧始终的反话正是彼特鲁乔制胜的"法宝"。从这段引文可以瞥见，在莎士比亚时代，数学在人们心目中所占的地位。

莎士比亚将数学与音乐并提，这绝非偶然。法国大数学家庞加莱曾经说过：

《数学的奇妙》，[美] 西奥妮·帕帕斯著，陈以鸿译，上海科技教育出版社 1999 年 4 月出版

数学的目标和意义有三个方面：首先，数学提供了研究自然界的有力工具；其次，数学的研究有重要的哲学意义；再则我敢冒昧地说，数学的探索还有深刻的美学原则……数学内容的展示能给人们带来种种喜悦，恰如绘画和音乐能够陶冶人们的心情一样……尽管数学不是美学，两者不能等同，但当人们亲身经历并回顾其数学研究的历程时，一种不可遏制的愉快油然而生，这难道不是一种美学特征的体现吗？当然，只有少数人能真正进入这种境界并享受到这种喜悦和愉快，而这也正好与只有少数人才能去鉴赏最珍贵的艺术并享受其中的乐趣一样。因此，我毫不犹豫地认为，任何一个人想要有修养，就要去学习数学，即使是那些在物理学或其他学科中暂无任何应用的数学理论，也值得去学习和探索。

诚哉斯言！有一个人，通过自己独特的方式，唤起了无数人对数学的兴趣。他的名字就叫马丁·加德纳。

加德纳是美国人，生于1914年，如今仍健在（卞按：马丁·加德纳于本文发表后7年逝世，享年96岁）。他从来没有当过教授，但世上许多第一流的数学家都对他敬重有加。他为《科学美国人》杂志每月写一篇"游戏数学"专栏文章，持续了20年以上。他的这些文章和其他著作极为出色地对现代数学的成就作了通俗的介绍，从而把一门被认为枯燥乏味的学科，变成了生气勃勃的艺术。人们赞誉他为"数学的传教士""数学园丁"……甚至写下了这样的褒扬之词：

在数学这座金碧辉煌、神圣庄严毫不亚于奥林匹斯的神庙中，供奉着欧几里得、笛卡儿、牛顿、欧拉、高斯、黎曼、康托尔等大神，他虽没有叨陪末座的资格，但是，作为站在庙门口的守护神，却少不了他。

马丁·加德纳多才多艺，在哲学、文学、艺术、新闻等诸多领域均不乏建树。当然，他的主要业绩还在于数学。1979年，加德纳65岁，许多著名数学家都觉得应该对他有所表示，于是由戴维·克拉纳牵头，各自撰写一篇最拿手

趣味数学大师马丁·加德纳

的文章汇集成书,作为寿礼献给他,书名就叫《数学加德纳》。此事仅在小范围内进行,因为假如公开征文,那么崇拜者们必将来稿如潮,这又将如何是好?

引人入胜的数学趣题

加德纳与读者有着广泛的通信联系,在社会公众中,希望能欣赏数学美的人往往很难如愿,加德纳则为他们创造了层出不穷的机会。我们试以《引人入胜的数学趣题》为例,来一睹加德纳趣味数学的风采。该书共10章,依次为"算术趣题""货币趣题""速度趣题"等。加德纳要求读者:"我希望你们在认真思考解题之前,尽最大努力抗拒看答案的诱惑。"

彩色袜子是一道算术趣题:抽屉中杂乱地放着10只红袜子和10只蓝袜子,它们除颜色不同外,其他都一样。室内一片漆黑,而你想取出2只颜色相同的袜子。请问最少要从抽屉中取出几只袜子,才能保证有2只配成颜色相同的一双?

许多人会想:假设取出的第一只是红袜子。我需要取出另一只红袜子来和它配对,但取出的第二只可能是蓝袜子,而且下一只,再下一只等等,可能都是蓝袜子,直到取出抽屉中全部10只蓝袜子。于是,再下一只肯定是红袜子了。因此答案是12只袜子。

但是,题目中并没有限定是一双红袜子,它只要求取出两只颜色相同的袜子。如果取出的头两只袜子不能配对,那么第三只肯定能与头两只袜子中的某一只配对。因此,正确的答案是3只袜子。

自行车和苍蝇是一道极富启迪性的速度趣题:两个男孩各骑一辆自行车,从相距20英里(1英里≈1.6千米)的两个地方沿直线相向骑行。在他们起步的那一瞬间,一辆自行车车把上的一只苍蝇,开始向另一辆自行车径直飞去。它一到达另一辆自行车的车把,就立即转向往回飞行。这只苍蝇如此往返于两辆自行车的车把之间,直到两辆自行车相遇为止。

如果每辆自行车都以每小时10英里的匀速前进,苍蝇以

马丁·加德纳著《引人入胜的
数学趣题》书影

每小时15英里的匀速飞行,那么,苍蝇总共飞行了多少英里?

每辆自行车运动的速度是每小时10英里,1小时后两辆车相遇于20英里距离的中点。苍蝇飞行的速度是每小时15英里,因此在1小时中总共飞了15英里。事情就这么简单!

许多人试图计算苍蝇在两辆自行车车把之间的第一次路程,然后是返回的路程,并依次类推,算出那些越来越短的路程。但这将涉及所谓的无穷级数求和,因而非常复杂。

据说,在一次鸡尾酒会上,有人向20世纪的大数学家约翰·冯·诺伊曼提出这个问题。他略加思索便给出了正确答案。提问者沮丧地解释道,绝大多数数学家总是忽略能解决这个问题的简单办法,而去采用无穷级数求和的复杂方法。不料,冯·诺伊曼却脸露惊异地说道:"我用的正是无穷级数求和的方法。"

数学的不同分支极其众多,如果从每个分支选一道题,那么这本《趣题》的篇幅将会比现在大上50倍。有些趣题归入哪一部分都不太合适,然而由于它们特别有趣,并且介绍了重要的数学概念,所以加德纳把它们纳入了"什锦趣题"这一章。其中**5块"四小方"**一道,涉及一个叫作组合几何学的几何学分支。它显示了怎样构造一类拼板游戏,曾经引起许多第一流数学家的兴趣。

下图(1)中有5个图形,各由4个小正方形连接而成,叫作四小方。多米诺骨牌由2个小正方形连接而成,可称为二小方。由3个小正方形构成的形状称为三小方,由5个小正方形构成的则称为五小方,依此类推。这类形状的总称是多小方。以它们为基础的趣题数以百计。

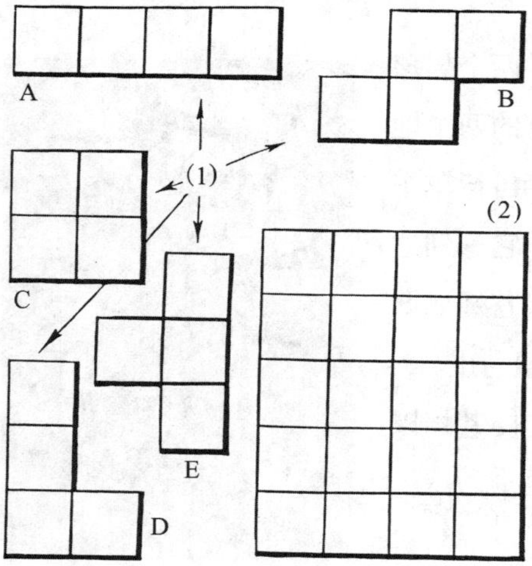

把图(1)中的四小方剪下来,每块图形都可以翻转,哪一面朝上都行,你能把它们拼接成图(2)所示的4×5长方形吗?

答案是:不可能做到这一点。对此,有一种简单得惊人的证明方法——

首先把长方形中的小正方形涂上颜色,使它看起来像个国际象棋棋盘。把四小方A、B、C、D

(1)5个四小方,(2)一个4×5的长方形

像国际象棋棋盘那样把长方形中的
小正方形涂上颜色

放到棋盘上，你会看到，无论它们摆在什么地方，每一个四小方必定是盖住2个黑正方形和2个白正方形。于是，这4块四小方盖住的总范围永远是8个黑的和8个白的正方形。但四小方E的情况就不同了，它总是盖住一种颜色的3个正方形和另一种颜色的1个正方形。

这个长方形有10个白色的和10个黑色的小正方形。无论四小方A、B、C、D摆在什么地方，它们必将盖住黑白两色各8个正方形。这样，留给四小方E的就是2个白的和2个黑的正方形。E不可能盖住它们，因此这道题不可解。

拓扑、概率和组合几何学

《引人入胜的数学趣题》每一章都有一段言简意赅的导言，以便读者领会相关数学分支的实质。"拓扑趣题"一章的导言告诉读者：

> 拓扑学是现代几何学中最年轻的分支之一。它的一些稀奇古怪的图形简直令人不可思议，以至于仿佛不是由冷静的数学家而是由科学幻想小说家发明的。

> 那么，什么是拓扑学呢？它研究的是图形无论经过怎样的扭曲、拉伸或压缩仍然保持不变的性质。对于一位拓扑学家来说，一个三角形和一个圆没什么两样，因为设想这个三角形是用绳子做成的，我们就能容易地把这绳子拉成一个圆的形状。假设我们有一个炸饼圈——拓扑学家称之为环面，是用能随意模压成型，却既不会自身粘连又不会断裂的塑性材料制成的。在经过拉伸、弯曲，使之充分变形之后，这个炸饼圈原有的许多性质依然保存了下来。例如，它总是有一个洞。这种不变的性质就是它的拓扑性质。它们与大小无关，也与通常所理解的形状无关。它们是最深层次的几何性质。

许多趣题实际上就属于拓扑学范围。拓扑学有一条基本定理，用法国数学家卡米耶·约当的姓氏命名，叫作约当曲线定理。它指出，任何简单闭曲线——即一条两端相接并且不自身相交的曲线，都把一个平面分成两个区域，即一个外部和一个内部。这条定理看上去十分浅显，但证明起来却相当困难。

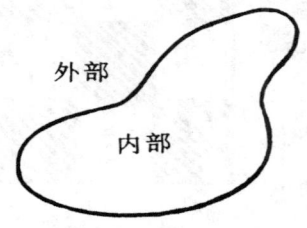

外部

内部

闭曲线把一个平面分成两个区域

一条弯弯扭扭的简单闭曲线

内部还是外部就是一道拓扑趣题。画一条弯弯扭扭的简单闭曲线（如上右图），要立即说出某一点，例如图中用小十字标出的那个点，是处于内部还是外部，似乎并非易事。当然，我们可以循着这个点所在的区域不断追踪，一直追到曲线的边缘，看它是否能通向外部。

在下图中，一条简单闭曲线只露出中间一小部分，四周都被纸片盖住了，因此你无法再循着任何看得见的区域向外追踪到曲线的边缘。现在，我们被告知，标志着A的区域是曲线的内部。请问：区域B是内部还是外部？你是怎么知道的？

答案为：区域B是内部。关于简单闭曲线，还有一条有趣的定理，即简单闭曲线的所有"内部"区域相互之间被偶数条线隔开，"外部"区域之间也是如此；而任何一个内部区域与任何一个外部区域之间，则被奇数条线隔开。零被认为是偶数，因此两个区域之间如果没有线隔开，它们当然是在曲线的同一"侧"，于是这条定理依然成立。

一条简单闭曲线的四周都被
纸片盖住了

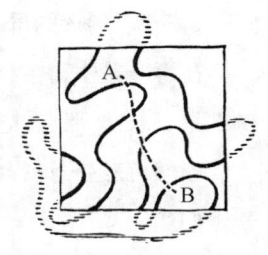

简单闭曲线的所有"内部"区域相互之间被偶数条线隔开,"外部"区域之间也是如此

从区域A的任何部分沿任何途径进入区域B的任何部分,我们将穿过偶数条线。图中用虚线表示了这样一条途径,它穿过偶数条——4条线。因此,不管这条曲线的其余部分是什么样子,我们都可以肯定,区域B也是内部!

在"概率趣题"一章的导言中,加德纳写道:

> 我们周围发生的每一件事情,都遵循概率的规律。我们不能逃避它们,就像我们不能逃避重力一样。电话铃响了。我们作出应答,因为我们认为有人拨打了我们的电话号码,可是总会出现有人拨错号码的情况……"概率,"一位哲学家曾经说过,"是人生的真正指南"。我们都是赌徒,一生在为无数的行动结果下着无数的赌注。

> 概率论是数学的一个分支,它告诉我们怎样去估计可能性的大小。如果一件事情肯定会发生,则它被赋予的概率为1;如果它肯定不会发生,则它具有的概率为0。所有其他的概率都介于1和0之间。假如一件事情发生与不发生的可能性恰好相等,我们说它的概率为1/2。科学的每一个领域都同估计概率有关。物理学家要计算一个粒子的可能径迹。遗传学家要计算一对夫妇生蓝眼睛孩子的可能性。保险公司、商人、证券经纪人、社会学家、政治家、军事家,都必须善于计算同他们有关的事情的概率。

概率趣题男孩对女孩讲了一位古代苏丹的故事。这位苏丹打算使他的国家中妇女的人口超过男子,以让男人能有更多的妻妾。为此,他颁布了如下的法律:一位母亲生了一个男孩后,就立即被禁止再生孩子。

苏丹告诉他的大臣,通过这种办法,有些家庭就会有几个女孩而只有一个男孩,但是任何家庭都不会有一个以上的男孩。用不了多长时间,女性人口就会大大超过男性。请问,你认为苏丹的这个法律会产生这样的效果吗?

不会!按照统计的规律,全部妇女所生的头胎孩子趋向于男孩女孩各占半数。男孩的母亲们不能再有孩子。女孩的母亲们可以再生育,但第二胎孩子仍然一半是男孩一半是女孩。

再一次,男孩的母亲们退出生育队伍,留下其他母亲,她们可以生第三胎。

在每一轮生育中,女孩的数目总是趋于与男孩的数目相等,即男孩对女孩的比例都是1比1。那么,把各轮生育的结果全部累加起来,比例还是保持着1比1。

当然,在这一进程中女孩们会成长起来成为新的母亲,但上述论证同样也适用于她们。

萨姆·劳埃德的故事

加德纳善于构思数学趣题,也善于介绍该领域中前人的成就,《萨姆·劳埃德的数学趣题》及其《续编》,就是加德纳选编的经典之作。

塞缪尔·劳埃德是19世纪美国最杰出的趣题和智力玩具专家,萨姆是塞缪尔的昵称。他于1841年1月30日在费城出生,3岁时随父亲到纽约定居,后来在纽约的公立学校就读,直到17岁。他富有个性,兴趣独特,诸如魔术、口技、下棋、模仿表演、用黑纸片快速剪影等,无一不精,而对国际象棋的兴趣又导致他为趣味数学奉献了自己的一生。

萨姆10岁时正规学棋,14岁在《纽约星期六信使报》上发表其第一个国际象棋题目。几年后,他就被公认为全美国最重要的国际象棋趣题作者。那时,有许多报纸开辟定期的国际象棋专栏,劳埃德成为其中大部分专栏的撰稿人。1857年,16岁的他成了《国际象棋月刊》的棋题专栏编辑。后来,他又为其他报刊主持各种国际象棋专栏,包括一度在《科学美国人副刊》上开辟的每周国际象棋专版。

1870年以后,劳埃德的注意力转向数学趣题和作为广告赠品的小玩意儿。他的"14—15滑块游戏"在许多国家掀起了狂热。19世纪90年代,他一直为《布鲁克林每日鹰报》的一个通俗趣题专栏撰稿。直到他1911年逝世,许多报刊

《萨姆·劳埃德的数学趣题》和《萨姆·劳埃德的数学趣题续编》

上都有他的趣题专栏。例如,他在《妇女的家庭伙伴》上的趣题专版,从1904年到1911年每月都照刊不误。

劳埃德于1911年4月10日去世后,他的儿子小塞缪尔·劳埃德继续以他的名义编辑趣题专栏,并出版了他的不少趣题集,其中内容最丰富的是1914年私人印行的皇皇巨制《趣题大全》。此书因匆匆拼凑而成,故内容和印刷上有许多差错。然而,它依然是迄今最激动人心的单卷本趣题集。加德纳选编的《萨姆·劳埃德的数学趣题》及其《续编》,就取自这部早已绝版的惊人巨著。

例如,属于运筹学范畴的**项链趣题**。劳埃德说自己几年前出了这道题,把它给了纽约所有主要的珠宝商和项链制造商,然而却没有一个人能给出正确答案。题目如下:

一位小姐买了12段链子,如图所示,其中大环和小环的总数恰好为100个。她要求把它们连成一条两端连接的100环的项链。珠宝商告诉她,每断开一个小环然后再接上收费15美分,每断开一个大环再接上收费20美分。请问:这位小姐制成这条项链要花多少钱?

绝大多数人都会说,只要打开这12段链子末端所有的小环,而不必打

项链趣题

开任何大环,就可以连成一条100环的项链,花费是1.80美元。

然而,正确的答案却是:在图中左右两边有2段5个环的链子,都由3个小环和2个大环组成。打开这2段链子所有的10个环,接上其他各段链子,就能构成一条两端相连的百环项链,而花费仅为1.70美元。这是可能得到的花钱最少的答案。

早期的铁路也是一道非常有名的运筹学趣题:有一节车头带着4节车厢同另一节带着3节车厢的车头相遇,问题是要借助于侧线,用最便捷的方法,使两列火车都通过。请注意:侧线的长度只够容纳一节车头或一节车厢,而且车厢不能连接到车头的前面。车头每倒退一次算作移动一次,那么车头必须来回多少次才能达到目的?

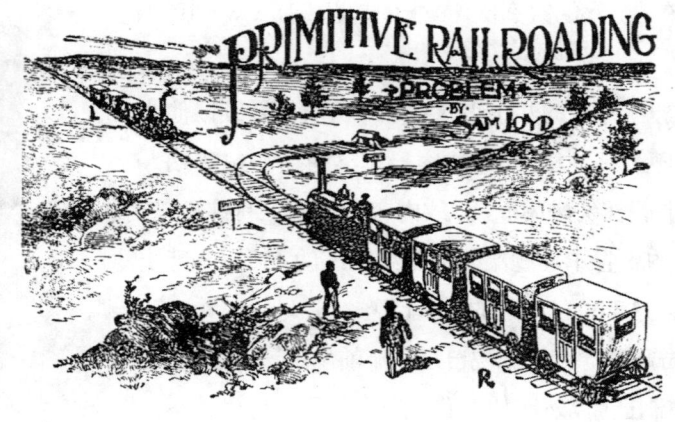

早期的铁路

此题十分耐人寻味，完整的答案是：1. 右车头向右边后退。2. 右车头开到侧线上。3. 左车头带着3节车厢开到右边。4. 右车头退回主线。5. 右车头带着3节车厢开到侧线左边。6. 左车头退到侧线上。7. 右车头和车厢退到右边。8. 右车头拉着7节车厢开到左边。9. 左车头开回主线。10. 左车头退到整列火车处。11. 左车头拉着5节车厢开到侧线右边。12. 左车头倒退着把它最后面的一节车厢推到侧线上。13. 左车头拉着剩下的4节车厢开回右边。14. 左车头带4节车厢退回左边。15. 左车头单独开到右边。16. 左车头向侧线后退。17. 左车头把1节车厢从侧线上拉回主线。18. 左车头退回左边。19. 左车头带着6节车厢向右前进。20. 左车头倒退着把它最后面的一节车厢推到侧线上。21. 左车头带着5节车厢开回右边。22. 左车头推着5节车厢退回左边。23. 左车头带着1节车厢开到右边。24. 左车头向侧线后退。25. 左车头带着2节车厢开到右边。26. 左车头推着2节车厢退到侧线左边。27. 左车头拉着7节车厢开到侧线右边。28. 左车头把最后一节车厢推到侧线上。29. 左车头带6节车厢开到右边。30. 右车头退回右边。31. 右车头接上它的4节车厢离开。32. 左车头向侧道后退。33. 左车头带着它的3节车厢继续自己的行程。

路径、滑块、古怪的教师

劳埃德的数学趣题涉及面极广。我们再介绍一个与路径有关的趣题，它以驰誉全球的儿童文学作品**爱丽丝漫游奇境记**命名。

劳埃德提请大家注意爱丽丝和那只总是咧着嘴笑的柴郡猫的奇特交往。那只柴郡猫能够在微风中隐没，只剩下它那不可抗拒的微笑。爱丽丝第一次见到它，就想知道那是一种什么动物。因为在奇境国总是用写字来提问，而且念东西通常是从右往

爱丽丝漫游奇境记

左倒着念，或是从上到下、从下到上地念，所以爱丽丝就如插图那样把问题写了下来。这就允许读者从他们喜欢的任何地方开始，到任何地方结束，正如在奇境国里那样。

请注意，右图中这句话的英文字母，顺着念和倒过来念正好完全相同！请想想：你能以多少不同的方式读出爱丽丝的问题"WAS IT A CAT I SAW?"（我看见的是一只猫吗？）本题的读法规则是：从任何一个W开始，照着这个句子的字母排列沿着相邻的字母读到C，然后再读到边上的任何一个W。你可以向上下左右读，可以成直角拐弯。

题中有24个起点和同样数量的终点。许多优秀的数学家基于这一点，在解题时犯了错误。他们认为答案应该是24的平方，即576。然而，他们没有想到，到达中心C的不同线路准确地说有252种，而再回到边上的W的线路也是同样多，因此正确的答案是252的平方，即63 504条不同的线路！

劳埃德告诉我们，他在19世纪70年代怎样使人们着迷于那个**趣题国的14—15滑块游戏**。如下图所示，15个滑块按顺序排在一个正方形盒子里，但"14"和

趣题国的14—15滑块游戏

"15"的顺序颠倒了。题目的要求是依次移动这些滑块，一次移动一个，使得"14"和"15"的顺序错误得到纠正，而其他滑块仍回到原来的位置。

人们被这个游戏弄得神魂颠倒，它的神秘性在于，当你似乎觉得胜利在望时，却无法回忆起自己是按什么顺序移动的。据说，农民们甚至放下了犁来做这个游戏，此处的插图表现了这种场面。

从这个最初的题目，又演变出几个值得一提的新问题：

第二个问题是，开始时滑块仍像上面的大图中一样，然后移动这些滑块使得号码按顺序排列，不过空格不在右下角了，而是如下图（1）那样在左上角。

第三个问题是，开始时同上，然后把盒子转动90°，再移动滑块，直到如下图（2）的样子。

第四个问题是，开始同上，然后移动这些滑块直到它们成为一个"幻方"，即每一条纵行、横行以及两条对角线上的数字相加都得到30。

答案是：最初的那个问题是不可能解出的。该问题的独特之处在于，任何两个滑块交换一下位置，都立刻使得这个问题变成可解的。实际上，任何奇数次的交换都有同样的结果，而偶数次的交换却使问题回到像最初那样不可解。

劳埃德给出了其余3个问题的解答。图（1）可以用44步得到，即依次移动：14,11,12,8,7,6,10,12,8,7,4,3,6,4,7,14,11,15,13,9,12,8,4,10,8,4,14,11,15,13,9,12,4,8,5,4,8,9,13,14,10,6,2,1。读者可以从《萨姆·劳埃德的数学趣题》中查到图（2）和幻方的解答。

在算术和代数方面，**古怪的教师**这道趣题可谓别开生面。有一位古怪的教师，想把一些较大的学生吸引到他正在组织的一个班里来。他每天准备了奖品，班里

1	2	3	
4	5	6	7
8	9	10	11
12	13	14	15

（1）

1	2	3	4
5	6	7	8
9	10	11	12
13	14	15	

（2）

（1）开始时滑块仍像前面的图一样，然后移动滑块，使号码按顺序排列，要求空格在左上角；
（2）开始时同上，然后把盒子转动90°，再移动滑块，直到如图的样子

的男孩或女孩哪一方的出生后天数加起来大,就奖给哪一方。

第一天,来了1个男孩和1个女孩,男孩的出生后天数恰好是女孩的2倍,因此奖品给了男孩。第二天,那个女孩把她的一个姐姐带来了。教师发现她们出生后天数加起来恰好是那个男孩的2倍,所以2个女孩分到了奖品。

第三天,那个男孩叫来了他的一个哥哥。教师发现2个男孩的出生后天数加起来恰好是2个女孩的2倍那么大,所以那天男孩们得到奖品。

竞赛在激烈地展开。第四天,两个女孩由她们的姐姐陪着来了;这样3个女孩和那2个男孩相比,当然女孩们胜利了。她们的出生后天数之和再一次恰好2倍于男孩们。我们已经知道,最后一位小姐是在她21岁生日那天加入这个班的。请问:第一个男孩有多大?

这是一个简单的题目,但解答令人眼花缭乱。第一天,第一个女孩是638天,男孩是她的2倍那么大,也就是1276天。这位最小的女孩第二天就是639天,她的姐姐是1915天,合计是2554天,这就是第一个男孩的2倍——因为他又长大了一天,该是1277天了。第三天这个男孩是1278天,他的哥哥是3834天,他们相加是5112天,恰好是2个女孩现在的大小(640天与1916天)之和2556天的2倍。

第四天女孩们又各自长大一天,变成2558天,加上最后那个姐姐的7670天,使她们的总和为10228天,恰好是2个男孩的2倍,因为2个男孩最后一天的总和已是5114天。

最后那个女孩的7670天是这样得出的:她正好到了21岁生日,21乘365是7665,加上四个闰年的4天,再加上她生日这一天。

那些在解答中犯了错误的人,多半忽略了这些学生每过一天都会长大一天这个事实。

加德纳曾说,"这里再现的仅仅是《大全》的一部分内容……选择时既着眼于多样化又考虑到当代人的兴趣。如果这本书受到欢迎,我或许会从同一来源再选编出一本作为本书的继续"。

果然,后来他又完成了《萨姆·劳埃德的数学趣题续编》。

女杰帕帕斯及其他

为使人们更方便地走近趣味数学,上海科技教育出版社推出了一套"加德纳

趣味数学女杰西奥妮·帕帕斯

趣味数学系列"，上述几种著作都是该"系列"的成员。同时，该系列还收入了西奥妮·帕帕斯的《数学的奇妙》、乔治·J·萨默斯的《测试你的逻辑推理能力》和《逻辑推理新趣题》等名家名著。

帕帕斯是趣味数学界的一位女杰，数学教师兼顾问，1966年在加利福尼亚大学伯克利分校获文学士学位，1967年获斯坦福大学文学硕士学位。她致力于使数学非神秘化，帮助人们消除对数学的畏惧感。除《数学的奇妙》外，其作品还有《数学T恤衫》《数学日历》《孩子的数学日历》《数学知识日读》《数学的乐趣》《数学的更多乐趣》《数学鉴赏》《数学谈话》《分形、大数及其他数学故事》以及专门介绍视幻觉的《你看见什么？》等。

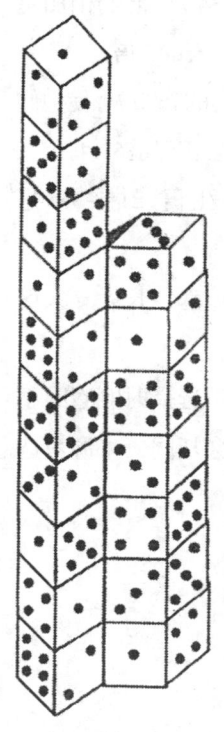

堆骰子

堆骰子是《数学的奇妙》之小小一例：假定你能绕着这堆骰子环行，并看清所有露出的面。试求骰子各隐藏面上的点数之和。注意：隐藏面的总点数，不包括图中看不见的背面的点数，因为我们可以绕着这堆骰子环行，可以看见背面的情况。这里的隐藏面，是指顶端那两粒骰子的底面，以及其他每粒骰子的顶底两面。

解此题的诀窍在于记住一粒骰子两对面的点数之和是7。第一堆有10粒骰子，顶面和底面总共70点，减去顶上一粒骰子顶面的1点，得69点。第二堆有7粒骰子，顶面和底面总共49点，减去顶端的3点，得46点。因此，两堆骰子各隐藏面上的点数总和是69+46=115点。

乔治·J·萨默斯的逻辑趣题很像一个个探案故事，此处仅举最容易的一例。**昨天火腿，今天猪排**说的是甲、乙和丙三人去餐馆吃饭，他们每人要的不是火腿就是猪排。已知（1）如果甲要的是火腿，那么乙要的就是猪排。（2）甲或丙要的是火腿，但两人不会都要火腿。（3）乙和丙两人不会都要猪排。请

《测试你的逻辑推理能力》和《逻辑推理新趣题》书影　　　《矩阵博士的魔法数》书影

问：谁昨天要的是火腿，今天要的是猪排？

我们的推理如下：如果甲要的是火腿，那么根据（1），乙要的就是猪排，又根据（2），丙要的也是猪排，但这种情况与（3）矛盾。因此，甲要的只能是猪排，而且根据（2），丙要的只能是火腿。也就是说，甲、丙两人每天要的菜都不能变。因此，只有乙才可能昨天要火腿，今天要猪排。

"加德纳趣味数学系列"迄今已出9种，除前面已提及的，还有加德纳的另一名著《矩阵博士的魔法数》，以及余般石编著的《国内外数学趣题集锦》和陶臣铨、毛澍芬编著的《训练思维的数学趣题》。它们都可以佐证帕帕斯的名言：

> 数学是一种科学，一种语言，一种艺术，一种思维方法，它出现于自然界、艺术、音乐、建筑、历史、科学、文学——其影响遍及宇宙间的方方面面……

原载《科学生活》2003年10月号

28

邮票上的数学历程

邮票之美与科学之妙

数学作为人类文明之花,开遍我们这个星球的每一个角落。正因为如此,2002年8月下旬国际数学家大会在北京召开,便引起了国人的密切关注和强烈兴趣。《邮票上的数学》一书也在与会代表中渐渐传开;不久,此书又为数学爱好者们所钟情。然后,它又开始受到集邮爱好者们的青睐。

《邮票上的数学》一书的作者罗宾·J·威尔逊是英国开放大学高级数学讲师,牛津大学基布尔学院研究员。他热衷于向社会公众普及数学,有志于让更多的人领略和欣赏数学之美。他具备深厚的人文科学底蕴,因而撰写的各种著作多能别开生面,其题材从图论和组合数学到吉尔伯特和沙利文的歌剧,其中自然也包括他所钟爱的数学史。

作为一部专题集邮鉴赏类著作,《邮票上的数学》之主题是数学史。作者从世界各国数千枚有关数学的邮票中,选出约400件精品,分为55个专题,通过邮票赏析,生动地展现了几千年来数学与时俱进的奇妙历程。

诚然,《邮票上的数学》并非科学与集邮联姻的开山之作。我国近20年来,也有过不少此类尝试。例如,在20世纪

邮票上的数学

《邮票上的数学》,[英]罗宾·J.威尔逊著,李心灿、邹建成、郑权译,上海科技教育出版社2008年2月出版

罗宾·小·威尔逊 著
李心灿 邹建成 郑权 译

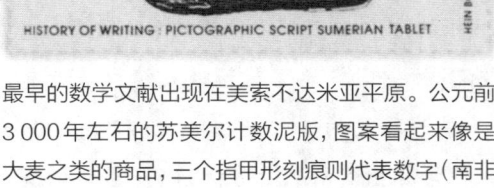

最早的数学文献出现在美索不达米亚平原。公元前3 000年左右的苏美尔计数泥版,图案看起来像是大麦之类的商品,三个指甲形刻痕则代表数字(南非文达地区发行,1982年)

2000年为世界数学年,许多国家为此发行了特种邮票。这是卢森堡发行的"世界数学年2000"

80年代,有过李东初等编著的《邮票上的科学》,有过《我们爱科学》杂志编的一系列《邮票小百科》,更有中国青年出版社出版的"邮票系列画册"(含《邮票中的世界名画》《邮票中的人体艺术》《邮票中的鸟类世界》等诸多分册);20世纪90年代有过陈芳烈先生主编的"邮票上的百科全书丛书"。当时,我尚在中国科学院北京天文台从事天文物理学研究工作,认真读了该丛书中由天文普及家兼集邮家卞德培先生编著的《星光灿烂》一书,觉得它实质上就是一部"邮票上的天文学"。再如以航天为主题的邮票鉴赏类图书,在20世纪80年代有杨照德先生编著的《航天·集邮》,世纪之交又有许恩浩先生编著的《邮票上的航天器》等,亦皆各有其长。诸如此类,不一而足。

那么,《邮票上的数学》究竟有何特色,备受人们赞赏之原因又何在呢?

平淡之中现新奇

首要的原因在于其平易近人。此书作者有言:本书为对数学及其应用有兴趣的每一位读者撰写,同时也希望书中的大部分内容能引起缺乏数学背景知识的读者的兴趣,而且"我也特别希望本书能得到集邮爱好者的青睐"。在这一思想驱动下,他真正做到了平淡之中现新奇。

我们仅以书中第16~17页"中国"一题为例。该专题以中国古代的数学和天文

中国古代刘徽估算的圆周率（密克罗尼西亚邮票，1999年）

郭守敬（中国邮票，1962年）

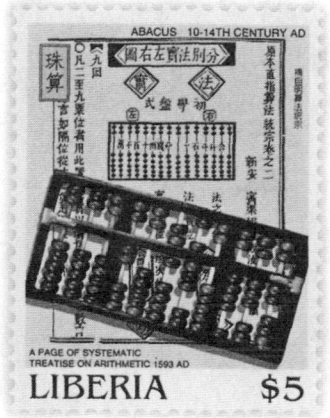

中国算盘（利比里亚邮票，1999年）

学为背景，全文600余字，精选邮票8枚。作者写道：

中国古代数学大部分都记录在竹简或纸上，并随着时间的流逝而消失了。然而，一本可能写于公元前200年的杰出著作——《九章算术》，却保留了下来。书中内容包括面积和体积的计算，平方根和立方根的估值，以及联立方程的系统解法。

有多位中国数学家花了很大精力来计算 π 值……最为非凡的工作是祖冲之（429—500）完成的，他计算出具有12 288和24 576条边的正多边形的面积，从而推算出 π 的值在3.141 592 6和3.141 592 7之间……在西方直到1000年之后才有人达到这种精确度。

13和14世纪的中国数学家对代数与求解方程的数值解也作出了不朽的贡献。由二项式系数组成的算术三角形，现在通常称作帕斯卡三角形，早在公元1303年的一篇中文文献中就出现了。当时的一位著名人物郭守敬（1231—1316）主要研究历法、天文和球面三角。

许多中国古代的测量工具都保存了下来，其中包括公元300年制造的记里鼓车和公元1437年制造的浑仪。世界上不同地方的算盘形式各异，其中最原始的是带有小石子的沙盘，而中国的算盘则是由架子和珠子构成的。

此后，在近现代部分又再次提及中国，遣词造句依然要言不烦：

第一个来到中国的传教士是意大利耶稣会教士利玛窦（1552—1610）……他最重要的贡献是由他口述，徐光启执笔，合作将欧几里得《几何原

徐光启（中国邮票，1980年）　　哥德巴赫猜想（中国邮票，1999年）

本》的前六卷翻译成中文。在利玛窦来到中国的明朝末年，由郭守敬修订的历法已很不准确，于是徐光启便接受皇命，主持历法改革。

1742年，哥德巴赫在与欧拉的通信中，提出一个猜想：每个（大于4的）偶数都是两个奇素数之和（例如18=13+5和20=17+3）。虽然哥德巴赫猜想至今仍未得到解决，但陈景润在1966年得出的部分结果表明，每一个充分大的偶数可以表示为一个素数及一个不超过两个素因子的数之和。

数论也是华罗庚的主要研究领域，他曾撰写过多部有关数论的重要论著……他走遍中国各地，为100 000名以上的工人作有关工业数学的讲座。

这些，在书中还有更多相关的邮票。

独具慧眼择佳邮

此书之妙还在于邮票之选择独具匠心。许多邮票既有重要的史料价值和丰富的科学内涵，又有极精美的构图。说书中的每张邮票皆值得细细品味，当不为过。例如，德国杰出的艺术家和雕塑家丢勒（1471—1528）将从意大利人那里学到的透视法介绍到德国，其著名的铜版画《忧郁》和《圣·哲鲁姆在书斋中》就体现了他对透视法的精妙应用。

丢勒的铜版画《忧郁》。一位手持圆规的女性正陷入沉思中，画面上还有一个圆球、一个硕大的多面体、一个沙漏和一个4阶幻方，幻方中每行、每列以及每条对角线上的数字之和均为34。此画完成的年代"1514"就在幻方的最后一行中（蒙古邮票，1978年小型张）

达·芬奇（摩纳哥邮票，1969年）

　　数学和视觉艺术自古以来就有着明显的联系，本书中"文艺复兴时期的艺术"这一专题以透视法为切入点对此做了极好的诠释。文艺复兴时期艺术的一个显著特点是，艺术家们开始对写实地表现三维物体有了兴趣，从而使他们的作品有了视觉深度。这很快就导致了对几何透视学的深入研究。意大利艺术家阿尔贝蒂为正确的透视画法提出了一些数学法则，并在其著作《论绘画》中指出，"画家的第一要务是懂得几何学"。达·芬奇对透视的研究比文艺复兴时期的任何一位画家都更加深入。他在《画论》一书中警告说："不懂数学者勿读吾书。"

释读数学交响曲

　　一部数学史，浑若一首波澜壮阔的交响曲。《邮票上的数学》则对这部乐曲作了井然有序的解析与释读。书中55个专题，分划科学缜密。序曲是以记数为

吉萨金字塔建于公元前2600年前后，它显示了古埃及人极其精确的测量能力（刚果邮票，1978年）

代表的早期数学和古埃及的测量技术，金字塔便是声望最为卓著的杰作，紧随其后的是希腊几何学、柏拉图学园、希腊天文学、中国和印度、玛雅人和印加人、伊斯兰数学，然后是中世纪、文艺复兴时期的艺术、探险时代、绘制地图、地球仪、航海仪器，其间还穿插了数学娱乐、围棋和国际象棋等。

再往下就到了哥白尼、新天文学、历法、数字计算、17世纪的法国、牛顿、欧洲大陆的数学、哈雷彗星、经度、乃至新大陆。至此，应该说，古典时代数学的方方面面都有了交代。接着登场的是法国的启蒙运动和大革命、几何学和代数学的解放、统计学的诞生、数学物理学以及光的本质，与此同时，作者也未忘记中国和日本，以及俄国和东欧。

印度国际象棋棋子（越南邮票，1983年）

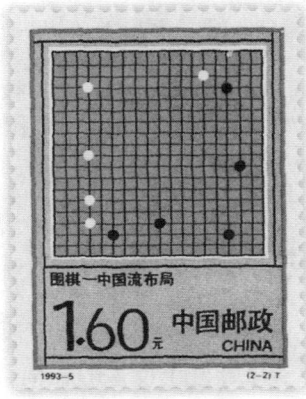

围棋——中国流布局（中国邮票，1993年）

15世纪印刷术的传播导致了数学符号的标准化。算术符号"+"和"−"最早出现在1489年的一部算术教科书中，"×"和"÷"则分别发明于1631年和1668年（哥伦比亚邮票，1968年）

英国牛津大学的数学家道奇森就是《爱丽丝漫游奇境记》的作者刘易斯·卡罗尔，他还写过关于行列式的代数学、欧几里得几何学和符号逻辑等方面的著作。这是为纪念他诞生150周年而发行的一种邮票（马里邮票，1982年）

现代科学与"横向联系"

历史进展到了20世纪，科学史上一系列革命性的成就相继突现：相对论、量子论、计算机的发展……最后，全书以侧重于"横向联系"的若干专题，如国际舞台、数学与自然、20世纪的绘画、数学游戏、数学教育等形成辉煌的结尾。

书中的每个专题都由一个和合页组成，左边是文字评注，右边是放大的邮票，书末还附有正文述及的邮票目录。读者通过全书既可结识一些在数学的历史长河中极有影响的科学家，如毕达哥拉斯、阿基米德、牛顿和爱因斯坦等，还可以了解航海、天文、物理和艺术等领域，正是对这些领域的研究促进了数学的发展，而数学的发展则反过来推动了人类社会其他众多领域的前进。平心而论，以本书这样并不很大的篇幅，对数学史上的大事能做到疏而不漏，真是谈何容易！

写方程的爱因斯坦（爱尔兰邮票，2000年）

20世纪90年代发明的万维网使得信息高速公路得以建立，电子邮件的出现使人们可以更为快捷地通信交流。这枚邮票描绘了普密蓬国王检查其电子邮件的情景（泰国邮票，1997年）

菊石上的对数螺线图案（匈牙利邮票，1969年）

斐波那契数列1，1，2，3，5，8，13，21……的规律是：从第三项开始，每一项都是它前面两项之和。这在自然界中随处可见，松球上鳞叶的螺线形排列就表现为8个右旋和13个左旋的螺线（以色列邮票，1961年）

常见的平面镶嵌地砖有三种形状,即等边三角形、正方形和正六边形。蜜蜂的蜂巢即呈六边形镶嵌图案(卢森堡邮票,1973年)

"魔方"是匈牙利工程师鲁比克于1974年发明的。它是一种3×3×3的彩色立方体,6个面均可以独立地旋转,总共可以产生43 252 003 274 489 856 000种不同的图案。20世纪80年代初,全世界总共售出了1亿多个魔方(匈牙利邮票,1982年)

红花绿叶相映成趣

《邮票上的数学》又妙在文字叙述言简意赅。本书每一专题的文字评注都不超过800字。它们不是所选邮票的"说明书",而是一篇篇耐人寻味的科学小品,也是一篇篇优美的散文。书中文字与邮票的关系不是主仆,而是红花绿叶,相映成趣。每篇短文都显得自然流畅,而各专题之间又毫无割裂感,可见作者之用心与用功。

《邮票上的数学》全书结尾的最后一个亮点是介绍具有各种不同几何外形的邮票:三角形的、平行四边形的、等腰梯形的,乃至八角形的等等。有的国家还发行过五边形邮票。例如,印度尼西亚和美国发行过正五边形的邮票,马耳他则发行过一套呈不规则五边形的邮票。皮特凯恩岛发行的一套六角形邮票形如蜂巢,表现了养蜂的不同侧面。还有许多国家发行圆形邮票,通常是纪念体育事件,例如法国发行的足球邮票。此外,还有新加坡发行过一套半圆形邮票,塞拉里昂发行过一

不规则五边形的圣诞邮票,图案是伯利恒的马厩
广场(马耳他邮票,1968 年)

圆形足球邮票(法国邮票,1998 年)

套椭圆形邮票等等。

最后,不应忽视的是,《邮票上的数学》做工细致、印制精美。铜版纸,全彩印,
其效果一望便知,此处不再赘述。

《邮票上的数学》英文原著出版者是德国的斯普林格出版社,中译本由上海科
技教育出版社推出,译者李心灿教授等人皆系富有科研和教学经验的大学数学教
师。2001 年金秋,笔者在一年一度的法兰克福书展上曾问及斯普林格出版社有关
人士,是否还有诸如《邮票上的物理学》《邮票上的天文学》之类与此书配套的作
品。答复是:"暂时还没有。我们希望《邮票上的数学》取得成功,这将会鼓舞我们
进一步组织出版您说的那些选题。"

《邮票上的数学》取得了成功。显而易见,品位与之相当,甚至更胜一筹的《邮
票上的……》也会不断出现。问题则是:谁将会做得更好?且让我们拭目以待吧。

原载《科学生活》2003 年 9 月号

29

天文神韵,邮票风采
——话说《邮票上的天文学》

米寿的元老

2012年真是中国天文学界的大喜年:国际天文学联合会第28届大会在北京召开,中国天文学会成立90周年纪念大会在南京举行,还有南京大学天文与空间科学学院建院(系)60周年,上海65米射电望远镜落成仪式,中国科学院上海天文台成立50周年暨建台140周年,厦门大学正式复办天文学系,北京天文学会成立60周年……

在这喜庆的日子里,别开生面的天文科普丛书"到宇宙去旅行"应时而生。多方面的缘故使这套丛书受到人们的广泛关注。首先引起注意的,就是丛书的主编——人们尊称为"元老"的李元老先生。

李元先生出生于1925年,是科普界和天文界名副其实的的元老,中国天文馆事业的先驱者。回想7年前的2005年初夏,我在"李元先生八十华诞暨从事科普事业六十周年座谈会"上,曾用两句略带诙谐的"大白话"道出了对元老的认识:

第一句叫作:"与世无争,荣辱不惊;一人在场,大家开心。"元老很能调动各种聚会的现场氛围,八旬开外的他,有时还会主动提议:"我来给大家唱个歌吧。"

《邮票上的天文学》,李竞主编,徐刚、郭纲编著,人民邮电出版社2012年8月出版

2005年6月10日，卞毓麟（左）在"李元先生八十华诞暨从事科普事业六十周年座谈会"上向李元敬献寿联

第二句叫作："只要让他干活，别的怎么都行；即使不让他干，他也忙个不停。"科普简直就是他的生命，与会者一致认同我的这种概括。

在那次座谈会上，我献上一副寿联颂扬元老的贡献与追求，曰：

> 李元先生八十大寿
>
> 　　桃李无言，趋之者众，携万民探索宇宙奥秘，
>
> 　　　　当喜雅俗共赏，六旬耕耘，堪慰前贤；
>
> 　　汉元有器，贵乎其精，向领袖叙说华夏天文，
>
> 　　　　惟期辉煌再现，八秩凤愿，犹赖后昆！
>
> 　　　　　　　乙酉孟夏　学生卞毓麟敬贺于春申江畔

联中嵌入"李元"二字。"汉元有器"本指"浑仪"和"简仪"，引申为中国古代天文学成就。1953年2月23日，李元曾在紫金山天文台，站在这些古代仪器前为毛泽东主席讲解有关天文知识。北京天文馆建成后，他又在馆内接待多位党和国家领导人。如今，元老已届"米寿"（虚龄八十八称为米寿）。"到宇宙去旅行"丛书之面世，再次向世人展现了他的科普风采。本文着重介绍的《邮票上的天文学》一书，便是这套丛书的"领头羊"。

最流行的搜集嗜好

邮票，是邮政部门发行的邮费凭证，用以表明"邮资已付"。1840年英国率先在世界上发行邮票，其面值为1便士，用黑色油墨印刷，世称"黑便士"。它于当年5月1日送抵英国各地邮局，5月6日起开始使用。

世界上第一枚邮票"黑便士",图案是维多利亚女王侧像

集邮又是什么？是一种雅趣。1841年，伦敦《泰晤士报》刊出某青年妇女征求盖销邮票以装饰梳妆室墙壁的广告。不过从今天的眼光来看，这还算不上集邮。《辞海》对"集邮"的解释简明扼要："以收集、鉴赏并研究邮票为中心内容的文化活动。19世纪60年代开始流行于欧洲。中国集邮活动约始于19世纪末叶。通过集邮，可以丰富科学文化知识，积累历史资料，培养艺术鉴赏能力和陶冶性情。"

起初，集邮者们希望把世上所有种类的邮票都装入自己的邮册。但是，新邮票发行的规模和速度很快就打碎了这种美梦。于是，人们转而向"专题集邮"的方向发展：或专门收集某一类或某一版的邮票，或者专门收集一国或某一地区的邮票，甚至限于专门收集某一国家在某一时期内发行的邮票。例如，英国国王乔治五世（1910—1936年在位）就是一位集邮名家，他收藏的邮票主要有关英国及其殖民地的历史，它们由王室世代相传，成为欧洲著名的邮集。

《大美百科全书》中有一个条目叫作"嗜好"，其中有一节"搜集性嗜好"说道："最流行的搜集嗜好是集邮，""鸟、鱼、花、著名人物、历史性大事、音乐、艺术及科学等为主题的邮票都在搜集范围内。"《邮票上的天文学》一书，亦可证此言不虚。

三人组合珠联璧合

天文学是推动人类文明进步的重要源泉，在社会公众中具有广泛的影响力。《邮票上的天文学》，是天文专题集邮的结晶。2012年8月下旬在国际天文学联合会第28届大会上，还散发着油墨香的《邮票上的天文学》，开始成为专业天文学家和天文爱好者们的新宠。

那么，《邮票上的天文学》备受赞誉的原因何在呢？

此书主编，是年逾八旬而依然活跃在科学和文化两界的资深天文学家兼集邮行家李竞教授。两位作者——北京的徐刚和上海的郭纲，都是很有建树的集邮专家和天文爱好者。正是这样的三人组合,酿就了《邮票上的天文学》的醇厚品味。

作者们希望《邮票上的天文学》能"让熟知天文但对天文邮票却知之甚少,以及对于天文很陌生但对集邮却很感兴趣的读者,都能接受这本知识性与观赏性并重的读物"。在这一思想驱动下,他们真正做到了平淡之中见新奇。书中精心收录了世界上215个国家和地区的1371枚天文邮票,利用邮票、邮戳、小型张、小本票等24种邮品素材,分为"认识宇宙""天象大观""探索宇宙""天文离我们很近"和"天文邮票巡礼"5章共22节,丰满地展现了天文学古老而又年轻的风貌神韵。

《邮票上的天文学》之主旨,可谓以邮品之美现星空风采,于方寸之间识宇宙无穷。读了两遍,觉得这本书很奇妙:随着自身对天文学熟悉程度的增长和集邮知识的丰富,读者将能从书中读出越来越多的精彩。也就是说,将会越读越感受到更多的乐趣。

链 接

两个案例

例一: 星座和六分仪

关于星座的历史,邮票上自然少不了人们熟知的古希腊时代的48个星座,同时介绍近代星座之命名亦颇细腻。现今国际通用的88个星座中,有9个是波兰天文学家赫维留斯(1611—1687)在17世纪提出并沿用下来的,它们是鹿豹座、猎犬座、蝎虎座、小狮座、六分仪座、麒麟座、狐狸座、盾牌座和天猫座。其中"六分仪"同其他8个名字相比,明显地有一种"异类"感。其原因何在?原来,赫维留斯有一架心爱的六分仪,使用了20多年,后来毁于一场火灾。据说他认为这架仪器已经升天献给了天神,为纪念它多年来立

1515年的丢勒星图(巴拉圭邮票,1979年)

167

纪念赫维留斯诞生
400周年（波兰邮
票，2011年）

航海六分仪（意大利邮票，1987年）

纪念库克船长借助六分仪成功抵达塔希提岛
观测金星凌日200周年（新西兰邮票，1969年）

下的汗马功劳，赫维留斯将长蛇座与狮子座之间的一片空白天区命名为六分仪座。2011年正逢赫维留斯诞生400周年，波兰又一次为他发行了纪念邮票。

值得一提的是，另有一种航海测量用的仪器也叫"六分仪"，大多装有小望远镜，据说是牛顿首先提出的。赫维留斯使用的六分仪与此完全不同，它又称"纪限仪"，最初是著名丹麦天文学家第谷·布拉赫（1546—1601）发明的，用于测量两个天体之间的角距离。其主要部分是一个圆面的六分之一，故名"六分仪"。

纪念第谷诞生400
周年（丹麦邮票，
1946年）

例二：郭守敬和第谷

第谷是望远镜发明之前最伟大的天文观测家。他13岁入哥本哈根大学，16岁进莱比锡大学，1572年26岁时在仙后座中发现著名的"第谷新星"。他研制的许多大型天文仪器，在望远镜时代到来之前的欧洲可谓登峰造极，他的天文观测精度冠绝当世。因此，西方人历来对第谷极为崇敬。以至于1622年来华的著名耶稣会传教士汤若望

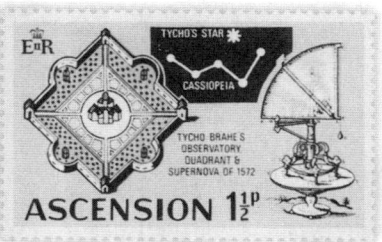
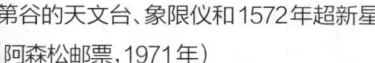

第谷的天文台、象限仪和1572年超新星（阿森松邮票，1971年）

汤若望诞生400周年纪念（中国台湾邮票，1992年）

口径5米的海尔望远镜，1975年前它一直是世界上最大的天文望远镜（阿森松邮票，1971年）

郭守敬于1276年创建的观星台，位于现河南省登封市（中国邮资明信片，2002年）

（1592—1666）在获悉中国元代科学家郭守敬（1231—1316）取得的伟大天文成就时，便情不自禁地夸他真是"中国的第谷"。

　　郭守敬创制了大批巧妙、精密的天文仪器。英国科学史家李约瑟曾中肯地评述，对于现代天文望远镜的赤道装置而言，郭守敬的装置乃是当之无愧的先驱。300年后，第谷才在欧洲率先采用同样的装置。郭守敬建造的河南登封观星台，是很重要的世界天文古迹。他编制的星表所含的实测星数突破了历史记录，而且在此后3个世纪仍无人超越——甚至包括第谷。他测定的黄赤交角数值，直到500年后还被法国科学家拉普拉斯用以证明黄赤交角随时间而变化。1280年，郭守敬等制定了当时世上最先进的新历法"授时历"。该历取回归年平均长度为365.2425天，直到1582年罗马教皇格里高利十三世改历，欧洲才开始采用与之相同的历年长度。汤若望要是先知道了郭公，后来才知晓第谷，他大概不免会将后者赞誉为"欧洲的郭守敬"吧？

愉悦与自豪

　　除了轻松收获书中直接提供的基本知识外，我相信像上述两例这样串珠连线式的联想，更可以进一步增添阅读的愉悦。从西方传说中的银河起源到中国民间传说牛郎织女鹊桥相会，再到日本人的七夕节，边欣赏精美的邮品，边观照不同的文化，这将是何等的惬意！而所有这一切又都有着极其厚实的科学基石——传承和发展了数千年的天文学。

　　《邮票上的天文学》文字叙述言简意赅，它对每张邮票的介绍不过一二百字。它们不是所选邮票的"说明书"，而是一篇篇耐人寻味的微型科学小品。全书文字与邮票的关系不是主仆，而是红花绿叶，相映成趣。每段短文都显得自然流畅，而各专题之间又毫无割裂感，这也足以看出作者之功力与用心。

　　整整10年前，英国数学家罗宾·J·威尔逊所著《邮票上的数学》一书中文版面世。此前，本文笔者在法兰克福国际书展上，曾面询推出该书英文版的斯普林格出版社相关人士：是否还有诸如《邮票上的天文学》《邮票上的物理学》之类的配套产品。答复是："暂时还没有。我们希望《邮票上的数学》取得成功，这将会鼓舞我们进一步组织出版您说的那些选题。"

　　当今的世界，当今的中国，当今的科学，当今的邮品，进步都很快，《邮票上的天文学》已然在中国诞生，既使人感到欣慰，更令我深感自豪！

按照中国的传统历法，1997年是牛年。圣诞岛（澳大利亚位于印度洋东北部的海外领地，面积为135平方千米，人口约1500，华人占大多数）在当年发行了以牛郎织女故事为背景画面的纪念邮品小型张

　　　　　　　　　　　原载《天文爱好者》2012年12月号

30

娓娓道出宇宙奥秘的
"说书人"
——《DK宇宙大百科》中文版前言

出版界业内人士都知道，DK就是Dorling Kindersley Limited，即DK出版社或DK公司，以出版精美的图文书著称于世。这部《DK宇宙大百科》英文原版书名是*Universe*（《宇宙》），其厚重的内容和篇幅足以表明它就是一部《宇宙大百科》。书名冠以DK，是DK输出版图书的常例，有助于一目了然。拙撰中文版前言全文如下。

洞察宇宙的身世，是人类智慧的骄傲。现代英国作家罗伯特·麦克拉姆（Robert McCrum）曾说，"决定一本书的开头，犹如确定宇宙的起源一样复杂"。但是，弄清宇宙的起源其实要复杂得多。

欲知宇宙的来龙去脉，务须详察宇宙今天之面貌。人类对宇宙的认识在不断深入，对于一个人——从地道的门外汉到训练有素的天文爱好者——来说，要准确地读懂宇宙这本大书却并非易事。公众需要能将宇宙奥秘娓娓道来的"说书人"，而理想的说书人自然是既业有专精又善于将其通俗化的优秀科学家。

《DK宇宙大百科》中文版，[英]马丁·里斯主编，余恒等译，电子工业出版社2014年11月出版

史上确有一些长于此道的科学大家。远者例如伽利略（Galileo），近者例如爱丁顿（Arthur Stanley Eddington）、乔治·伽莫夫（George Gamow），更近者例如卡尔·萨根（Carl Sagan），乃至"轮椅天才"霍金（Stephen Hawking）等。这部《DK宇宙大百科》的主编马丁·里斯，恰是霍金的同门师兄弟。他们俩同生于1942年，同在剑桥大学三一学院获得博士学位，导师同是丹尼斯·席阿玛（Dennis Sciama）——一位非常善于指导学生的教授。2006年，英国皇家学会向霍金颁发科普利奖章，以表彰他对理论物理学和宇宙学的卓越贡献。身为皇家学会会长的马丁·里斯手持奖章告诉人们："继阿尔伯特·爱因斯坦之后，斯蒂芬·霍金对我们认识引力所作的贡献可与任何人媲美。"

马丁·里斯作为一名天体物理学家和宇宙学家，在20世纪70年代已经崭露头角。80年代，我在中国科学院北京天文台（今国家天文台）从事星系和宇宙学研究时，也时常阅读里斯的专业论文。80年代末，我在英国爱丁堡皇家天文台做访问学者，曾在伦敦召开的一次英国皇家天文学会的会议上见到里斯。他的形象很鲜明：个子不高，体态偏瘦，眼神明亮，思维敏锐，很受同行尊敬。除皇家学会会长外，他还曾任皇家天文学家、皇家天文学会会长、剑桥大学教授等职。

2005年，里斯主编的这部《宇宙大百科》初版付梓。未久，当初与我同在爱丁堡做访问学者的老友、厦门大学的张向苏教授正好赴英国开会，遂帮我买到这部厚重的书，并亲自"扛"了回来。再后来，致力于天文普及六十余年的李元先生告诉我，他本人曾先后向一些出版社建议推出此书的中文版。虽然各家出版社均对它赞不绝口，却终因中译本出版工程之浩大而一一止步。

山重水复，柳暗花明。孰料2013年秋余恒博士忽然告诉我，他与几位同道翻译2012年的《DK宇宙大百科》（修订版）已近竣工，将由电子工业出版社出版。这真令我喜出望外，后来译者和出版社希望我写一个中译本前言，我立即欣然从命。2014年春，我有一次拜访年届九旬的李元先生，将这一好消息告诉他。李老不胜唏嘘，叹曰：毕竟好书有人识啊！

当代天文学的进展日新月异。里斯主编的这部《宇宙大百科》从初版到修订版历时不过7年，内容却有了不少更新。例如，更多柯伊伯带天体的发现、冥王星"降格"为矮行星等。如今中文版《DK宇宙大百科》行将面世，特撰斯篇，兼志祝贺。既贺作者、译者、出版者取得的成功，也祝此书的知音——钟爱它的读者——怀着崇高的志趣：

敞开胸怀，拥抱群星；净化心灵，寄情宇宙！

卞毓麟于2014年6月23日

（马丁·里斯的72岁生日）

目视观测

测量天空

天空中天体之间的距离一般用角度来表示。绕地平线一周是360度，从地平线到天顶（头顶正上方的那一点）是90度。太阳和月亮的角直径都是0.5度，而伸出的手臂可以用于测量其他距离。在浏览星图的时候，请记住天赤道上赤经（RA）的1小时与赤纬的15度等距（参见第63页），不过赤纬圈越靠近天极就越小，因此在北赤纬60度处赤经1小时只相当于赤纬的7.5度。

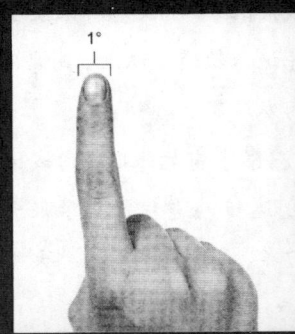

手指的宽度

当手臂伸直时，成年人的食指一般可以遮住大约1度的天空，足以盖住两个月亮。

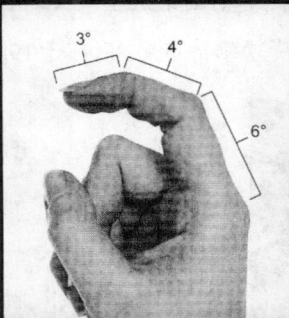

指关节

指关节可以测量几度的距离。指尖的侧面大约有3度宽，第二指关节是4度宽，第三指关节有6度。

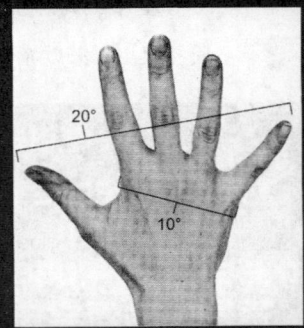

手掌宽度

当手臂伸直时，手掌（不包括拇指）宽度大约是10度；而展开的手掌可以覆盖20度的天区。

从最简单而巧妙的办法说起：借助你自己的手来测量天空（来源：《DK宇宙大百科》插图）

31

空中巨眼的25年

——《透过哈勃看宇宙》中文版序二

《透过哈勃看宇宙》英文原版书名 *The Universe Through the Eyes of Hubble*。中文版有两篇序：序一是两位原作者特意为中国读者写的，序二是我写的，全文如下。

35年前，我和友人黄群翻译了美国科普巨擘艾萨克·阿西莫夫（Isaac Asimov）的佳作《洞察宇宙的眼睛——望远镜的历史》（*Eyes on the Universe: A History of Telescope*）。这是阿西莫夫的第165本书，英文原版于1975年问世。全书结尾前谈到，美国国家航空航天局（NASA）已计划设计一架大型空间望远镜，若政府的资助维持不变，则可于1981年送入轨道。从此，我就怀着极大的兴趣关注事态的发展了。

1982年，中文版《洞察宇宙的眼睛》由我国科学出版社出版。那架望远镜的进程却有了很大变化。实际情况是：1977年，美国国会批准"大型空间望远镜计划"拨款。1979年，这架望远镜口径2.4米的主镜着手研制。1981年，美国的空间望远镜科学研究所开张，所址位于巴尔的摩市的约翰霍普金斯大学内。1983年，大型空间望远镜正式更名

《透过哈勃看宇宙》中文版，[英]奥利·厄舍、[丹麦]拉尔斯·林德伯格·克里斯滕森著，朱达一、周元译，上海科学技术文献出版社2016年1月出版

为哈勃空间望远镜（下简称"哈勃"）。1984年，空间望远镜欧洲合作机构在德国开始工作。1985年，"哈勃"研制大功告成，巨镜凌霄如箭在弦。

然而天有不测风云，1986年"挑战者号"航天飞机失事，所有航天飞机的任务全部搁浅，用航天飞机发射"哈勃"的计划甚至濒于流产。1988年8月，我前往巴尔的摩市参加在那里举行的国际天文学联合会第20届大会，会间参观了空间望远镜科学研究所，科学家和工程师们仍在等候发射时机。幸好结局是顺利的。1990年4月24日"发现号"航天飞机携带"哈勃"升空，4月25日航天飞机机组将"哈勃"释放到轨道上。

"哈勃"上天已经四分之一个世纪。这是令全世界天文学家兴奋和激动的25年，是让各国公众领略和惊叹太空奇观的25年。在此期间，"哈勃"完成了无数预定的任务，也发生了许多"计划外"的故事。"把这一切写成一本精彩的书"，乃是无数天文爱好者的共同愿望。

《透过哈勃看宇宙》的两位作者奥利·厄舍（Oli Usher）和拉尔斯·林德伯格·克里斯滕森（Lars Lindberg Christensen）对此成竹在胸。厄舍是一位科学作家，目前在伦敦大学学院主管数理科学对外联络，负责向公众宣传推广该学院的研究成果，包括天体物理、空间科学、行星天文学等诸多领域。此前他曾在欧洲空间局、欧洲南方天文台、《卫报》等机构和媒体任新闻记者和科学传播者，2013年出任欧洲空间局的哈勃空间望远镜项目新闻官，负责写作"哈勃"的最新科学发现，宣传"哈勃"取得的科学成果。克里斯滕森是一位科学传播专家，现任欧洲南方天文台总部公众教育部主管，致力于为欧洲南方天文台，为哈勃空间望远镜项目，乃至为国际天文学联合会新闻处做公众传播和教育工作。他著述极丰，很多作品已被译为德语、芬兰语、丹麦语、葡萄牙语、汉语、韩语、日语等东西方语言。同时，他还是国际天文学联合会第55专业委员会"天文学与公众"的主席。

诚如"哈勃"的一位重要科学家和管理者安东内拉·诺塔（Antonella Nota）在本书前言中所说："哈勃空间望远镜已经从某种程度上改变了我们对宇宙的认知。毋庸置疑，就这点而言，没有任何其他的科学装置可以与之相比"；"这些年来，'哈勃'业已深深扎根于流行文化之中。它拍摄的一些著名照片已经广为人知，大量出现在电视、专辑封面、报纸以及电脑游戏之中。而在这些现象的背后,则是对于"哈勃"所摄图片的艺术美及其所蕴藏的科学原理之完美结合的认同"。《透过哈勃看宇宙》全书共分10章,次序井然而又要言不烦地将"哈勃"的缘起、经历、成就以及未来展现得清清楚楚。精美的图片引人入胜,书末的附录也恰到好处。毋庸置疑,这是一部不论内行外行,都能在阅读中获得充分享受、在掩卷后回味深思的佳作。

自2009国际天文年以来,上海科学技术文献出版社已经推出克里斯滕森(及与他人合作)3部著作的中译本,我本人也有幸应邀担任中文版的顾问。它们是《天文望远镜400年探索之旅》(与霍弗特·席林合著)、《哈勃望远镜17年探索之旅》(与鲍勃·福斯博里合著)和《隐秘的宇宙》(与罗伯特·福斯贝利、罗伯特·赫尔特合著)。这最后一本书的译者是我的两位同行林清和朱达一。现在,上海天文馆(上海科技馆分馆)的筹建工作正在紧锣密鼓地进行,朱达一和周元在设计展示方案的同时,又奋力执译《透过哈勃看宇宙》,克里斯滕森则数次专程奔波于欧洲和上海之间,为上海天文馆献计献策,这确实又是一段难得的佳话。值得顺便一提,广西科学技术出版社也推出了陈冬妮翻译的克里斯滕森(与拉克尔·志田友美、戴维德·德·马丁合著)《宇宙大碰撞——大爆炸之后又发生了什么?》一书的中文版。

我有一句口头禅:"洞察宇宙的身世是人类智慧的骄傲。"哈勃空间望远镜为人类认识宇宙作出了巨大贡献,《透过哈勃看宇宙》就是对此的绝妙写照。有机会应邀为本书中文版写几句话,使我深感荣幸。是为序。

卞毓麟,2015年4月24日于上海

32

奇在哪里,妙在何方?
——我看"太空奇景系列丛书"

　　"太空奇景系列丛书"(以下简称"奇景系列")是一套别开生面的优秀科普读物,2013年1月由北京师范大学出版社推出。90高龄的我国天文界前辈领军人、中国科学院资深院士王绶琯先生称赞这套书"视角独特、题材新颖、内容新鲜、图片精美,科学性与趣味性兼备",诚可谓"名至实归"。

　　好书必有好作者。"奇景系列"出自何人之手呢?

　　这套书的两位作者,恰好是我多年的老朋友。温学诗曾多年担任《天文爱好者》杂志社社长,已发表科普文章200余篇,编著科普图书十余种。其中《在科学的入口处——30位天文学家的贡献》获国家新闻出版总署第二届"三个一百"原创图书奖,《观天巨眼——天文望远镜的400年》被列入"2009年全国中小学生多媒体教育读物推荐目录",并获第四届中国出版集团图书奖。吴鑫基是北京大学天文学系的老教授、博士生导师,中国科学院新疆天文台客座教授。他多年来致力于脉冲星研究,两次荣获国家教委科技进步奖二等奖,2002

《太空"动物"奇景》和《太空历险奇景》书影,温学诗、吴鑫基编著,北京师范大学出版社2013年1月出版

年荣获中国天文学会"张钰哲奖"。现在,他已发表天文科普文章60余篇,出版《现代天文学十五讲》等科普图书4种。我们曾有多次愉快的合作,例如《宇宙佳音——天体物理学》一书,就是吴温二位应我之邀为上海科技教育出版社的"诺贝尔奖百年鉴"丛书撰写的。具备如此学术背景和科普专长的作者写出这套"奇景系列",乃是长期耕耘、水到渠成的结果。

"奇景系列"由《太空"动物"奇景》《太空历险奇景》《太空"明星"奇景》和《太空探测奇景》4册书组成,每册各包括30个既有重要科学意义又非常有趣的专题。现对4册书逐一简介如下。

太空"动物"奇景

几乎所有的孩子都喜欢动物。《太空"动物"奇景》请30种可爱的动物做"导游",引领孩子们进入天文学的知识乐园。这30种动物,涉及9个用动物命名的星座,以及21个形态逼真的星云和星系。

天空中共有88个星座,其中有45个以动物命名。《太空"动物"奇景》"请来"的9种动物,是熊(大熊座和小熊座)、狮子(狮子座)、蝎子(天蝎座)、牛(金牛座)、犬(大犬座和小犬座)、海豚(海豚座)、鱼(双鱼座)、羊(白羊座)以及虚构的动物

西方古典星图中的狮子座

麒麟（麒麟座）。伴随着它们出场的，是美丽的古代希腊神话故事，以及这些星座中最令人感兴趣的天体。

通过星云和星系美妙的形态来介绍天体的本质，既浅显易懂，又令人印象深刻。星云由尘埃和气体组成，它们体积庞大，物质密度却非常低。在银河系中，多姿多彩的星云构成了一道靓丽的太空风景线。在银河系外，存在着数以百亿计的河外星系。它们都像银河系那样，各自包含着数十亿直至上万亿颗恒星以及大量的星云和星际物质。在巨型天文望远镜中，许多遥远的星系也纷纷呈现出曼妙的身影。

太空历险奇景

2012年，刘洋这个名字传遍了全世界。所有的中国人都为这位33岁的航天女英雄感到骄傲。这一年的6月16日，她和战友景海鹏、刘旺一道，乘坐"神舟九号"飞船直上重霄。他们先后用自动和手动两种方式，成功地操纵"神舟九号"同已在太空中的"天宫一号"交会对接，使"天宫一号"成了中国人的第一个"太空之家"。《太空历险奇景》用简练的文字和精美的图片，展示了三位航天员进入预定轨道、同"天宫一号"交会对接、直到安全返回地球的完美过程。

航天事业的历程是一部宏伟的史诗，写满了各国航天员可歌可泣的英雄业绩。《太空历险奇景》挑选其中最精彩的篇章，向孩子们娓娓道来。这些动人心魄的故事，可以让孩子们在了解航天知识的同时，培养勇敢、好奇、奋进的优良品质。书中有不少中国人（包括外籍华人）的事迹，有利于培育孩子们的爱国精神和自豪感。

再举一个例子。1984年2月7日那一天，美国"挑战者号"航天飞机的航天员布鲁斯·麦坎德利斯和罗伯特·斯图尔德创造了人类不系安全绳离开航天飞机到太空中行走的奇迹。麦坎德利斯背着喷气背包离开机舱，像一颗人造卫星那样在太空中飞翔，成了探索太空的第一个"人体卫星"。

这是一种充满不测的历险。但是，真如美国"阿波罗1号"的遇难航天员格里森生前所言："如果我们死了，请大家不必大惊小怪，就把它当成一件普通的事。因为我们从事的是一种冒险事业，我们希望不要影响整个计划和进程，探索太空是值得冒生命危险的。"

太空"明星"奇景

《太空"明星"奇景》介绍以著名天文学家命名的一批天体和探测器。以科学家的名字命名，是后人对他们的尊敬和怀念。书中介绍的三十多位天文学家事迹都很感人，对孩子们很有吸引力。这些科学家本人，连同以他们命名的天体和探测器，在书中都伴有照片，读来既亲切，也易于理解。

例如，1997年10月发射升空的"卡西尼—惠更斯号"土星探测器，是迄今为止规模最大也最复杂的行星探测器。它经过将近7年的长途旅行，终于顺利进入土星轨道，成为首个环绕土星飞行的人造探测器。"卡西尼—惠更斯号"由"卡西尼号"和"惠更斯号"两个子探测器组成。其中"卡西尼号"遨游在土星光环和众多土卫的复杂体系中，对它们进行全面的考察，拍摄到许多前所未见、令人惊叹的照片。"惠更斯号"于2004年圣诞节那天脱离母船飞向"土卫六"，并于翌年1月14

"卡西尼号"土星探测器向土卫六释放"惠更斯号"着陆器的模拟图

日在土卫六表面成功着陆,刷新了人造飞船最远着陆地点的记录。接着,它就拍摄到了人类历史上第一张土卫六地面照片。

"卡西尼—惠更斯号"的出色业绩,确实无愧于卡西尼和惠更斯两位科学家的大名。卡西尼本是意大利人,1669年应邀到法国,创建了著名的巴黎天文台。他测出火星的自转周期为24小时40分钟,与今天的精确值只相差约4分钟。他发现土星光环中有一条暗缝——后称"卡西尼环缝",还发现了土星的4颗卫星。多才多艺的荷兰科学家惠更斯,科研成果极为丰硕。他发明的摆钟得到极为广泛的传播和应用。1655年,他用自制的望远镜发现了人类所知的第一个土星卫星——土卫六,不久又发现了土星的光环。

太空探测奇景

太阳系的天体和天象比较容易理解。《太空探测奇景》用22个专题介绍了太阳、月球、地球、行星、彗星、流星雨、日月食等,其余8个专题则简略地介绍了恒星、银河系和河外星系。

例如,小行星究竟会不会撞击地球?这是社会公众相当关注的问题。《太空探测奇景》对此说得明白:历史上发生的一些小行星撞击地球事件,回想起来令人毛骨悚然。6500万年前的一天,一颗直径10千米的小行星与地球相撞,溅起的大量尘埃形成一个包裹地球的厚厚的尘埃圈,遮天蔽日达数月之久,植物枯萎了,动物也被饿死了,当时的地球霸主恐龙也因这次撞击事件而灭绝。

重几千克的陨星每年会有1500多个,50多吨的陨星大约每30年有一个,5万吨级的陨星每10万年有

《太空"明星"奇景》和《太空探测奇景》书影

一个,而直径10千米、重达1万亿吨的陨星大约1亿年才有一个。大质量的小行星撞击地球的可能性很小,但是人们仍需小心对待,要时刻监视近地小行星的运动情况。目前已经提出多种化解小行星撞击危险的办法,例如发射一颗卫星到小行星附近,通过多年的影响使小行星的轨道渐渐偏移;或者发射一颗卫星"炮弹"去撞击小行星,甚至在小行星附近引爆一颗核弹,以改变它的轨道,使之不会与地球相撞。

感悟和尾声

行文至此,笔者不由得想起了一个人:享誉全球的美国科普大师艾萨克·阿西莫夫。阿西莫夫已于1992年去世,但他为这个世界留下了一座宝库——他那470本书。阿西莫夫在全世界拥有无数的"粉丝",这在很大程度上得益于他毕生实践的写作信条:能用简单的句子就不用复杂的句子,能用字母少的单词就不用字母多的单词。他说过:"理想的状况是,阅读这种作品甚至不觉得是在阅读,理念和事件似乎只是从作者的心头流淌到读者的心田,中间全无遮拦。"

要达到这样的境界当然很难,但这种文风确实值得借鉴和学习。"奇景系列"的写作风格简练、透明,读来令人愉悦,值得庆贺。

中国有一批热心科普事业的知名科学家,例如王绶琯院士就是青少年们特别熟悉的。但总的说来,这样的科学家在中国还是太少、太少了。笔者深盼中华大地上涌现出更多以普及科学为己任的科学家,同时也深感"奇景系列"的两位作者执着科普事业之精神可嘉。

最后,我愿借此机会对"奇景系列"简评如下:

亮点鲜明,言简意赅。图文交辉,科趣盎然。

原载《天文爱好者》2013年5月号

33

百年风流《诺顿星图》
——向年轻爱好者们推荐

以往的版本使《诺顿星图手册》赢得了世界最有名和使用最广泛星图的声誉，其参考手册已经成为一切观测者不可或缺的伴侣。我们相信这一最新版本将使《诺顿星图手册》的精髓在21世纪传之久远。

——伊恩·里德帕思（Ian Ridpath）

2012年8月，在北京召开的第28届IAU（国际天文学联合会）大会上，德国斯普林格出版社展示的《星图——历史、艺术性和绘制术》（第二版）一书引人注目。此书作者是美国加利福尼亚大学的荣誉退休教授尼克·卡纳什（Nick Kanas）。全书内容宏富，虽然行文言简意赅，总篇幅仍超过了500页，其专业性和可读性俱佳，很是难能可贵。书中有一小节"20世纪的主要星图"，首先列举的就是《诺顿星图手册》（以下简称《诺顿星图》），足见此图在国际天文界的声望与地位。

真是适逢其时，2012年7月，湖南科学技术出版社正式出版由李元先生主持翻译的第20版《诺顿星图》。8月IAU大会期间，李老亲笔签名赐我一册，令笔者喜出望外。年来不时翻阅，委实获益良多。今悉有些天文爱好者对《诺顿星图》和诺顿其人尚缺乏了解，遂撰此文以荐之。

李元主持翻译的第20版《诺顿星图手册》，
湖南科学技术出版社2012年7月出版

诺 顿 其 人

1876年4月18日,阿瑟·菲利普·诺顿(Arthur Philip Norton)生于英国威尔士加的夫市。父亲是一位牧师,因职责所需,屡屡举家迁徙,直到1884年才在英格兰的伍斯特安定下来。少年时代,曾祖父留下的一架老式望远镜激起了诺顿对天文学的强烈兴趣。1898年,诺顿在都柏林三一学院取得文学学士学位,后来在英格兰的一些中学执教,对天文学的兴趣也与日俱增,还自制了几架望远镜。1910年,诺顿入选英国天文协会。他的天文讲座题材广泛,有时并辅以幻灯片。他在肯特郡汤布里奇的贾德(Judd)中学执教地理和数学长达22年之久,直至1936年退休。退休后,他继续用自己的11.5厘米和26厘米折射望远镜观测星空。1955年10月13日,终生未娶的诺顿因患癌症在家中去世。

诺顿素来默默无闻,使他声名大振的正是他于1910年完成的《诺顿星图》。编绘此书的用意,主要是帮助使用小望远镜的爱好者寻找各种有趣的天体,让更多的人同享观天之乐。就此而言,一个世纪来,他的成功远远超出了始料所及。

诺顿本人的《诺顿星图》

在1910年完成的星图上,诺顿手绘了6500颗暗到6等的恒星和600个星云的位置,它们的坐标采用1920历元。书中用两幅图分别表示北半天球和南半天球,中心是北天极和南天极,外圈分别为赤纬+50°和-50°。另有6幅分图,每一幅覆盖赤经5个小时、赤纬+60°至-60°的范围。诺顿还发明了一种投影法,以求绘制如此大范围天区的畸变减到最小。在诺顿的图上,没有星座的神话形象和连线。

《诺顿星图》是20世纪前半期最流行的星图。为了跟上时代的进步,诺顿努力对它进行修订。起初,他用弯曲的虚线描绘星座的边界。但是当IAU于1930年采用标准的星座边界之后,1933年第5版的《诺顿星图》就照此用直角折线来表示那些边界了。诺顿还重新绘画直到6.2等的恒星圆点,以便能表示半个星等。第5版总共增加了1500个天体。那时,诺顿视网膜后面出现了血块,左眼视物非常模糊,但他画的星图质量依然可嘉。在这一版中，他用点画表示银河，并首次加入了银极和银道。

1943年的第9版《诺顿星图》再次更新换代，所有恒星的坐标都改用1950.0历元，极限星等则扩展到6.35等。1955年诺顿去世，但这一版的星图仍在不断地重印。

诺顿之后的《诺顿星图》

1989年的第18版《诺顿星图》再次彻底重新绘制，其中的天体坐标一律采用2000.0历元。它开启了《诺顿星图》的内容全非诺顿本人所为的新时代。1998年的第19版《诺顿星图》更是使用了计算机排字。

眼下最新版本的《诺顿星图》是2004年的第20版，作者是国际知名的天文学和空间科学作家伊恩·里德帕思。他曾主编了颇具权威性的《牛津天文学辞典》，著有3部供天文爱好者使用的标准观测指南，还写了一部关于星座神话的书。英国皇家天文学家、剑桥大学的马丁·里斯（Martin Rees）教授称赞道："伊恩·里德帕思是最敬业多产的天文学作家之一。他的所有作品都条理清晰具有权威性，是为经典之作注入新活力的理想人选。"

诚如伊恩·里德帕思在第20版"序言"中所说："为了《诺顿星图》这第20版能在新世纪中以崭新的现代化面貌问世，我们对它作了彻底重新设计和重排。星图更加清晰和引人注目。参考手册及其数据表的更新和改善包括新写的计算机控制望远镜和CCD成像技术，在第19版出来后的5年中这两个领域改变了业余天文学的面貌。我们也扩充了观测深空天体的内容，因为这是爱好者的热门对象。其他主要改进还有全新的月球和火星图。在全书各处，总是把活跃观测者的需求放在首位。"

第20版《诺顿星图》的极限星等扩展到了6.49等，包括了全部6等和更亮的星，画出的总星数超过8800颗。为便于辨认，恒星的符号按星等整数分档。每张星图都伴有相应的有趣天体表。表中列出、并在图上用各种符号标示的有：合成星等亮于6.5等的双星；极大亮度亮于6.5等、变幅至少为0.4等的变星；部分深空天体——包括疏散星团、球状星团、弥漫星云、行星状星云以及星系，对于角直径超过大约0.5°的星云和星系,星图中还画出了它们的形状和大小范围。

《诺顿星图》中的参考手册,即书中的资料和说明部分,重要性一直在与时俱进。第1版的集中文字仅18页,大多由詹姆斯·戈尔·英格利斯(1865—1939)撰写。英格利斯1865年生于苏格兰的爱丁堡,是一位热爱天文的出版商,早期的《诺顿星图》就是由他出版的。1939年4月6日逝世前不足3个月,英格利斯当选英国皇家天文学会会员。1933年第15版《诺顿星图》的文字扩充至51页,1978年第17版又增加到了116页。第18版的参考手册几乎完全更新,侧重于别处不易查到的参考资料和观测指南。第19版和第20版《诺顿星图》都继承了这一宗旨。

《诺顿星图》在中国

《诺顿星图》在中国流传的故事很动人。1947年春,22岁的李元前往紫金山天文台工作,正好收到在美国的亲戚武宝琛博士寄来的1946年的第10版《诺顿星图》,引得同行们争相传阅。30年后的1977年,正是在李元等人的建议下,北京的光华出版社影印出版了1973年的第16版《诺顿星图》。1984年,科学出版社出版了由年逾八旬的著名天文学家、中国科学院上海天文台前台长李珩教授同李元合作翻译的1978年第17版《诺顿星图》,中文版名为《星图手册》,所印3000册很快售罄。1995年,台北的明文书局推出邀请李元主译的该书1989年第18版的繁体中文版,书名仍用《星图手册》。

2009年是国际天文年,李元、沈良照、李竞三位八十多岁的前辈天文学家,同齐锐、曹军、李鉴、陈冬妮、姜晓军五位中青年天文学家齐心协力,完成了2004年第20版《诺顿星图》的翻译。这些译者对天文学长久的深深热爱,每每令知情者感动不已。2012年,中译本由湖南科学技术出版社出版。全书共5章,依次为:"方位和时间""实践天文学""太阳系""恒星、星云和星系"以及"星图";正文之后有4个附录:"单位和记号""天文学常数""符号和缩写"以及"常用地址"。再往后是"名词注释""索引"和"译后记"。特别值得一提的是,书末增添了3种很有代表性的古典星图——弗拉姆斯蒂德星图、巴耶尔星图和赫维留星图。这3种星图在中国尚未完整出版过,它们都具有很高的科学性、艺术性和观赏价值。

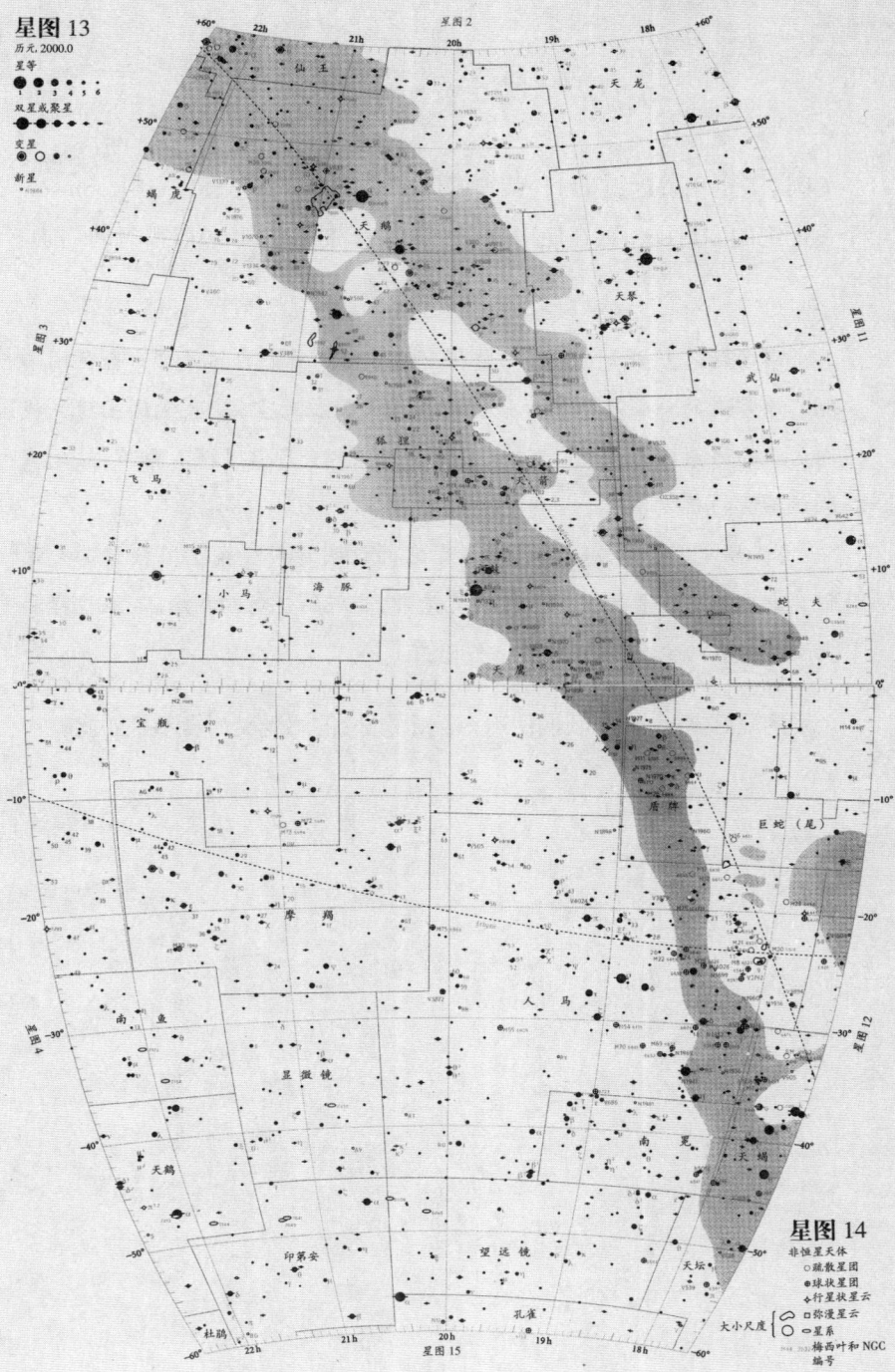

《诺顿星图》样例

尾 声

美国《天空和望远镜》月刊荣誉退休主编利弗·罗宾逊(Leif Robinson)，在半个多世纪的岁月中一直在使用《诺顿星图》。他在为第20版撰写的"前言"中说道：

回顾起来，《诺顿星图》的作用有两方面。首先自然是那一套星图……体现了原作者的创新思维。每张图都覆盖大面积天空，使我学认星座并找认它们之间的联系极为方便。同时，每幅星图又包含那么多深入细节，鼓励我去找认数不清的新交。

《诺顿星图》的另一个作用在于它的说明资料。我花了相当工夫才体会到其中手册的重要性……当我认真读来，呈现的是观测指南、专业诠释和史实点滴所构成的金矿。

亲爱的爱好者朋友们，我们使用《诺顿星图》的感受又何尝不是如此呢？

原载《天文爱好者》2014年第11期

34

"嫦娥奔月"的真实史诗

　　正当中国第一个月球探测器"嫦娥一号"行将升空之际,许多书店的书架上出现了一套套崭新的"嫦娥书系"。这一书系,是3年多以前开始策划与撰写的,与"嫦娥工程"之启动几乎同步。

　　人类当前对太阳系的空间探测,以探测月球和火星为主线,兼及其他行星、矮行星、卫星、小行星、彗星和太阳本身。其研究内容涉及太阳系的起源与演化,诸行星形成、演化的共性与特性,地月系统的诞生过程与相互作用,生命的起源与生存环境,太阳活动与空间天气预报,防御小天体撞击地球及由此造成的环境灾变,评估月球与火星的开发前景,探寻人类移民地外天体的条件等重大问题。

　　月球是离地球最近的天体,也一直是人类密切关注的天体。在漫长的岁月中,月相变化和月球运动对人类的生产活动、科技发展和文明进步有着广泛而深刻的影响。月球探测是人类走出地球,迈向深空的第一步,也是人类探测太阳系的历史开端。迄今为止,人类已经发射110多个月球探测器,成败约各占其半。当前,探索月球,开发月球资源,建立月球基地,已成为世界航天活动的大势所趋和竞争热点。中国在发展人造地球卫星和实施载人航天工程之后,适时开展月球探测,乃是我国航天事业持续发展,有所作为、有所创新的重要标志。月球探

《嫦娥书系》,欧阳自远主编,上海科技教育出版社2007年10月出版

测将成为我国空间科学和空间技术发展的第三个里程碑。

中国实施探月计划（即"嫦娥工程"），是国家综合科技实力不断提高的象征，也是举世瞩目、全国人民热切关注的一件大事。为了使公众比较系统地了解当代世界空间探测的态势和月球探测的历程，了解人类对月球世界的认识和月球的开发利用前景，了解中国"嫦娥工程"的背景、目标、实施过程和重大意义，上海科技教育出版社在3年多以前提出了编辑出版"嫦娥书系"的创意，与编委会共同筹划，以《逐鹿太空》《蟾宫览胜》《神箭凌霄》《翱翔九天》《嫦娥奔月》和《超越广寒》6部作品，形成一套结构完整的中级科普读物。丛书名"嫦娥书系"，既体现其核心是"嫦娥工程"，又富有中国传统文化色彩，故在征求意见时人皆称善。

"嫦娥书系"由中国探月计划工程应用首席科学家、中国科学院院士欧阳自远先生亲任主编。书系的6部作品各自独立而又彼此呼应，其中每一卷的字数各在17万上下，6卷共约100万字、含插图800余幅，全彩印。书系行文浅显，具备中等文化程度即可顺利读懂。

按照逻辑上的顺序，"嫦娥书系"的第一卷是《逐鹿太空——航天技术的崛起与今日态势》。它系统讲述了人类航天的艰难征程，航天先驱们可歌可泣的感人故事。全书10章，依次为"人类早期的飞天梦""伟大的航天先驱者""改变世界的人造卫星""通向太空的运载火箭""漫游宇宙的人类使者""老当益壮的宇宙飞船""出入太空的航天飞机""长驻太空的空间站""征服太空的宇航员"以及"中国跻身航天大国"。可见，此书大体上担当了"航天总论"的角色。

《嫦娥奔月》卷插图:(左起)嫦娥工程总设计师孙家栋、工程总指挥栾恩杰、工程应用首席科学家欧阳自远

　　"嫦娥工程"的探测对象是月球,因此"嫦娥书系"专设一卷《蟾宫览胜——人类认识的月球世界》,系统描述人类认识月球的艰辛历程,由表及里揭示月球的真实面目,追溯月球的诞生过程。此书把月球的里里外外,把月球的过去、今天和未来都说到了。当然,也着重谈到了尚待人们探索、揭示的月球之谜。

　　无论是发射人造卫星,还是发射月球探测器,都要有推力足够大的火箭。如今,中国的"长征号"系列火箭已经举世闻名。《神箭凌霄——长征系列火箭的发展历程》可谓是一首中国"神箭"的赞歌,它系统追忆了中国"长征号"系列火箭的成长过程,并展示了其美好的未来前景。

　　《翱翔九天——从人造卫星到月球探测器》,系统叙述中国各种功能航天器和月球探测器的发展沿革,展望未来月球探测、载人登月与月球基地建设的科学蓝图。全书8章依次为"航天概说""航天器的基本知识""从'东方红号'到'神舟号'""访问月球的使者""绕月探测""月球着陆与巡视探测""月球自动取样返回探测"和"月球探测的未来"。书末还有一个详细的附录:"迄2007年9月世界各国发射的月球探测器概况",日本于2007年9月14日发射的"月神号"也已纳入其中。

　　"嫦娥书系"的焦点是"嫦娥工程",因此《嫦娥奔月——中国的探月方略及其实施》也成了更多读者特别关注的对象。此卷系统分析当代国际"重返月球"的形势,阐述中国月球探测的意义、背景、方略、目标、特色和进程,堪称当代中国"嫦娥奔月"的真实史诗。该卷共9章,依次为"探月史:镜子与尺子""21世纪深空探测主旋律""月球的诸多谜团""中国人的梦想与追求""嫦娥工程的科学论证""嫦娥一期:我们做什么""嫦娥一期:我们如何做""嫦娥一期:我们做了什么"和"嫦娥系列:强国富民之举"。

　　中国的月球探测,经历了对苏联、美国月球探测进展的35年跟踪研究,适时总结与展望国际深空探测的走向与发展趋势,又经历了长达10年的科学目标与工程实现的综合论证。2004年年初,中央批准月球探测一期工程——绕月探测工程立项实施。中国的月球探测计划被正式命名为"嫦娥工程",它经过2004年的启动年、2005年的攻坚年和2006年的决战年,为2007年决胜年的首发成功打下了坚实的基础。所有这些过程,以及有关日后嫦娥二、三期工程的设想等,在《嫦娥奔月》一书中都有相当详细的描述。

　　"嫦娥书系"的最后一卷《超越广寒——月球开发的迷人前景》,是人类未来

《超越广寒》卷插图：未来的月球基地想象图

开发利用月球的科学畅想曲，展现了人类和平利用空间的雄心壮志与迷人前景。全书以引言"为什么要开发月球"始，然后是8章正文——"月球机器人""人在月球上""月球开发基地""月球的航天开发""月球天文台""月球资源和产业的开发""月球的战争与和平"以及"更遥远的世界"，最后是结束语"人类文明的新阶段"。书中描述的许多内容非常有趣，它们大多是对未来的、甚至是遥远将来事态进程的预想，但这不是科幻小说，而是具有严肃科学根基的创造性思维的产物。

"嫦娥书系"的作者，大多是"嫦娥工程"相关领域的骨干专家，他们科学基础坚实，工程经验丰富，亲身体验真切，在百忙之中争分夺秒撰写书稿。我相信，他们的辛劳必将会获得丰厚的回报：通过"嫦娥书系"，将使读者对人类的航天活动，对中国的"嫦娥工程"有更加完整、更加清晰和更加深刻的了解。

原载《中华读书报》2007年10月24日第9版

35

科学魂，爱国心，平民情
——竺可桢科普作品初探

人们研究竺可桢的科普工作，非自今日始。然而，如今更深入地研究这一课题，却有了更为优越的条件——拥有了完整的宝贵资料。经《竺可桢全集》编辑委员会多年的艰辛劳动，这部千余万字的"全集"自2004年始由上海科技教育出版社分卷陆续出版，头7卷今已面世。笔者研究竺可桢及其科普工作尚未深入，今不揣浅陋，呈"初探"一札，盖欲求教于方家也。

一、引　言

竺可桢，字藕舫，1890年3月7日生于浙江绍兴，1974年2月7日病逝于北京医院。1984年，竺可桢逝世十周年纪念会在北京举行，竺可桢研究会随之成立。嗣后，研究会着手筹备编写《竺可桢传》，并设立了编辑组。1990年，竺老诞辰百

《竺可桢全集》书影（上海科技教育出版社，2013年12月出齐）

年之际,《竺可桢传》由科学出版社分为上下两篇出版,上篇主要介绍竺老的身世、经历、"求是"精神和道德修养,下篇主要介绍他多方面的建树和成就,书末附有"竺可桢生平年表"。书中"科学普及工作"一章由高庄撰写,约 12 000 字,所见甚当。又,此前将近 10 年,科学普及出版社曾出版《竺可桢科普创作选集》(1981 年),收竺老科普文章 28 篇,编者以"科学家竺可桢和科普创作"一文代序,可资研究者参阅。

1998 年,沈文雄编《看风云舒展》由百花文艺出版社出版。该书系"金鼎随笔丛书"之一种,收录竺老文章 47 篇并日记多则,卷首有沈文雄的长"序"。"金鼎随笔丛书"旨在综合反映中国学人大师们治学、做人的品质和他们的文化素养。从大科普的角度视之,书中不惟美文连篇,而且很能体现竺老科普创作之良苦用心。

竺老逝世以来,纪念和研究类的出版物品种尚多,此处不拟一一枚举。竺老本人原作悉按旧貌收入"全集",此举为研究者带来的便利,当不可以道里计也。

二、竺可桢和《竺可桢全集》

1910 年,20 岁的竺可桢与胡适、赵元任等作为第二批庚款生同船赴美国留学,1918 年获博士学位。竺可桢是中国现代气象学、地理学的一代宗师,卓越的科学家和教育家。他曾任中国科学社社长、中央研究院气象研究所所长、浙江大学校长、中国科学院副院长、中国科协副主席,1955 年当选为中国科学院学部委员,并曾当选生物学地学部主任。他在气象学与气象事业、地理学与自然资源考察、科学史、科学普及、科学教育、科研管理和诸多科学文化领域皆有杰出贡献。

《竺可桢全集》尊奉"存真"原则,以求如实展现竺老的学术成就和人生道路。"全集"原定 20 卷,但近来又陆续发现不少佚文和新材料,故原计划或将突破。2004 年 7 月,"全集"第 1 至第 4 卷 310 万字面世,以时间为序收录竺老从 1916 年到 1973 年已刊和未刊的中文著述 701 篇,包括学术论文、大学讲义、科普文章、讲演词、工作报告、思想自传、信函、题词、序跋、诗作等。2005 年 12 月出版了第 5 至第 7 卷,其中第 5 卷专收竺老的外文著述。竺老毕生坚持写日记,可惜 1936 年前的日记均已在战乱中丧失。"全集"第 6 和第 7 两卷,系竺老 1936 年至 1940 年的日记。此后诸卷将为 1941 年直至逝世前一日的全部日记以及补编、年表和人名索引等,各卷珍贵历史照片不乏首次公开者。"全集"不仅可以让人们看到一个真实而丰满的竺可桢,可以让我们重新思考竺老留下的宝贵思想遗产;同时它还用一种独特的方式映射出了20世纪中国政治、社会、文化的曲折历程。"全集"编辑委员会执行副主任兼主编樊洪业曾满怀激情地宣称,"全集"对研究者而言乃是一座"丰富的宝藏"。诚哉斯言!

竺老生前身后受到无数学人的尊敬和怀念,乃是历史的必然。2004年上半年,因有人对于费大力气出版《竺可桢全集》殊感费解,我遂作了这样的解释:《竺可桢全集》是科技和教育领域(其实远不只是科技和教育领域)的《鲁迅全集》,竺老长达半个多世纪的学术成就和社会地位,使其"全集"的价值在某种意义上绝不亚于《鲁迅全集》;有如《鲁迅全集》不只是"德先生"的写照那样,《竺可桢全集》也决不只是"赛先生"的画像,它们都是了解近现代中国不可替代的极珍贵的材料。

编纂和出版《竺可桢全集》是对社会责任感和历史责任感的追求。此前,1977年4月中国科学院决定编辑《竺可桢文集》,1979年由科学出版社出版,约70万字。2000年3月,在纪念竺可桢诞辰110周年前后,叶笃正、黄秉维、施雅风、陈述彭等十多位院士提议增补"文集"。而在收集整理的过程中,大家又深感有出版全集之必要。这年11月上旬,樊洪业对我提及已为编纂《竺可桢全集》申请到一笔基金。我即询问将由哪一家出版,樊告曰:"目前首先要扎扎实实地做好工作,先不急于找出版社。"我闻言深知我社有了为之效力的极佳机遇,后来"全集"成为我社的重大选题。2001年3月,以路甬祥为主任的编委会组成,"全集"编纂工作正式启动。现已出版诸卷封套上书名中"竺可桢"三字,乃是竺老当年亲题"求是精神"时落款的手迹。

三、唤起国人科学意识

1915年元月,任鸿隽、杨杏佛、胡明复、赵元任等前辈学人于内战连年、外辱交加之秋,毅然节省留学生活费而创办《科学》杂志,并于同年正式成立中国科学社,树起了"传播科学,提倡实业"的旗帜。竺可桢即由赵元任介绍加入中国科学社并担任《科学》月刊编委,从此他一直是该社的主要成员。

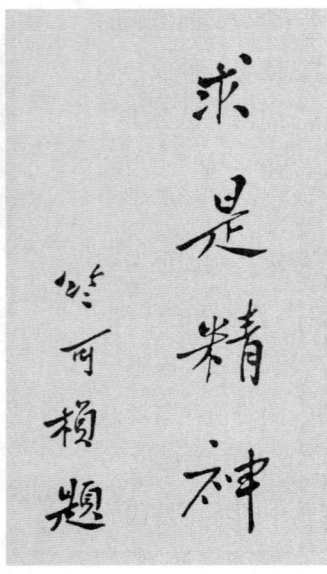

1938年竺可桢提议以"求是"为浙江大学校训

《科学》发刊词[1]曰:"世界强国,其民权国力之发展,必与其学术思想之进步为平行线,而学术荒芜之国无幸焉",是以率先将科学与民主并提,以为救国之策。中国科学社早期会员们的种种努力,或可一言以蔽之:为唤起国人的科学意识筚路蓝缕、不遗余力。

此处"科学意识"一语,其语境大体与今日谈论"环保意识""安全意识""忧患意识"之语境相当。举凡对于"科学为何物""科学之内容""科学之方法""科学之精神""科学之为用""科学与社会""科学与教育""科学与道德"等之领悟,皆属科学意识之范畴。《科学》创刊之际,国人对这些都很陌生,亟待启蒙,故包括竺可桢在内的中国科学社早期会员们乃以无比的热情,竭力在《科学》杂志和其他场合对此进行全方位的宣传,其志正在于唤起国人之科学意识。

1915年9月,竺可桢被选为分组编委主席,负责一年之中4个月的编务,其亲自为《科学》撰写的文章亦殊可观。如1916年和1917年,他在《科学》上发表的作品即达16篇之多。其中固然有学术性较强的论文,但更多的还是科普类作品,如《五岳》《钱塘江怒潮》《古谚今日观》《微苏威火山之历史》《卫生与习尚》《论早婚及姻属嫁娶之害》《食素与食荤之利害论》等,均为这一时期所作。它们向当时陷入愚昧落后的国人灌输先进的科学思想,激励人们学习科学反对迷信,影响甚著;即以今日观之,这些文字亦仍为科普的上乘之作。90年前一位二十六七岁的青年学人,何以能达于此等境界,取得如此成就,确实很值得我们后辈深思。

方今"科学"二字家喻户晓,"科学技术是第一生产力""科教兴国""科学发展观"等论断和决策已然深入人心。人们对"科普"的理解与实践也在与时俱进。2002年6月,《中华人民共和国科学技术普及法》颁行,科普之重要乃以立法形式得到更充分的肯定和体现。"科普法"中写道:"本法适用于国家和社会普及科学技术知识、倡导科学方法、传播科学思想、弘扬科学精神的活动。开展科学技术普及(以下称科普),应当采取公众易于理解、接受、参与的方式。"既明确了"科普"包含"科技知识、科学方法、科学思想和科学精神"四大要素,且强调了公众的参与。所有这些,正是当年的任鸿隽、赵元任、竺可桢们梦寐以求的。下文先从科学精神一端,简述竺老为唤起国人科学意识所作的努力。

四、不朽的科学魂

如今,人们已经习惯于将科学精神、科学思想、科学方法与科学知识并提,甚或简称为"四科"。对于何为"科学精神",讨论也正在逐渐深入。

任鸿隽尝言,"科学精神者无他,即凡事必加以试验,试之而善,则守之勿忽;其审择所归,但以实效而不以俗情私意羼之"。[2]今言之,则可曰"检验真理的唯一标准是实践"。

竺可桢也是对科学精神屡陈灼见的代表人物。例如,他于1933年11月6日在南京中央大学演讲《科学研究的精神》[3],即明白晓畅地说道:

> 法拉第对于世界贡献很大,但他本人终身安贫乐道,临卒时家徒四壁。他的门人丁台儿(Tyndall)说他很有机会可以坐拥巨万,但是为富不仁,为仁不富,富与仁二者不可得而兼,他情愿终身研究科学,贫亦不减其乐。
>
> 今天特别提出开白儿和法拉第二位,是想把两位来代表研究科学的人们应持的态度……现在中国正在内忧外患,天灾人祸连年侵袭的时候,我们固然应当提倡科学的应用方面,但更不能忘却科学研究的精神。他的精神就是孟子所谓富贵不能淫,贫贱不能移,威武不能屈,而开白儿和法拉第就是这精神的榜样。

1935年8月12日在南宁六学术团体联合年会上讲演《利害与是非》[4]时,竺老更讲了一番道理:

> 科学是等于一朵花,这朵〔花〕从欧美移来种植必先具备有相当的条件,譬如温度、土壤等等,都要合于这种花的气质才能够生长。故要以西洋科学移来中国,就要先问中国是否有培养这种移来的科学的空气。培养科学的空气是什么?就是"科学精神"。科学精神是什么?科学精神就是"只问是非,不

计利害"。这就是说，只求真理，不管个人的利害，有了这种科学的精神，然后才能够有科学的存在。

1941年5月，竺老又一次演讲《科学之方法与精神》[5]："提倡科学，不但要晓得科学的方法，而尤贵乎在认清近代科学的目标。近代科学的目标是什么？就是探求真理。科学方法可以随时随地而改换，这科学目标，蕲求真理，也就是科学的精神，是永远不改变的。了解得科学精神是在蕲求真理，吾人也可悬揣科学家应该取的态度了。据吾人的理想，科学家应取的态度应该是：(一)不盲从，不附和，一以理智为依归。如遇横逆之境遇，则不屈不挠，不畏强御，只问是非，不计利害。(二)虚怀若谷，不武断，不蛮横。(三)专心一致，实事求是，不作无病之呻吟，严谨整饬，毫不苟且。"

半个多世纪过去了，竺老这些入木三分的论述依然令人肃然起敬。"只问是非，不计利害"，永远是我们追求的精神境界，它堪称是竺老不朽的科学魂。

五、光荣的宣传员

竺老积极提倡科学之普及，毕生身体力行。在1916年到1974年的半个多世纪里，他的科普讲稿、书籍约有一百六十余种。他认为，做好科学宣传工作是每一个科技工作者分内的事，科学工作者获得成果时，就有责任向人民做报告，因此他努力动员广大科技人员做科普讲演，写科普文章，"做一个光荣的科学宣传员"[6]。

竺老本人的科普作品，亦如其科研著述一样，立论严谨，用语准确，且复引人入胜。试以脍炙人口的《物候学》[7]一书观之。什么是物候学？竺老告诉我们：

> 物候学和气候学相似，都是观测各个地方、各个区域、春夏秋冬四季变化的科学，都是带地方性的科学。物候学和气候学可说是姊妹行，所不同的，气候学是观测和记录一个地方的冷暖晴雨，风云变化，而推求其原因和趋向；物候学则是记录一年中植物的生长枯荣，动物的来往生育，从而了解气候变化和它对动植物的影响。观测气候是记录当时当地的天气，如某地某天刮风，某时下雨，早晨多冷，下午多热等等。而物候记录如杨柳绿，桃花开，燕始来等等，则不仅反映当时的天气，而且反映了过去一个时期内天气的积累。如1962年

初春，北京天气比往年冷一点，山桃、杏树、紫丁香都延迟开花。从物候的记录可以知季节的早晚，所以物候学也称为生物气候学。

试想，以如此清晰生动的语言界定一门学科的分野，当需何等坚实的学术底蕴和语言功力！

杜甫有《梅雨》诗："南京犀浦道，四月熟黄梅。"是说唐时曾作为"南京"的成都梅雨是在农历四月。于是，在谈到物候的古今差异时，竺老便举了这样的例子："物候古代与今日不同。陆游《老学庵笔记》卷六引杜甫上述《梅雨》诗，并提出一个疑问说：'今（南宋）成都未尝有梅雨，只是到了秋天，空气潮湿，好像江浙一带五月间的梅雨，岂古今地气有不同耶？'卷五又引苏轼诗：'蜀中荔枝出嘉州，其余及眉半有不。'陆游解释说：'依诗则眉之彭山已无荔枝，何况成都。'但唐诗人张籍却说成都有荔枝，他所作《成都曲》云：'锦江近西烟水绿，新雨山头荔枝熟。'陆游以为张籍没有到过成都，他的诗是闭门造车，是杜撰的，以成都平原无山为证。但是与张籍同时的白居易在四川忠州时做了不少荔枝诗，以纬度论，忠州尚在彭山之北。所以，也不能因为南宋时成都无荔枝，便断定唐朝成都也没有荔枝。"

由此，竺老"推论到古今物候不同，推想唐时四川气候比南北宋为温和。从日本京都樱花开花记录看来，十一、十二世纪樱花花期平均要比九世纪迟一星期到二星期，可知日本京都在唐时也较南北宋时为温暖，又足为古今物候和气候不同的证据。"如此旁征博引，在《物候学》一书中比比皆是。

宣传的终极目的，是让受众认同宣传者的理念和结论。因此，宣传者必须对自己宣扬的事物有十分清晰的认识。以其昏昏使人昭昭是断然不行的，真所谓："说得清楚的人肯定想得清楚，想不清楚的人肯定说不清楚。"竺老之所以能说得异常清楚，正是因为他想得异常清楚。

今再举两例，皆为竺老中年所作。其一为1932年11月的著名科普讲演《说云》[8]，共由四部分组成：云之组织及成因，云之类别，云与雨之关系，云之美。"云之美"的结尾，也就是整篇讲演之结尾：

　　且云霞之美，无论贫富智愚贤不肖，均可赏览，地无分南北，时无论冬夏，举目四望，常可见似曾相识之白云，冉冉而来，其形其色，岂特早暮不同，抑且顷刻千变，其来也不需一文之值，其去也虽万金之巨，帝旨之严，莫能稍留。登高山望云海，使人心旷神怡，读古人游记……无不叹云殆仙景，毕生所未寓目，词墨所不足形容，则云又岂特美丽而已。

真是令人拍案叫绝。

再如1939年5月的天文科普讲演《测天》[9]，结语为：

> 吾人从空间之大，已可见吾人所处地位之渺小。如再以时间之观点，以视吾人，则人生直如蜉蝣一瞬耳……自有人类迄今，不过一百万年，知用铁仅三千四百年，待天文镜之发明，只三百四十年之久。视诸天体，则吾人类在历史上之短促渺小，几无可形容。世界人类，果能从此点观察，则定能具伟大之人生观，而以互助合作，促进人类共同之幸福为目的矣！

寥寥数言即足见竺老之智慧与胸襟。

今天的科学家，今天的科普人，尤当以学习竺老"做一个光荣的科学宣传员"为自己毕生的崇高追求。

六、伟大的爱国心

竺老为唤起国人科学意识不遗余力，视宣传科学为光荣职责，其根本就在于他既有一颗伟大的爱国心，又有一腔浓郁的平民情。他时刻关注着国家，关注着人类。1936年2月，东北沦陷后，华北乃至整个中国危机日深。此时，竺可桢应邀在暨南大学讲《中国的地理环境》[10]。这原是一个科学的题目，而他更注重的乃是申扬爱国大义。在演讲中，他极其沉痛地说道：

> 我国和阿比西尼亚同是被侵略的国家，人为刀俎而我为鱼肉，我们不及阿比西尼亚的地方，就在阿比西尼亚的人民还晓得保护自己的国土，而我们简直袖手旁观任人宰割。阿比西尼亚是一个文化落后的国家，只有七百万人口……寻常

竺可桢摄于1946年，时任浙江
大学校长

的时候各部落不能相互联络,但是一遇外侮,尚敢抵抗。而我国号称文明古国有四万万以上的人口,竟任人家鱼肉,简直是中华民族的大耻辱。中华民族要得一条出路,唯一方法,只有奋斗。二十年前的比利时,目今的阿比西尼亚就是中国的好榜样。

1939年7月,竺老在浙大第十二届毕业典礼上演讲《出校后须有正确之人生观》[11]。他说:

> 诸君一入社会,首先要解决的是衣食住问题,在在需要金钱。若冷眼观察社会,好像钱是万能的,各种享受的东西工具,非钱莫办。钱而且可以擢高位,握大权,甚至左右一国以及全世界的外交和政治。目前在美国,尽有许多富翁,一方面贩卖钢铁、煤油、飞机予日本,以从事轰炸中国后方手无寸铁的妇孺,赚资数千万,而一方面则又捐款若干万予礼拜堂,因而被一般庸俗人目为最忠实的基督教徒,同时也是社会上最体面的商人。如果每个人对于成功的看法都作如是观,以利为义,则均将变成为富不仁,故以赚钱为目的,则无论什么无耻的勾当都可以做到。如此种观点一日不改,则人类之腐败、残杀,即将永无底止的一天。

纵观竺老一生的科普活动,这种炽烈的爱国情怀无时无刻不在感染着周围的人群。由此,我不禁想起中国科学院院士王绶琯的一首五律《缅怀竺老——竺可桢先生逝世十周年敬献》:

> 物候贯千载,禹迹穷八荒。
> 科坛标铁汉,学宇沐春光。
> 海纳百川大,壁立千仞刚。
> 浩茫极仰望,一瓣荐心香。

诗中"物候"句谓竺老研究物候学,考据远及古代文献,近至日常记录;"禹迹"句谓竺老主持综合考察,足迹遍及边远地区,故以大禹治水喻之。"科坛"两句谓竺老耿直刚正,但对学生后辈呵护备至。"海纳百川"再应"学字"句,"壁立千仞"则应"科坛"句。

方今尚谈"人文关怀",竺老的那些训词和讲演,不正是一种既伟大又平易的人文关怀吗?

七、可贵的平民情

享誉全球的科普巨匠艾萨克·阿西莫夫曾提出一种"镶嵌玻璃和平板玻璃"的理论。他认为,有的作品就像有色玻璃橱窗的镶嵌玻璃,它们很美丽,在光照下色彩斑斓,但是你无法看透它们。至于平板玻璃,它本身并不美丽。理想的平板玻璃,你根本看不见它,却可以透过它看见外面发生的事情。这相当于直白朴素、不加修饰的作品。理想的状况是,阅读这种作品甚至不觉得是在阅读,理念和事件似乎只是从作者的心头流淌到读者的心田,中间全无遮拦。写诗一般的作品非常难,要写得很清楚也一样艰难。事实上,也许写得明晰比写得华美更加困难。

竺老的许多作品,真是达到了阿西莫夫所说的"理想的状况",阅读这些作品时,理念和事件真是从作者的心头流淌到了读者的心田。我们不妨看看时时为人称道的《变沙漠为绿洲》[12],这是竺老于1960年以古稀之年为少年儿童写的一篇通俗文章。文有三节,首为"向地球进军",次为"历史的教训",末为"征服沙漠的道路"。首节在介绍各种灾害之后写道:

> 冰川、火山、地震、海啸、山崩、水旱灾荒统是我们的敌人,是我们进军地球的目标,但还不是我们人类最顽强、最普遍的敌人。那么试问谁是人类在地球上最顽强、最普遍的敌人呢?不是别的,这个魔鬼姓沙名漠,别号戈壁,又称旱海的便是。世界冰川,近一百年来统在退缩,至少是暂时保守阵地无力前进。火山、海啸,虽是猛烈,只影响到局部地区……水旱灾荒虽可以遍及大面积,但时间上至多也不过几年。而沙漠的祸患却可以笼罩全国,甚至于好多个国家,而且天天扩大,使这个国家的人民世世代代受到灾殃。所以沙漠是人类在地球上主要的敌人,也是人类向地球进军的主要对象。

显而易见,如此说理,就连小学生也能听得明白。全文最长的末节"征服沙漠的道路",更是绘声绘色:

当然我们的敌人沙漠魔鬼是极其凶恶顽强的,因此我们在战略上虽可藐视敌人,在战术上还须重视敌人。敌人的武器是风与沙。沙从何而来呢?他利用冬寒夏热、雨打日晒,把岩石泥土化为散沙。《佛经》中称无穷大为"如恒河沙数",沙漠的武器供应是无穷无尽的。沙的进攻主要取两种方式。一是取游击方式。狂风一起,恒河沙数的沙粒随风的强弱和方向,各奔前程,时行时止……

沙进攻的第二种方式可称为阵地战,即是用风力堆成沙丘,缓缓前进。沙丘的高度一般从4~5米到50米,但也有高达100米以上的……几个沙丘常联在一起,成为沙丘链。沙丘移动虽慢,凡是所过地方,森林为其摧毁,田园为其埋葬,城郭变成丘墟。

接着,作者便开始提出应对的策略了:

《孙子兵法》云:"知己知彼,百战百胜。"人类知道了沙的进攻方式以后,就可以设计应付的方法,水是人类防御风沙主要的武器,但除水以外还必须以草皮和森林来支援,方能克敌制胜……

文中继而又娓娓谈及法显《佛国记》和玄奘《大唐西域记》对沙漠的种种描述,谈到"魔鬼的海",谈到"光怪陆离",如此等等,真是精彩纷呈,目不暇接。

确实,大多数科普和科学文化类作品追求的一个共同目标,就是"雅俗共赏"。半个多世纪前,朱自清曾写过一篇《论雅俗共赏》[13]的文章,谈到:

中唐的时期,比安史之乱还早些,禅宗的和尚就开始用口语记录大师的说教。用口语为的是求真与化俗,化俗就是争取群众……所谓求真的"真",一面是如实和直接的意思……在另一面这"真"又是自然的意思,自然才亲切,才让人容易懂,也就是更能受到化俗的功效,更能获得广大的群众。

在同一篇文章中他还谈到:

抗战以来又有"通俗化"运动,这个运动并已经在开始转向大众化。"通俗化"还分别雅俗,还是"雅俗共赏"的路,大众化却更进一步要达到那没有雅俗之分,只有"共赏"的局面。这大概也会是所谓由量变到质变罢。

"只有'共赏'的局面",真乃一种炉火纯青的境界,竺老的科普作品正是如此。那么,如何才能达到"只有'共赏'的局面"呢?这似乎很难言传。但有一点却很明显,那就是作者必须也像竺老那样,怀有一腔醇厚质朴的平民情。

区区数千字,谈论竺老的科普事业和作品,势必挂一漏万。要说的话很多,姑且诉诸来日。科普,绝不是在炫耀个人的舞台上演出,而是在为公众奉献的田野中耕耘。就此而言,竺老的榜样决计堪称不朽!

参考文献

[1] 任鸿隽著,樊洪业、张久春选编:《科学救国之梦:任鸿隽文存》,上海科技教育出版社、上海科学技术出版社,2002年8月,14页
[2]《科学救国之梦》,161页
[3] 竺可桢著:《竺可桢全集·第2卷》,上海科技教育出版社,2004年7月,143页
[4]《竺可桢全集·第2卷》,238页
[5]《竺可桢全集·第2卷》,539页
[6]《竺可桢全集·第3卷》,166页
[7]《竺可桢全集·第4卷》,481页
[8]《竺可桢全集·第2卷》,118页
[9]《竺可桢全集·第2卷》,473页
[10]《竺可桢全集·第2卷》,317页
[11]《竺可桢全集·第2卷》,481页
[12]《竺可桢全集·第4卷》,47页
[13] 朱自清:《论雅俗共赏》,生活·读书·新知三联书店,1983年12月,1页

原载《科普研究》2006年第1期第57页

谢小军、颜燕、王晓丽主编《科普学术随笔选(续编)》

(科学普及出版社,2012年12月)收录

链 接

《竺可桢全集》出版研讨会和出版纪念册

2014年4月28日,《竺可桢全集》出版研讨会在国家图书馆隆重召开。会上举行的赠书仪式,由"全集"编辑委员会主任路甬祥分别向国家图书馆、中国科学院

《引竺问史文录——〈竺可桢全集〉出版纪念册》[上海科技教育出版社,上海市新闻出版局内部资料准印证(2014)第046号]

国家科学图书馆、浙江大学图书馆赠书,国家图书馆等向上海科技教育出版社颁发了捐赠证书。研讨会盛况当时有众多媒体报道,兹不赘述。

在研讨会召开前夕,上海科技教育出版社还推出了《引竺问史文录——〈竺可桢全集〉出版纪念册》。这份篇幅不足200页的内部资料,"含金量"相当高。卷首"编者的话:一份历久弥珍的精神财富",提到执行主编樊洪业先生在编订工作之始,就对编辑工作提出一条原则:"我们的编者不是在给竺老改作文,而是要抱着对待一件文物的态度来整理'全集',不是整旧如新,而是要整旧如旧,保持历史的原貌。"这就意味着,当现行编辑规范与忠于历史原貌保存文本发生冲突时,宁肯冲破现行的编辑规范。13年的出版历程表明,编辑们的确忠实地执行了这条原则。

纪念册分为上、下两篇。上篇收录反映编纂出版情况的文献,包括路甬祥序、张劲夫序、叶笃正序,等等。曾是中国科学院主要领导人之一的张劲夫在序中深情地提到,他从《竺可桢日记》中得知,"1966年12月7日,在我处境最艰难的时候,竺老和吴有训同志一起去找了当时的军代表,说我最近两个月来一直被揪来揪去批斗,已经发烧三个星期了,应该给我休息的机会,不要把我身体搞垮了;也知道他在造反派召集的座谈会上,不顾当时的政治压力,理直气壮地认为,科学院执行的是党的正确路线,公然批驳当时流行的所谓执行了资产阶级黑线的污蔑和攻击。这就是竺老处事的态度,就是他一贯坚持'求是'精神的真实写照。"下篇收录近年来散见于各种期刊与媒体的论文与评述,这些文章都是各领域学者引用"全集"的相关资料撰写的,受篇幅所限,许多长文只能摘载。拙文《科学魂,爱国心,平民情——竺可桢科普作品初探》亦节录而载于下卷。

"编者的话"之结尾,语意隽永,发人深省:"愿所有的读者都能通过'全集'的2000万文字,感受竺可桢先生那历久弥珍的精神财富,这份财富乃是真正无价的。"

36

苍天有眼眷斯文
——读《古新星新表与科学史探索》

　　《古新星新表与科学史探索——席泽宗院士自选集》（陕西师范大学出版社出版）是一部值得一读再读的文集。作者席泽宗先生是我国著名的科学史家，中国科学院院士，国际科学史研究院院士。他在中国古代天文学史研究中取得的杰出成就，得到国际天文、物理和科学史界的高度评价。20世纪50年代初，顺应国际科学界的要求，席泽宗受中国科学院副院长竺可桢的委托，花大力气系统地研究了中国古代文献中有关新星和超新星的记录，最终于1955年在《天文学报》上发表了《古新星新表》；10年后，他又和薄树人合作发表了《增订古新星新表》。这两个表被美国学者译成英文后，在世界上再三转载，被各国学者引用已达千次以上。在《古新星新表与科学史探索》这个书名中，"古新星新表"便占据了突出的地位。

　　席泽宗先生融汇古今，学贯中西，其著述叙事清晰，推理严密，科学与人文并茂，学术性与可读性俱佳，这是非常不容易的。从《古新星新表与科学史探索》一书，可以很清楚地看出席泽宗的学养和文风。原中国科学院北京天文台台长

《古新星新表与科学史探索》，席泽宗著，
陕西师范大学出版社2002年10月出版

王绶琯院士为之赞曰："苍天有眼眷斯文，"这是相当中肯的评语。

够格出选集者，自当著述宏丰。至于选集究竟怎么选，则常因人因时而异。席泽宗这部"自选集"，贵在原创性，注重代表性，因而经得起时间的考验，有些文章甚至历时弥久而价值愈彰。这部"自选集"始于1948年大学求学时代的短文《日食观测简史》，止于2002年的力作《不用为用　众用所基——论基础研究的重要性》，所选文章120篇，不分中外文，一律以发表时间先后为序编排。这样，既可刻画出席泽宗先生的人生轨迹，又约略可见我国科学史研究的历程以及与国外交流的踪影。此种构思，委实是很巧妙的。

大约8年前，我读过席泽宗先生的《科学史八讲》。这原是他于1990年春应邀赴台湾地区访问时带去的8篇讲稿，后由台湾联经出版事业公司结集成书。数十年来，席先生是赴海峡彼岸最高科研机构讲学的第一人，83岁高龄的物理学家吴大猷先生也会见了席先生。1996年1月14日，我曾以《中外科学数千年，探幽发微四十载》为题，在《科技日报》上对《科学史八讲》发表管见。首届国家最高科技奖获得者吴文俊先生看了我写的这篇书评，立即找席泽宗要书，并于2月14日写信给席说：

> 我拜读了"八讲"中的孔子一讲，论据令人信服，纠正了我的看法；但我想破除希腊对欧洲科学发展的神话，可能比纠正孔子对中国科学阻碍之说更为重要。因此，我十分希望您老能抽出时间，专文阐明此说，最好能登诸报端，以正视听，未知能俯允否？

这就是"自选集"中后来引起争论的另一篇文章《关于"李约瑟难题"和近代科学源于希腊的对话》写作的由来。在学术研究中，

2003年9月18日，卞毓麟（左）
拜访席泽宗先生合影留念

能够通过缜密的分析、论证，提出富于启发性的新思想、新见解，以期引起讨论，深化认识，乃是非常可贵的。

我本人的专业背景和数十年来的工作经历，使我对这部"自选集"怀有浓厚的兴趣。我于1965年从南京大学天文学系毕业，在中国科学院北京天文台（今国家天文台）从事天体物理学研究三十余载，不时兼及天文学史和科学人文，为普及科学著译不辍，且于1998年加盟上海科技教育出版社，专事科技出版。在我工作所及的方方面面，牵涉席泽宗先生的著述不绝如缕，其求真务实的精神，给我留下很深印象。先生本人亦在"自序"中曰，"'集腋成裘，聚沙成塔'，我还是愿意把这一点点微小的贡献聚集起来，让世人利用，让世人评说"。我认为，这种"让世人评说"的意识和态度，在今天尤其值得提倡。

原载《中华读书报》2003年10月15日第23版

37

中外科学数千年
探幽发微四十载
——读席泽宗先生著《科学史八讲》

"今天，一部科学史想再靠新颖的写法来吸引读者，大概是不可能了。这样的科学史作品已经多得不可胜数。"我赞成美国科学作家艾萨克·阿西莫夫的这番话。一部有价值的科学史新作，必须确有独到之处，而这是很不容易做到的。

唯其如此，当我见到中国科学院院士席泽宗先生所著《科学史八讲》，便格外感觉兴味盎然。

席先生纵览中外科学数千年，探幽发微四十载。《科学史八讲》系他于1990年春应邀赴台访问时，带去的8篇讲稿，后由台湾联经出版事业公司出版。其中第一、第二、第四、第五、第六共5讲先后在当地的研究院、大学和天文台讲演。席先生是数十年来赴海峡彼岸最高科研机构讲学的第一人。访问期间，当地传媒曾频频报道，83岁高龄的物理学家吴大猷先生也亲切会见席先生。

这8篇讲稿中，第一讲至第四讲属科学史总论范畴，第五至第八讲则专注于天文学史。

第一讲"科学史和历史科学"，讨论科学史的学科性质、研究方法，及其与一般历史科学的互补关系。席先生在当地历史语言研究所作此讲演，结果促使该所成立了科学史研究小组。第二讲"中国科技史研究的回顾与展望"，首次向台湾

《科学史八讲》，席泽宗著，台湾联经出版事业公司1994年8月出版

学者较全面地介绍了大陆、特别是中国科学院的科学史研究状况,并对未来应开展的工作提出设想。第三讲"先秦科学思想鸟瞰",讨论的虽然是一个时期的问题,但它对中国科学史的发展有着全局性的影响。

第四讲"孔子与科学"尤其值得一书。孔子,是在中国知识界共同语言最多的论题之一。席先生的这篇讲演,是美国加州大学程贞一先生和他合著的论文《孔子思想与科技》的节要,全文刊于《中国图书文史论集》。它以《论语》中的孔子言行为据,对孔子思想进行系统分析,得出了如下的结论:

> 孔子的言行对科学的发展不但无害,而且是有益的。十三世纪以前,中国科学技术在世界上的领先地位是多种原因造成的,孔子思想中的这些有益成分也是其中之一。近百年来的落后,是这段时期内的政治、经济、文化诸因素造成的,不能归因于二千四百年前的孔子。再说得广一些,近代科学在欧洲兴起,和他们有希腊文化没多大关系;中国近代科学落后,并不是因为中国有孔子。

这真是发前人之所未发,可谓相当大胆。故程席二位先生说:"这个结论,肯定有人不同意。希望通过研究,通过争论,得到进一步的认识。"在当前的学术研究中,能够通过缜密的分析、论证,提出富于启发性的新思想、新见解,以期引起讨论,深化认识,乃是非常可贵的。我深盼科学史家们能对此多下功夫,在该领域中取得更丰硕的成果。

第五讲"天文学在中国传统文化中的地位"是席先生的"保留节目"。这样说的原因,在于先前很少有人这样讨论问题。第六讲"中国古代天文成就",在台北天文台公开讲演。文首以近年来大陆天文学成就作引,堪称别具匠心。第七讲"中国天文学史的新探索",对今后的研究方向提出设想,于学界后昆裨益尤甚。第八讲"天文学思想史",从《庄子》《楚辞》一直谈到大爆炸宇宙学,从思想史的角度对世界天文学的发展予以概括,其结论颇多发人深省之处。

"八讲"篇篇言之有物,李亦园、张永堂等台湾知名学者遂一致建议其结集成册,纳入"清华文史讲座"丛刊,以飨广大读者。"八讲"深入浅出,行文明白晓畅,给台湾学者和公众留下了深刻的印象。当地传媒称先生阐述科学史是"沟通人文与科学,观照历史与未来",此说殊不为过。

原载《科技日报》1996年1月14日第2版

卷四

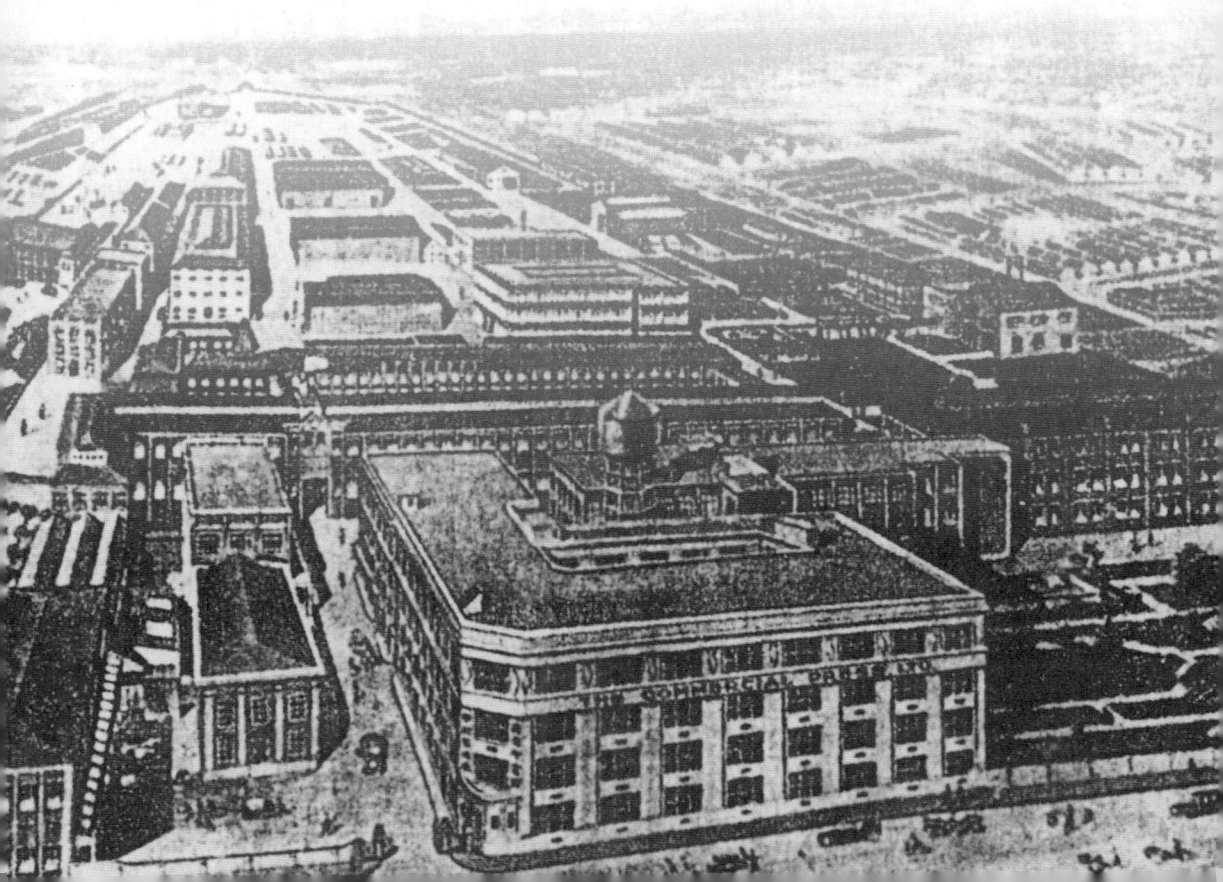

38

科技图书出版的重镇

　　《科学时报》要我谈谈对中华人民共和国成立前上海科技出版的印象，颇觉难以胜任。毕竟，那时我还只是个六龄童。但在上小学前，父母亲已给我买了不少好看的书，它们都是《幼童文库》的成员。这套书的作者和出版社我已毫无印象，我只记得："文库"的每本书都很薄，可每张纸却相当厚；书中文字不多，彩色的图画很美丽。它是真正优秀的儿童读物。

　　凑巧，2001年11月，上海市新闻出版局举办了"科技出版百年回顾展"，"镇展之宝"有晚清和民国时期珍贵的科技书刊五百余种。就在"回顾展"上，我又见到了阔别半个多世纪的《幼童文库》：《算算看》《动物园》……出版者呢？是商务印书馆。

　　商务印书馆由夏瑞芳等人于1897年在上海创办，是中国现代出版事业中历史最为悠久的出版机构。1902年，张元济加入商务印书馆。他为商务做的几件大事，近百年来有口皆碑：一是编辑出版教科书，二是创办涵芬楼和东亚图书馆，三是出版"汉译世界名著"丛书。从1911年到1950年，商务印书馆共出版自然科学类图书1299种。"汉译世界名著"中包括科学和科学哲学方面

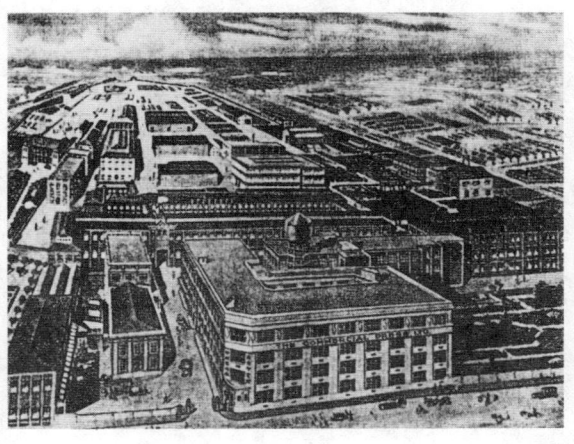

1932年侵华日军挑起"一·二八事变"前，占地80余亩的商务印书馆总厂全貌

商务印书馆《万有文库》第二集之两种。左为英国重要科学家爱丁顿的通俗科学名著《膨胀的宇宙》之中译本（1937年6月），右为中国前辈天文学家陈遵妫编的佳作《夫罗斯特传》（1937年3月）。夫罗斯特（今译弗罗斯特）是美国著名天文学家，当时去世不久

的《自然哲学之数学原理》《科学与方法》《科学与假设》《自然创造史》等。大学丛书有《科学与科学思想发展史》《理论物理导论》等。科普读物则有"少年自然科学丛书""普及农业科学丛书""中学生自然研究丛书"等。应用技术方面出书1351种，亦分高、中、低几个层次。此外还有一系列科技类工具书，如《地质矿物学大辞典》等。商务印书馆的《万有文库》即使在今天看来亦堪称奇迹，《丛书集成》则影印了大量珍贵古籍。这两大套书因知者甚众，故此处介绍从简。

在商务之前，清廷官办的洋务运动骨干企业上海江南制造局于1868年起附设翻译馆，聘请英国传教士傅兰雅"专办译书之事"。傅兰雅从开馆起到1896年离华为止，与中国学者徐寿、徐建寅父子，以及华蘅芳、赵元益等合作，译述极丰，令人起敬。如《化学鉴原》是晚清中国译介的第一部比较系统的西方化学著作；《微积溯源》为19世纪中国介绍微积分的代表作之一；《防海新论》谈论美国南北战争时水路攻防情形，此书对李鸿章等人的海防思想有重要影响；《三角数理》是晚清译介的三角学名著；《电学》是晚清所译影响最大、流传最广的电学书籍，等等。其中1883年出版的《化学求数》，计15卷276章，插图186幅，1146页，堪称煌煌巨制。

江南制造局翻译馆出书之广，尚可从《风雨表说》《测地绘图》《虫学论略》《井矿工程》《汽机新制》等书名见其一斑。1896年，时务报馆出版梁启超的《西学书目表》，这是近代中国第一份比较完备的西学书目。翌年，商务印书馆成立。这两件事，前者宛如对旧时的一份小结，后者则预示着新局面的来临，这是否体现了某种历史的必然性？君不见严复《天演论》等一批名著名译，不都是商务印书馆出版的吗？

再向前回溯，自然就该说到墨海书馆了。该馆于1843年由麦都思在上海创办，到1860年共出版各种书刊171种，其中包括综合性科学书籍2本、天文2本、地理1

八十多年前,作者的父亲购得一套上海南京路王开照相馆的"一·二八事变"纪实照片,此处选用3幅遭日寇野蛮轰炸的商务印书馆场景

本、数学4本、物理2本、生物2本、医学4本。译书的主力军是李善兰、伟烈亚力、艾约瑟等人。择要举例,如有《续几何原本》《代数学》《代微积拾级》《重学》等。我本人是天文出身,自然要特别提到伟烈亚力与李善兰合译的《谈天》。该书是近代中国译介的第一部比较系统的西方天文学著作,原作者系当时英国天文界的领军人物约翰·赫歇尔。如今我国使用的不少近代天文学名词,就是李善兰在当时译定的。

在商务印书馆之后,又有1901年成立教育世界出版社,率先翻译出版日本的教科书,所译《近世博物教科书》《中等植物教科书》等均甚流行。1903年,会文学社成立,因翻译《普通百科全书》100册而闻名于世等等。凡此种种,此处不再赘述。

就期刊而论,最值得一书的当然是《科学》月刊。1995年11月21日,"《科学》创刊80周年暨复刊10周年纪念会"在沪举行。樊洪业和我遵该刊编辑部主任潘友星之命,先后在会上作主题发言。当时,我用三段话概括了自己对《科学》的总体认识:

80年前,1915年元月,任鸿隽、杨杏佛、胡明复、赵元任等前辈学人于内战连年、外辱交加之秋,毅然节省留学生活费而创办《科学》,树起了"传播科学,提倡实业"的旗帜;

80年后,1995年元月,江泽民总书记对《科学》办刊宗旨题词:"传播科学 提高国力"。1995年9月,周光召主编在《科学》第47卷第5期上发表了题为"传播科学,任重道远"的特稿,再次强调了上述办刊宗旨。

80年来,《科学》有着很坎坷的经历,"提倡实业"一说已因时势变迁而有所变异,"传播科学"却为任何时代之所必需。《科学》杂志的80年,正是为传播科学作出了卓越贡献的80年。

樊洪业先生特别提到《科学》发刊词开头的一段文字:"世界强国,其民权国力之发展,必与其学术思想之进步为平行线。"可见,该刊很早就有了"科学救国"的意识。樊先生还指出:"是《科学》最早并行提倡民主与科学以作为救国之策的。8个月后,陈独秀创办《青年》杂志,把民主与科学的呼声放大于全社会。至1919年1月拟人化为德、赛二先生,成为五四新文化运动的主旋律。"

《科学》是我国现代科学史上历史最为长久的一份综合性科学刊物,所载文章力求深入浅出,注重实效。该刊最先采用横排,使用西式标点,公式与汉字并列,这些都是极可贵的尝试与革新。《科学》起初由任鸿隽、赵元任等在美国康奈尔大学编辑,由

《科学画报》创刊号（1933年8月1日）

上海商务印书馆在国内印刷发行。1915年10月25日，任、赵等人又在美国成立了综合性的学术团体"中国科学社"，任鸿隽任社长。1918年，中国科学社迁回国内，1928年定址上海。1933年，该社又创办了综合性科普期刊《科学画报》，由杨孝述任主编，周仁、卢于道等任常务编辑。秉志、竺可桢等为特邀撰稿人。如今，《科学》和《科学画报》均由上海科学技术出版社继续编辑、出版。

早年上海的科学刊物，可圈可点者亦尚有之。如1876年创刊的《格致汇编》，初为月刊后改季刊，共出60期，由傅兰雅主持，是为近代中国第一份科学杂志。1857年发刊的《六合丛谈》由伟烈亚力主编，是近代上海第一份综合性杂志，内容包括天文、地理、生物等。1900年创刊的《亚泉杂志》是半月刊，由杜亚泉主编，亚泉学馆发行，上海商务印书馆印刷，1901年更名为《普通学报》，内容涉及自然科学各科，但以化学为主要内容，是中国学者自办的最早的一种关于自然科学的综合性杂志。1910年创刊的《中西医学报》也是半月刊，是中国早期兼论中西医的重要刊物。1914年中华博物学会创办季刊《博物学杂志》，主要内容以研究人类学、动物学等为主。1915年，中华医学会的机关刊物《中华医学杂志》面世，初为半年刊，后改为月刊。如此等等，不一而足。

1947年7月，在上海发刊的《科学》《科学世界》《化学工业》《工程界》等十余家杂志联合组成科学期刊联谊会，其宗旨为"推进各杂志编辑与发行之联系，并推进与加强中国科学之工作"。到1949年有32个成员，其中上海有《科学》《科学大众》《大众医学》《大众农业》《机械世界》《电世界》《化学世界》《动力工程》等30种杂志与会。

科学期刊联谊会成立不到两年，上海就解放了。此后的进步与发展，当以另文专论。区区短什，难免挂一漏万，尚祈方家教正。

原载《科学时报》2003年8月7日B3版

39

漫话"科学大师佳作系列"

    "科学大师佳作系列"（以下简称"系列"）是美国约翰·布罗克曼公司组织一批知名科学家分别撰写、以20多种文字在许多国家和地区共同推出的一套高端科普读物。该"系列"以简练而富于哲理的笔触，反映了世纪之交的科学前沿问题，在国际上影响甚广。"系列"中文版由朱光亚先生任编译委员会主任，谢希德、叶叔华先生任副主任，龚心瀚先生任顾问。该"系列"的价值，光亚先生已通过"中文版序"作了言简意赅的分析和评价。我本人作为编译委员会委员和最早的译者之一，介入该"系列"之翻译、出版事宜甚深。此番"漫话"，或可为读者诸君助兴怡情。

    1993年岁末，接上海科学技术出版社来信，相告该社已取得美国布罗克曼公司组织写作的"科学大师系列"（*Science Masters Series*）中文版出版权，且首批3种英文书稿已到，急需组织翻译。其中第一种是《宇宙的起源》，他们问我：可否承译？若可，则盼于两个月内译完交稿，云云。

    我历来认为，引进外国优秀科普作品的价值不亚于引进外国先进技术。我本人亦于70年代后期和80年代翻译、研究了美国科普大师艾萨克·阿西莫夫等人的许多作品。为此，我国已故著名天文学家、科学翻译家、科普作家李珩先生88岁高龄时还来信对我说："我希望你多多介绍Asimov和Sagan的

中文版"科学大师佳作系列"书影

科普著作以享读者,更望你百尺竿头更进一步,丰富你的科学知识,发展你的文学修养,效法两位作家,以成为我国的科普创作名家。任重道远,引为己任,我于足下寄以无限之期望,尚祈勉之勿忽!"李先生虽已去世多年,他的教诲依然铭记于我心头。

90年代初,中国的科普出版事业一度不甚景气,就连阿西莫夫这样的科普大家的作品也遭到了冷落。因此,当"科学大师系列"的书目和作者阵容展现在眼前时,我不禁为之一震:出版此丛书之中文版,真是善莫大焉!

然而,善亦善兮,难则难矣!百忙之中赶在两个月内交卷是不切实际的。翻译实在是很艰辛的事情,唯有深入此道,方知其中甘苦。十多年前,我与友人黄群译完阿西莫夫《洞察宇宙的眼睛——望远镜的历史》(科学出版社1982年9月出版)后,曾在"译者前言"中写道:"阅读和翻译阿西莫夫的作品,可以说都是一种享受。然而,译事无止境,我们常因译作难与作者固有的风格形神兼似而为苦。"在嗣后的岁月中,此种感受有增无已。

于是我复函出版社,谈到翻译、尤其是科普翻译,乃是"精工细作"的活儿。若一味图快,则势必忙中有错,在编辑加工过程中就会遇到许多麻烦,结果将欲速而不达。最后,出版社同意将交稿时限放宽至4到5个月。不言而喻,实际用于翻译此书的有效时间自然还要少得多。

详述翻译过程对于读者将是乏味的。但有一件事使我很愉快,似乎可以一提。"科学大师系列"的写作风格具有浓厚的文化色彩,《宇宙的起源》的作者约翰·巴罗又是一位博学的宇宙学家,这就使翻译的难度大为增加。该书共11章,每章均有极简短的章首引语。这些引语既未注明作者,更无版本可考。在一无上下文可揣摩,二无背景材料可参考的情况下,仅凭所引的片言只语,是极易造成误译的。幸好,作者毕竟留下了引文所出之篇名。第一章、第二章引语出自《巴斯克维尔的猎犬》,第十一章引语出自《四签名》,这些都是我熟悉的福尔摩斯探案故事。我猜想其余8章的引语亦源自福尔摩斯探案。果不其然,取来《福尔摩斯探案全集》按图索骥,《布鲁斯-帕廷顿计划》《身份案》《博斯科姆比溪谷秘案》《诺伍德的建筑师》《红发会》《银色马》诸篇遂一一"就范"。"案情"既明,我便结合福尔摩斯故事本身的情节和约翰·巴罗引用的意图,为每段引语作了译注。这件事花费了我一个周末。后据友人相告,这些译注被人们誉为"画龙点睛"——我很希望这并不

英国宇宙学家约翰·巴罗(摄于2012年)学识渊博,他的多部力作皆有中译本,如《无之书》《宇宙之书》《不论》等

是客套话。

　　另外,出版社也让我举荐"系列"其他各书的译者。对于《人类的起源》,我立即想到吴汝康先生,但顾虑吴老是否有兴趣和时间来做这件事。上海科学技术出版社委托我代为联系,于是我在1994年3月27日登门拜见了吴先生。吴老了解具体情况后,便欣然同意了,并说可能会请一二位同志合译。不久,我又给吴先生送去一些有关资料。早先我曾读过吴先生的不少作品,但因学术领域不同,未便轻易打扰。这两次拜访却很有意外收获:承蒙先生见赐90年代新著两种:《今人类学》(1991年)和《人类的由来》(1992年)。后来,《人类的起源》由汝康先生与吴新智、林圣龙两位教授共同译就。

　　1994年8月3日,"系列"的责任编辑张跃进来函相告:这个夏天,上海酷暑异乎寻常。他整日关在家里编辑我的译稿,至今终于大致完工。信中用6页纸的篇幅,提出了他对某些词句如何翻译为好的见解。我读后觉得颇有可取之处,有些地方还相当有趣。例如,《宇宙的起源》首章标题为"Starry Starry Night"。我先是追求简洁,译成"多星之夜"。虽自觉有些别扭,但又不愿凭空添入过多的"不实之词",结果就这样交了卷。跃进来信则问,可否改成"繁星闪烁之夜"?且告曰:"Starry, Starry Night"乃当代极著名的流行歌手麦克利安(Don Mclean)的传世之作《文森特》(Vincent)的开头两句,而这首歌是描写著名画家凡·高的。跃进认为《宇宙的起源》首章讲人类对宇宙的认识过程,用"繁星闪烁之夜"似乎更富于文学气息,而且还隐含着人类智慧的"闪烁"之意。

　　我虽知Vincent乃凡·高之first name,却对麦克利安的《文森特》一无所知——十足的"流行歌盲"。跃进的这番解说,我觉得很有趣味,也赞成他的改译方案。但为慎重起见,我又检阅了第一章的全部正文。发觉整章全无"闪烁"字样,但出现了一次"Starry Night",据上下文看宜译为"繁星密布的夜空"。于是又致函跃进商讨:本章标题译为"繁星密布的夜空"是否更好?后来,就这样定稿了。

　　1994年11月21日,跃进又来信提及,"科学大师系列"这一名称易被误解为是

"科学大师"们的传记丛书,故考虑易名为"科学大师讲座系列",问我意见如何。我回答说,也许改称"科学大师佳作系列"更好,因为这些书确实是地地道道的佳作。况且,在图书市场上,"佳作"两字显然也比"讲座"更有吸引力。出版社认为有理,经请示编委会主任光亚先生,此名遂被采纳。

1995年11月14日,上海科学技术出版社、《文汇报》、上海科普创作协会在上海市南昌路47号科学会堂联合举行"'科学大师佳作系列'丛书首发式暨专题讲座"。会议由上海科普创作协会陈念贻理事长主持,编译委员会副主任谢希德和叶叔华两位先生出席并讲话。我本人恰好于11月初自京赴宁接连参加几个会议,11月12日结束,13日赶往上海,14日应邀在首发式上作了题为《宇宙学的历程》的专题讲座。中国科学院上海天文台研究员傅承启先生是"系列"中《宇宙的最后三分钟》一书的译者。他是我早年就读南京大学天文学系的同窗。这次首发式上的另一专题讲座即由承启担任,题目同书名。其时座无虚席,气氛之热烈相当感人。会前,上海东方电台一位记者小姐采访我时问道:"您是否知道买这套书的中文版权要花多少钱?"我答了个约数。记者又问:"那么,您认为值得吗?"我说明了本人认为值得的种种理由——其实从光亚先生的"中文版序"就可以清楚地看出这一点。末了,我又添上一句:"我们付出了金钱,但是,我们买来的是知识。知识是无价之宝,这难道还不值得吗?"于是,记者小姐道谢后满意地离去了。

"科学大师佳作系列"的首批3种图书——《宇宙的起源》《人类的起源》和《宇宙的最后三分钟》,于1995年9月初版首印后迅即销售一空,此后屡次再印,仍有供不应求之势。对高级科普读物而言,此种盛况近年来在国内殊属罕见。该"系列"中文版的第二批4种图书是《大脑如何思维》《周期王国》《自然之数》以及《伊甸园之河》,其著译审校阵容皆相当可观。这4种译作问世后,同样大受读者青睐——诚可

中文版《宇宙的起源》,[英]约翰·D·巴罗著,卞毓麟译,上海科学技术出版社1995年9月出版

谓始料之未及也。如今，不断有读者询问：该《系列》其余15本书为何如此姗姗来迟？人们何时方能一睹"系列"中译本之全貌？其实，这怪不得编辑和译者们——因为这些书英文原作的脱稿时间还很不确定。就翻译过程而言，时间倒是相当紧凑的：译者并非根据已出版的英文版图书、而是见到英文打字稿便随即进行翻译的。

毫无疑问，"科学大师佳作系列"将会被越来越多的读者所赏识。与此同时，正如光亚先生"中文版序"所说的那样，我也衷心期望"我国的科学家、科普作家、出版家们能并肩奋斗，不懈努力，写作和出版一批足以雄视世界科普之林的传世佳作，为我国科学事业的长足进步作出更大的贡献。"

科技之发展，世界之进步，可谓日新月异。时不我待，吾人其勉之！

原载《科学》1997年11月49卷6期

链接 **1**

"科学大师佳作系列"中文版后续

及至2003年7月，"科学大师佳作系列"中文版共出书18种，以"系列"后期编号为序依次为《宇宙的起源》（1995年9月）、《宇宙的最后三分钟》（1995年9月）、《人类的起源》（1995年9月）、《周期王国》（1996年12月）、《大脑如何思维——智力演化的今昔》（1996年12月）、《自然之数——数学想象的虚幻实景》（1996年11月）、《伊甸园之河》（1997年1月）、《谁是造物主——自然界计划和目的新识》（1998年10月）、《心灵种种——对意识的探索》（1998年9月）、《性趣探秘——人类性的进化》（1998年9月）、《人脑之谜》（1998年8月）、《地球——我们输不起的实验室》（1998年9月）、《细胞叛逆者——癌症的起源》（1999年12月）、《生物共生的行星——进化的新景观》（1999年12月）、《通灵芯片——计算机运作的简单原理》（1999年12月）、《六个数——塑造宇宙的深层力》（2001年11月）、《进化是什么》（2003年2月）和《通向量子引力的三条途径》（2003年3月）。

在约翰·布罗克曼预告的书目中，原本尚有7个待出品种，即莫雷·盖尔曼著

《粒子物理学》、史蒂文·平克著《语言与心智》、玛丽·凯瑟琳·贝特森著《社会变化与适应》、斯蒂芬·杰伊·古尔德著《生物进化的模式与方向》、马文·明斯基著《思维机器》、乔治·斯穆特著《时间的起源》和史蒂夫·琼斯著《蜗牛、苍蝇与蝴蝶》。但直到2006年夏,我从上海科技出版社获悉,除前述18个品种外,《大师系列》并未再出新书。原因未闻其详,惟觉可惜而已。

再后来,2007年,上海世纪出版集团的"世纪人文系列丛书""收编"了"科学大师佳作系列"的不少品种。《宇宙的起源》《人类的起源》《宇宙的最后三分钟》《大脑如何思维》《周期王国》《自然之数》等,都放到这个庞大的"人文系列丛书"的《开放人文》子系列下的"科学人文"孙系列中去了。译者署名一仍其旧,但以朱光亚先生为首的编译委员会名单和光亚先生的"中文版序"却不复存在了,可惜!

链接 2

2017年1月25日追记两则

(1)惊悉张跃进于2016年11月12日病逝,年仅58岁,不胜哀痛之至。半个多月后,11月30日的《中华读书报》第14版"文化周刊·出版史"刊出拙文《从朱光亚先生的一封短信说起——忆"科学大师佳作系列"兼怀张跃进君》。此文约3400字,所述事迹在拙著《编辑路上的风景》(首都师范大学出版社2017年10月出版)第十章"大师系列的故事"中均有所记叙。

(2)陈纪宁先生读了《编辑路上的风景》中所讲的故事,随即发来微信,回顾了一些我早先不太熟悉的情况,对此我谨表衷心感谢。纪宁的微信说道:

> 这篇缅怀散文至少有四大看点:朱光亚先生的懿德高风,跃进的敬业求精,"科学大师佳作系列"引进版权、翻译出版过程中的几件大事,卞老师的有心和细心。由此不胜感佩,并引起我的一些零星回忆。该系列的中文简体字大陆出版权是1992年9月上旬在第四届北京国际图书博览会期间通过"博达"版权代理公司向美国约翰·布洛克曼公司购买的,一套12册(后逐渐增

加到20多册）。签约时，没有样书，没有书稿，只有选题设想和各册作者名单；而且对方要求，一旦哪本书稿写成，签约的十几个国家和地区的出版机构必须翻译成约定的文字同步出版。上海科技出版社参加那次图书博览会的有胡大卫、叶路、史领空和我，胡大卫是国际部主任，我分管国际部（下按：陈纪宁当时是上海科技出版社副社长），故由我代表科技社签约，但前期及以后的工作都是国际部同事做的。1994年春节后我调至上海市新闻出版局图书处工作，虽然对"系列"具体进展细节不很清楚，但知道第一本《宇宙的起源》由卞老师翻译，首发式会议我也参加了，会后还请谢希德院士和叶叔华院士在书上签了名。

40

"乐"在"苦"中无处躲

　　洋洋八百余万言的中文版牛津《技术史》终于面世了。三年多来,上海科技教育出版社的编辑出版和组织管理人员,为出版此书堪称费尽心力。

　　目前,不少属于文化"基本建设"类的大型出版物,大多是要赔钱的,这部《技术史》估计亦属此列。出版作为一种产业,就经济效益而言,自然要追求"利润最大化"。不过,这里我想谈的是社会效益。创造社会效益的出发点,在于社会责任感。它所追求的,也许可以称为"责任最大化"。

　　我社有一个信条,叫作"愿做科教兴国马前卒"。对于科教兴国确有重大意义的著作,只要我们的经济状况能够承受,那么即使赔上100万,甚至200万,该出的好书还是要出。《技术史》中文版,就是在这一思想引导下列选和出版的。这既是对社会责任感,也是对历史责任感的追求。

　　对于出版社而言,需要下决心投入的,远远不只是资金。更重要的是必须恰当地估量,自身的编辑力量是否堪此重任?在《技术史》的出版编辑组中,数我年龄最大,几十年的科研、写作、编辑经历,使我早就意识到了出版此书的难度。我的具体任务之一,是做好第VI卷的责任编辑。整个工作过程,可谓如履薄冰,在此略述一二,庶将有益于后来者也。

中文版7卷本牛津《技术史》,上海科技教育出版社2004年12月出版

《技术史》第VI卷所述时段是约1900年至约1950年，共含28章，其中前7章叙述进入20世纪后技术与社会的方方面面，章名依次为："世界历史背景""创新的源泉""技术发展的经济学""管理""工会""政府的作用"以及"工业化社会的教育"。后21章分述矿物燃料、自然动力资源、原子能、核武器的发展、电、农业、捕鱼和捕鲸、采煤、石油和天然气生产、金属的开采和利用、钢和铁、化学工业、玻璃制造业、油漆、造纸、陶瓷、纺织业、服装业等。每章篇幅各异，平均说来亦仅3万多字而已；以如此篇幅阐明一个"行当"的技术要点和创新历程，行文必定精练。这对读者自是福音，对译者和编辑的功力却提出了更高的要求。译校者们固然落笔严谨，但在这浩如烟海的技术史中穿行，孰又能免于疏误？每一个误译都宛如一个"地雷"，编辑的责任之一，正是把它们一个个挖出来。

编辑加工《技术史》，是一个磨炼的过程，一个求教的过程，一个学习的过程，一个丝毫不苟的过程，一个考验责任心的过程，一个检验你的职业道德的过程。怎样"挖地雷"？决不能不懂装懂，决不能偷懒，必须通过一切途径向各种参考资料请教，向各种工具书请教，向可能熟悉这件事的专家请教；至于哪里有切题的工具书，哪里有切题的参考资料，哪里有切题的专家，等等，同样需要想尽办法向人求教。对于同一件事，不同的工具书说法不一，不同的专家见仁见智，可谓屡见不鲜。如何解决？这又是对编辑的考验。为了把好质量关，出版社不仅在书稿发排前，一而再，再而三地送审，而且在正式付印前进行清样审读时，还特地增加一遍"专家审读"，基本上做到每一章特邀一位专业最对路的专家，最后把住"术语""行话"关。

更令人心焦的，还有一个时间问题。像《技术史》这样优秀的著作，我们无论如何也要将中译本尽早地奉献到国人面前，更何况按照与英国牛津大学出版社签约确定的中文版出书期限，以及按照国家"十五"重点图书的出版计划，它都必须在2004年年底问世。在既定的时间内完成全部出书任务，就意味着必须随时保持头脑清醒，明辨主次，有所取舍，而不能在枝节问题上旷日持久地争执不休。

《技术史》出版后，清华大学科学技术与社会研究中心曾国屏教授曾发问："你们能在多大程度上保证这部书的出版质量？"应该说，这个问题提得很内行。我的回答是："就我负责的第VI卷而言，我不能保证一点不错；但是，我花了整整一年半的时间，以我现有的水平尽力而为，我相信不会有太大的问题。当然，如果再给我

《技术史》第Ⅵ卷插图示例:(左)奶牛饲料供应;(右)造纸厂

们五年时间,我相信我们一定能把它做得更好。"

不难想见,编辑出版《技术史》,又是一个分秒必争、不断加班的过程。八十高龄的李元先生浏览《技术史》后,立即对我说:"原先我总不明白,你这两年书也不写了,究竟在忙什么,现在看见《技术史》,就一目了然啦。"

在作为《技术史》出版编辑组成员的一年半时间里,一首《蝶恋花》曾无数次地浮现于我脑际,涌上我心头:

> 乐在其中无处躲。订史删诗,元是圣人做。神见添毫添足巨,点睛龙起点腮破。
>
> 信手丹黄宁复可?难得心安,怎解眉间锁。句酌字斟还未妥,案头积稿又成垛。

词作者是我国出版界德高望重的老前辈叶至善先生,寥寥60字,将做编辑的甘苦、道德、学养刻画得惟妙惟肖。回想起来,做《技术史》的编辑,倒也真是"乐在其中无处躲"。不过,这种"乐"其实也蛮"苦"的。

原载《中国教育报》2005年3月24日第7版

41
何为"成材之道"
——读"国家最高科学技术奖获奖人丛书"

"成材之道",是诱人的永恒话题。

人们喜欢将"成材之道"概括成公式:"天分+勤奋""天分+勤奋+机遇",或更加"量化"地说成"百分之几的天分+百分之几的勤奋+百分之几的机遇"……

所有这些说法都是象征性的,而且都只是成材的"必要条件"。那么,成材之"充分条件"又如何呢?依我看,很难有定则。人是复杂的,一个人生活的社会环境更复杂。欲以寥寥数语概括成材之要义,实在是难而又难。

话虽如此,成材者们的足迹却宛如引人奋进的路标。"国家最高科学技术奖获奖人丛书"为我们提供了最好的范例。这套书首辑4种为《吴文俊之路》《走近袁隆平》《黄昆——声子物理第一人》和《王选的世界》。传主吴文俊和袁隆平于2000年荣获国家最高科学技术奖,黄昆和王选则于2001年获此殊荣。

数学家吴文俊从讲话、教学、做学术报告,到撰写科普文章,无一不是内容丰

富,条理清晰,深入浅出,这与他良好的语文功底有关。他中学时代作文成绩优异,得益于从童年到青年持之以恒的大量阅读。初中时代,吴文俊尚未显示出数学悟性,对数学也没

"国家最高科学技术奖获奖人丛书",上海科学技术出版社2002年12月出版

有特殊的爱好。高中老师们具有真才实学,品德高尚。他们生活清贫,却以自己的智慧向学生们展现出丰富多彩的知识海洋,影响着学生的一生。高中时代的吴文俊,数学学得主动而有味,题越难越吊胃口,内容远远超出课堂的范围。不过,高中毕业时他的兴趣主要还在于物理,而不是数学。

尽管日后的事实充分证明,吴文俊对数学有着非凡的才能,一遇名师点化,学业就会突飞猛进。作为一名学校决定给予资助的尖子生,他必须报考的也正是校方指定的上海交通大学数学系。但是,上到大学二年级的时候,吴文俊对于单调的数学教学逐渐失去兴趣,甚至想转学其他专业。这时,又一位优秀教师——武崇林所讲的实变函数论,再次激发了他新的数学兴趣。以后,他又遇到了朱公谨、陈省身等好老师。但如只是按部就班地学习,吴文俊也不可能在青年时代就成为一位国际知名的数学家,这时杰出的自学能力大大帮助了他……这是一个极其精彩的故事,很难想象,读完《吴文俊之路》怎能不产生强烈的心灵震撼。

农学家袁隆平属马,幼时在长辈眼中这匹"小马驹"有点笨手笨脚。但他爱动脑筋。看见木匠把钉子衔在嘴里干活,觉得很好玩,就嘴里衔上一枚铁钉,在地上翻筋斗。不料铁钉进肚,把全家人忙得个不亦乐乎。初中的数学老师讲到两个同号的"有理数"相乘总是得正数,袁隆平觉得蹊跷,便在课上提问:"为什么负数乘负数也得正数?"老师沉吟片刻,只是说"你们刚开始学习代数,只要牢牢记住……照这条法则运算就行了"。"学贵知疑"的科学精神在袁隆平的一生中发挥着无可估量的作用。高中毕业,他除因"偏科"造成数学成绩一般之外,其他各门功课全优。父亲希望他继续深造文理,但他有自己的志向:投身"农门"。

袁隆平回忆道:"爱因斯坦说过:'世界的永久秘密就在于它的可理解性。要是没有这种可理解性,关于实在的外在世界的假设就会毫无意义。'这句话对我后来从事杂交水稻研究产生了极大的影响。"确实,"小马驹"长大后率领千军万马,奋蹄纵横在农业科技的天地里;他攻关夺隘,总是马到成功,把杂交水稻的恩惠播撒在中国和世界

《走近袁隆平》扉页

的广袤田园中。当初,"杂交水稻"似乎是不现实的,这意味着"离经叛道"。对一个具有大胆科学怀疑精神的人来说,面临的可能是嘲笑和侮辱。成功时,或有鲜花簇拥;失败了,也许万劫不复。袁隆平无所顾忌,风风雨雨几十年,走到了世界的最前列。

物理学家黄昆认为自己少年时代属于智力发育滞后的学生。以切身经历为例,他认为对小学生的学习要求不必过高;中学则是打基础阶段,会影响一个人的一辈子。他治学的一个重要特点——"从第一原理出发",就是在中学时代开始培养的。他说在中学时代的反面教训是"我的语文基础没有打好,多少年来,在各个时期,各种场合都给我带来不小的牵累"。在燕京大学求学期间,宽松、开放和求实的环境熏陶了黄昆,使他养成了凡事独立思考,决不盲从的习惯。他极其珍视当初那种学习的主动性,认为无论学习还是从事研究,主动性都是最为重要的……如此等等,这一切的一切,使黄昆成了"声子物理第一人"。

计算机的应用渗透到现代社会生活的每个角落,使王选的名字变得家喻户晓。在小学五年级的时候,老师让大家"评一名品德好、大家最喜欢的同学",王选以压倒多数的高票获得了这项荣誉。直到数十年后,王选才意识到这一荣誉

王选(1937—2006)是江苏无锡人,出生于上海。2018年10月30日下午,由王选夫人陈堃銶捐赠的王选铜像揭幕仪式在无锡王选事迹陈列馆(2009年建成)举行,雕像由中央美术学院雕塑系张德峰教授创作

对自己一生之重要。经验告诉他：一个人要想有所成就，首先要做个好人。王选说："我赞成季羡林先生关于'好人'的标准：考虑别人比考虑自己稍多一点就是好人。我觉得这一标准还可以再降低一点：'考虑别人与考虑自己一样多就是好人'。"如今，谁都知道"方正"这个计算机科学中的宠儿。选用这一词语，更可见王选之为人，它源自《后汉书》："察身而不敢诬，奉法令不容私，尽心力不敢矜，遭患难不避死，见贤不居其上，受禄不过其量，不以无能居尊显之位，自行若此，可谓方正之士矣。"

20世纪50年代，我是一名爱好数学的中学生，知道了吴文俊这个名字；60年代，作为一名天体物理学专业的大学生，又知道了黄昆的业绩；80年代，华光激光照排系统问世，知道王选其人也就势在必行了。只可惜至今尚无缘面聆几位大师的教诲。另一方面，农业科学似乎从未引起过我的兴趣，具有讽刺意味的却是，我曾经和袁隆平在一起闲聊，而此前我竟然不知道他的大名。那次见面是在1988年3月，袁隆平先生到英国领取让克基金会"农业与营养奖"，而我刚好到英国做访问学者，在《光明日报》驻伦敦记者站不期而遇。

袁隆平苍老了许多，然而风采如故。凝视着他的近照，回想那次偶遇，我默默吟颂起《走近袁隆平》一书的神来之笔：

> 这是普普通通的稻田：
> 画家从这里走过，绘出一幅美丽的中国画；
> 诗人从这里走过，吟出一首赞美的田园诗；
> 农民从这里走过，期待大自然秋后的赏赐；
> 袁隆平从这里走过，启迪他发明了"点金术"。

"何为成材之道"？我从"国家最高科学技术奖获奖人丛书"中得到的不是什么答案，而是胜似答案的启示。

原载《文汇报》2003年3月28日第15版

42

亦师亦友一花甲
——贺科学普及出版社六十华诞

那是上一个丙申年,中华大地上响起了嘹亮的号角声:"向科学进军!"

那是1956年,全国上下响应党中央的号召,学科学的氛围浓郁、热烈。于是,科学普及出版社成立了,《知识就是力量》杂志创刊了,她们立刻成了我——一个求知欲正旺的初中生——的好老师和好朋友。悠悠六十载,又是一个丙申年,年逾古稀的我依然是她们的忠实伙伴,还荣幸地被聘为中国科学技术出版社暨科学普及出版社的科技/科普专家和《知识就是力量》的编委。

那是1978年,全国人民欢欣鼓舞迎来了科学的春天,我那"应该多写点什么"的思绪也从蛰伏中苏醒过来。我是学天文出身的,希望凭借自己掌握的专业知识,充当一名普通的导游,陪伴读者去领略宇宙间妙趣无穷的奇景奥秘。于是,在师友们的鼓励下,我基于早先在《科学实验》杂志上连载的长文《星星离我们多远》,大幅修订,充分展开,成为一本同名的科普书。科普出版社将其列为"自然丛书"的天文类选题,它的责任编辑是曾与我在中国科学院北京天文台共事的金恩梅女士。啊,我写的第一本科普书,于1980年12月在科普出版社诞生啦!

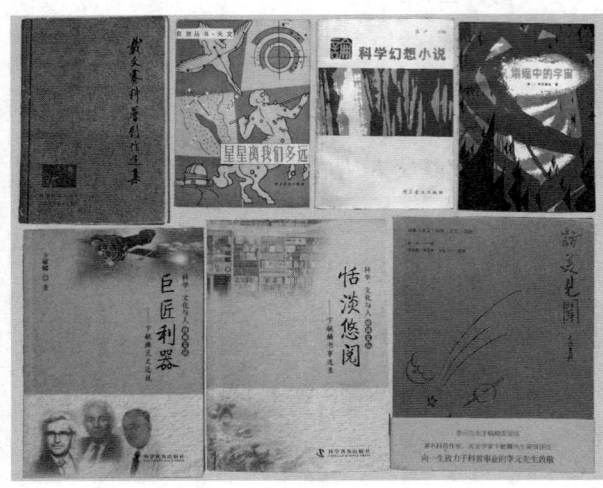

本文提及与作者有种种关系的部分图书。右下方的《访美见闻》是日后问世的,详见"为李元先生的书写评注"一文

1980年6月，科学普及出版社聘请卞毓麟为天文学科编委会编委和"自然丛书·天文"编委会编委的两份聘书

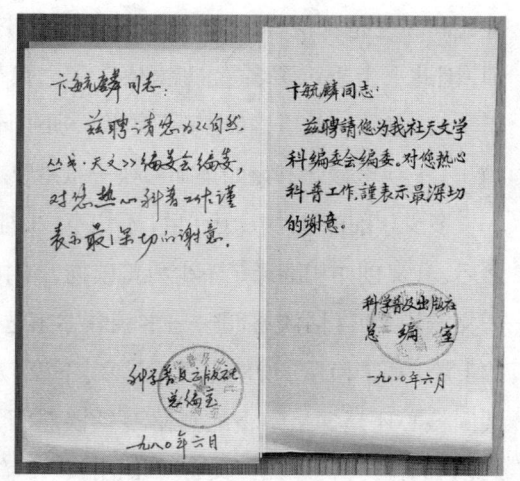

我热爱科普、热爱科普写作，深受我的恩师、南京大学天文学系主任戴文赛（1911—1979）教授的影响。1979年4月，戴先生因病逝世。就在此前一个多月，他还为《戴文赛科普创作选集》的"前言"写下了如此话语："我是一个科学工作者，我一直认为，科学工作者既要做好科研工作，又要做好科学普及工作，这两者都是人民的需要……我们科学工作者，应该拿起笔来，勤奋写作，共同努力，使我们中华民族以一个高度科学文化水平的民族出现在世界上。"先生这种强烈的使命感，今天依然是我做人做事的榜样，而这部1980年4月出版的《戴文赛科普创作选集》，正是科学普及出版社和江苏科学技术出版社共同出版的！

我对科幻也很有兴趣。1981年，科普出版社推出黄伊先生主编的《论科学幻想小说》。这本书在科幻界有着持久的影响，其中最后增补的那一篇《阿西莫夫和他的科学幻想小说》，是我应主编的要求，在一周内奋力伏案用心完成的，共约13 000字。今天，依然有人认为它是"我国第一篇系统地介绍阿西莫夫科幻创作历程的颇有深度的作品"。啊，我的这个"第一篇"也是在科普出版社诞生的！

科普巨匠兼科幻大师艾萨克·阿西莫夫是我非常喜欢的作家，他的书已有百余种出了中文版。国内率先大力引进阿西莫夫作品的，是科学出版社和科普出版社。据我本人统计，从1980年开始，科普出版社先后推出的中文版阿西莫夫著作有《原子内幕》《你知道吗——现代科学中的一百个问题》《奇妙的航程》《生命和能》《我，机器人》《阿西莫夫论化学》《塌缩中的宇宙》《自然科学趣谈》（上、下册）以及百万言的煌煌巨制《最新科学指南》（上、下册），这些精彩的作品至今依然很值得一读。

这还使我联想起一件趣事。有一次，中文版《塌缩中的宇宙》（钟元昭、钟世舟译，1982年3月）的责任编辑金恩梅要我帮忙审校一遍此书的译稿，同时告诉我

钟元昭先生是一位资深的前辈——甚至当过科普出版社老社长郑公盾先生的老师,因此书上恐难署名"卞毓麟校"了。我帮了这个忙,也未强求署名。过了一年多,钟老闻知此事,特地签名送我一册中译本,却又将我的名字误写成了"卞敏麟"——我珍藏此书宛如集邮喜获一张错票。

多少年前的往事历历在目,不知不觉间我已年逾古稀。在《星星离我们多远》之后,我又创作和翻译了不少科普读物,其中最新的两种是《巨匠利器——卞毓麟天文选说》和《恬淡悠阅——卞毓麟书事选录》(均为2015年11月)。《巨匠利器》的上篇"司天巨擘"说的是天文学家,下篇"观天慧眼"讲的是天文望远镜,它们的共同核心还是探索宇宙的奥秘。《恬淡悠阅》是作者近十余年谈论书事的文章精选,它们皆与科学为伍,又有文化相伴。上篇"悦读菁华"是书评、书介和书话,下篇"书外时空"谈论与书籍密切相关的人和事。这两种书是"科学、文化与人经典文丛"的成员,它们还是诞生在科学普及出版社!

六十年来,科普出版社有惠于我的读物不胜枚举,与我友情深厚的出版人难以一一罗列。大而言之,科普社对祖国科技出版事业的特殊贡献有目共睹;小而言之,我们之间的情谊始终是亦师亦友。当前,人们正在越来越深刻地认识和实践习近平总书记的讲话:"科技创新、科学普及是实现创新发展的两翼,要把科学普及放在与科技创新同等重要的位置。"我相信,中国科学技术出版社暨科普出版社必将能凭借自身的优势和努力,为贯彻习总书记的讲话精神,助推全社会"形成讲科学、爱科学、学科学、用科学的良好氛围,使蕴藏在亿万人民中间的创新智慧充分释放、创新力量充分涌流"做出扎实而骄人的成绩!

今天,在科普出版社六十华诞之际,我衷心祝愿她的工匠精神不输那些顶级的百年老社,衷心祝愿她永葆青春,花甲之年犹如花季少年那样朝气蓬勃,光彩夺目!

原载《中华读书报》2017年1月4日第8版

[专题:恭祝科学普及出版社(暨中国科学技术出版社)

成立60周年——作者的回忆与寄语]

43

一座人、事、思、书的宝库
——贺人民文学出版社建社70周年

　　时光无形，岁月有痕。转眼间，读书竟要看"大字本"了。案头有人民文学出版社的整套"四大名著大字本"（2019年6月版），其品质之精美，令人爱不释手。

　　遥忆六十多年前，《三国演义》和《西游记》最令时为初中生的我入迷。我也记得，那些早年版本，同样出自人民文学出版社。书在我心目中地位崇高，书籍的诞生地也近乎神圣。

　　高中阶段，我的求知倾向是专注数理又爱好文史，最推崇的出版社是科学出版社和人民文学出版社，当然还有商务印书馆、中华书局等老字号。

　　1960年高考如愿，我就读南京大学天文系；1965年毕业，分配到中国科学院北京天文台工作，我的一位大学同窗则到了科学出版社做编辑。于是，朝阳门内大街137号（即"九爷府"，当时科学出版社的社址）就成了我经常出入的处所。马路对面，朝内大街166号，就是人民文学出版社。多少年呢，我行着注目礼从她面前经过，却因里边"虽然有那么多我钦佩的人，却没有一个我认识的人"而止步门前。我是人文社的忠诚读者，但不是作者。

《人民文学出版社七十年图书总目1951—2021》，人民文学出版社2021年3月出版

在改革开放的春风中，1980年5月30日，"第二次全国少年儿童文艺创作评奖"授奖大会在人民大会堂隆重举行。荣获一等奖的包括两部科学文艺类著作：郑文光的《飞向人马座》(人民文学出版社)和叶永烈的《小灵通漫游未来》(少年儿童出版社)。当时郑文光就职于中国科学院北京天文台，是我的同事。《飞向人马座》蕴含着丰富的天文知识，是一部很成功的长篇硬科幻小说。这部作品用手稿上报参评，人文社抢在正式评奖前印出成品书。郑文光亲笔签赠的一册至今仍立在我的书架上，书脊上"人民文学出版社"字样依然熠熠生辉。

变化着的世界不时有始料未及的事情发生。也是1980年，先后在中青、人文两社履职有年的黄伊先生正在主编一部文集《论科学幻想小说》，竣工在即时忽悟尚缺一篇专介阿西莫夫的文章。黄伊同我素不相识，惟言简意赅来信说明：承郑文光先生介绍，特邀你撰文介绍阿西莫夫及其科幻小说，字数少则数千，多可逾万，要求行文流畅，言之有物。交稿时间以一星期为限，过时不候。

我对"过时不候"印象深刻。心中暗忖这是你找我"救急"，措辞何以如此生硬？但既蒙抬举，又出于对阿西莫夫作品之酷爱，遂奋力写就13000字，一周之后如约到朝内大街166号，将稿件面交在门厅等候的黄伊。后来，此书由科学普及出版社出版。因别无工作联系，我就再没见过黄伊先生。但那"过时不候"，却成就了我的唯一一次造访人文社。

我热衷于科普，40多年来发表了不少作品。业界同人多有所知，1998年我55岁那年离京赴沪，加盟上海科技教育出版社专事科技出版，而尤以科普为重。十余年之后，我应邀为"书林守望丛书"(吴道弘主编，首都师范大学出版社)写了一本《编辑路上的风景》。这套书的选题和体裁不拘一格，但所有品种都是老编辑们从亲身体验出发，言谈关乎编辑这一行的人、物、事、理。丛书中有不少佳作都

《文学名著诞生地——人民文学出版社》，人民文学出版社2021年3月出版

王仰晨先生（1921—2005），1987年获首届中国韬奋出版奖

使我感动，而最令我震撼者，尚属人文社的前辈编辑王仰晨先生等的《文学编辑纪事》（2010年12月版）。

王仰晨先生2005年已驾鹤西去，享年八十有四。《文学编辑纪事》是其子负责编集整理的。吴道弘先生《编辑家的风采——我的怀念（代序）》说得好，仰晨一生真诚淡泊、谦虚谨慎是他人生观的集中体现，他全身心地责编现代文学大师鲁迅、巴金、茅盾的"三大全集"（还有《巴金译文全集》）是其编辑事业的光彩亮点，而1987年首届韬奋出版奖颁奖，"我向仰晨表示祝贺时，他只是淡淡地笑一笑"。此种境界，能不令人动容！

一个出版社有没有优秀的编辑，犹如一家医院有没有优秀的医生，一所学校有没有优秀的教师，其重要性不言而喻。王先生高山景行，实堪为后学圭臬。人文社于2007年出版《王仰晨编辑人生》一书，我未能及时购得，至今深以为憾。

曾任人文社社长兼总编辑的聂震宁先生，是"书林守望丛书"20多位作者中最年轻者——他恰与人文社同庚。他为丛书提供的著作是《书林漫步——聂震宁序跋随笔集》，其"自序"谈及书籍对人类文化传承之不可或缺的作用，回顾了1942年罗斯福总统在美国书商协会的著名讲演："我们都知道书可以燃烧，但我们更知道书不可能被火毁灭。人会死，书却永存。"作者继而写道："面

"语文阅读推荐丛书"《星星离我们有多远》，人民文学出版社出版2019年9月出版

对永恒的书籍，人们将感激写作它们的思想文化、科学教育大师们，也会感激出版它们的出版人。"诚哉斯言！这不正是无数读者对人文社所抱的感激之情吗？

近年来，一些新的阅读理念正在渐渐生长。2019年，人文社将40年来屡经修订的拙作《星星离我们有多远》纳入"语文阅读推荐丛书"，使我首次成了人文社的作者。我欣喜地在责编陈建宾先生身上看到了人文社的优良传统，并对年轻编辑发扬光大这一传统寄予厚望。

光阴荏苒，2020年即将逝去。来年赴京，很想再次走进朝内大街166号的大门——设若久传的人文社乔迁成真，那就正好瞻仰它的新居。无论在何处，那都是一座人、事、思、书的宝库。

恭祝七十华诞的人文社再上层楼，更现辉煌！

原载《文学名著诞生地：人民文学出版社1951—2021》，

人民文学出版社2021年3月出版

44

"爱科学"和"金苹果"
——《亲历美好岁月——青少年科普50年》之约

2008年,中国科学技术协会成立50周年,中国科协青少年科技中心、科学普及出版社精心策划和组织编写的《亲历美好岁月——青少年科普50年》适时面世。全书邀约的50篇文章,整理编排为"院士心语""活动纷呈""专家心声""激扬文字"及"桃李芬芳"5个板块。编者"后记"有言:"这50篇文章,足以使我们从各个角度与侧面感受青少年科普事业日新月异、蓬勃发展的无穷魅力。""激扬文字"部分共有14篇文章,我应邀撰写的《"爱科学"和"金苹果"》亦在其中,全文如下。

我为少年朋友撰写科普作品,始于30年前,科学的春天来临之际。

当时,正逢国际上利用空间探测器考察太阳系各大行星成果迭出。《我们爱科学》杂志遂邀我撰文,向少年朋友介绍相关的新知识。"太阳系中的蒙面巨人""地球的姐妹""红色的行星"……一篇接一篇刊出,读者反响不错。关于我的这些早期作品,郑延慧老师曾经说过:"卞毓麟的文章科学性肯定没问题,文字也顺畅,但是还缺少鲜明的儿童特色。"克服这一缺点,是我日后不断努力的目标。

其实,就连"文字顺畅"也并非没有问题。1980年初,我写完"最远、最小、最轻、最冷的大行星"(按:冥王星当时尚被公认为太阳系的第九大行星),经编辑处理

《亲历美好岁月——青少年科普50年》,科学普及出版社2008年11月出版

后，文章到了叶至善先生手中。他发现该文篇幅"超标"，便提议编辑部再作删改。责任编辑魏国英表示已经尽力而为，希望破例允许文章略长一些。这时，至善先生说道："如果你们改不了，那我就动笔了。"后来魏国英把校样当面交给我，顺便讲到这一细节。我用心对照原稿，钦佩之情不禁陡生：经至善先生一改，不仅全文更为紧凑，而且语句也更顺畅了。这可真是"不服不行"！

后来，和"老叶"见面的机会渐渐多了起来。这越发使我感到，他永远是我的好老师。他那谦逊的品格，深厚的学养，严谨的作风，永远都是我的楷模。1998年，他80岁那年出了一部文集，叫作《我是编辑》，专收近20年"从事编编写写的文字"。我有幸蒙老叶惠赐一册，读后确实获益匪浅。此时，正好我刚离开中国科学院北京天文台加盟上海科技教育出版社。我想，我的年轻同事如能用心体味书中所谈的编辑学养、经验、体会，一定会有不少长进。因此，我就买了一批《我是编辑》，每当我这个部门来了新人，我都要送他（她）一册，并题词曰："向至善老学习，与×××共勉。"当然，这都是后话了。

再说，当初继《我们爱科学》之后，詹以琴老师主持的《少年科学画报》也经常向我约稿。发表的文章渐渐多了，不时会收到读者来信。虽然由于种种缘故，不少信件早已遗失，但有些内容依然留在我的脑海中。例如，有一位少年朋友在信中说："您懂得那么多，一定要看许多书，您还要写那么多文章，那就没有多少时间可以用望远镜看星星了，这不是很可惜吗？"还有一位少年朋友告诉我，他很喜欢家长为他订阅的《天文爱好者》，而且还挤时间看了不少天文书，所以很熟悉我的名字，他很直率地问："我将来能成为天文学家吗？"

前一位少年朋友已经很懂得时间的宝贵，后一位更是有了自己的理想。这是多么可贵的精神财富啊！是的，做少儿科普工作不容易，甚至很辛苦。正是在这繁忙而又充满朝气的工作中，我们自己也从青年跨入了中年，又进入了老年。多年前，老叶那句"没想到扎着两个小辫儿的郑延慧如今也已经退休了"很是让我感触。到了2003年，我也60岁了。正是那一年，我为《金苹果文库》第五辑重新撰写了一篇"主编的话"，它是这样开头的：

> 世纪之交，果园飘香，灿烂的阳光下，百万只"金苹果"挂满枝头。面对此情此景，你将有何感受？
>
> 这片果园，展现在中国的科普田野上；这每一只"金苹果"，就是我们这套《金苹果文库》的一册书。

"金苹果"是一套大型科普丛书，列入"1996—2000年国家重点图书出版规划"，50种图书按每辑10种由江苏教育出版社出版。前4辑于1997年至2000年出版后，累计印行90万册。随着第5辑10种正式付印，"金苹果"的产量也真的上了百万。

作为"金苹果"的主编，我从一开始就和出版社方面负责这一项目的喻纬老师有着高度的共识：《金苹果文库》是为青少年朋友编写的，要让具备初中文化程度的读者基本上都能看懂；金苹果的作者们应该有一个共同的心愿，那就是让读者充分体验阅读科学书籍是一种美妙的享受。"金苹果"问世后很受读者欢迎，也曾多次获得褒奖。不少地方还将它推荐给广大中小学生，成为他们喜爱的课外读物。

为了确保"金苹果"的质量，我们在物色作者时，首先是确保队伍的"整齐"。然后由作者自己提出最"拿手"的选题。这就既确保了整套书的质量，又凸显了丛书的特色。最后，就有了这样的50种书：《宇宙风采》《环球漫笔》《魂飞北极》《猿猴王国》《奇闻静观》《了解生命》《开发自我》《数学广角镜》《动物谋生术》《时间的脚印》《航天档案》《战胜癌症》《远古人类》《文物探秘》《现代新武器》《大脑如何记忆》《进化中的机器人》……

"金苹果"的每一卷均有作者题词。《宇宙风采》一书是我本人的作品，题词为"洞察宇宙的身世是人类智慧的骄傲"；《群星灿烂》也是我写的，题词为

"金苹果文库"共50个品种,这是部分书影

"敞开胸怀,拥抱群星;净化心灵,寄情宇宙"。又如,张锋著《三位猿姑娘》题词为"热爱大自然吧,那里有快乐和智慧的宝藏";潘重光著《再造生命》题词为"生物工程是人类战胜上帝的武器";华惠伦著《会飞的动物》题词为"搏击长空是勇敢者的理想";王渝生著《科学寻踪》题词为"一个科学地关注自己从前的民族就是在真正地关注未来";程志理著《奥林匹克风》题词为"奥林匹克是竞赛,更是精神",如此等等,真是精彩纷呈。

孩子们是纯真的。他们希望读自己喜欢的书,向往见到写这些书的人。南京市的金陵图书馆与出版社配合,为此搭建了很好的平台。"金苹果"的好几位作者先后到那里举办周末讲座,并进行现场签名售书。听众通常以中学生居多,每次都有闻讯从江苏省其他城市专程前来的孩子,他们多半还有家长陪伴。我本人有一次讲"天文学的明天",给我印象特别深刻的,是一个胖乎乎的小学四年级的男孩。

"你看过几本'金苹果'？"我问他。

"看了二十多本，爸爸都给我买了！"他高兴地说。

这使我既感到意外，又非常吃惊。

"是爸爸要你看，还是你自己爱看？"我又问。

"我爱看。"他的回答充满着自豪。

"你都看懂了吗？"

"有的懂，有的不太懂。"

"要是老看那些看不懂的书，那多没有意思啊。"

"真看不懂就不看呗。哦，也可以问老师。最好还是自己能看懂。"

后面的孩子还排着队，我们的对话只好到此结束。一个10来岁的小学生，对科学充满着兴趣，真是很令人感动。看看在场的孩子们，纷纷把作者签名的书本抱在胸前，那庄重而喜悦的神情，似乎在不言中叙说着某种真理。

"金苹果"的读者向下延伸到了小学四年级的学生，这是我始料未及的。同时，这也向我提出了一个新问题：我们应该怎样为不同年龄的孩子们提供更多更好的精神食粮呢？

我觉得，这个问题看似简单，其实却很"深奥"，深奥得我至今依然无法用三言两语来作出恰当的回答。任重而道远，真希望能在今后的实践中不断闯出新路，为青少年科普事业再多做些有益的工作。愿与新一代的青少年科普工作者共勉！

链 接

100万只"金苹果"

1995年11月，在《科学》杂志创刊80周年纪念会上，我认识了江苏教育出版社的喻纬先生。会后喻纬拉着我谈选题，起先樊洪业和潘友星也在一块儿聊，后来喻纬和我一直谈到凌晨3点多钟。

当时我们想，我国有一批相当不错的科普作家。他们了解中国读者的科学需求、阅读习惯和思维方式。而且，有关部门还评过三次"全国新长征优秀科普作品奖",表彰过一批有突出贡献的科普作家。那么,我们能不能优中选优,组织一整套既能代表当今中国科普创作水平,又能满足广大读者、特别是满足青少年需求的科普作品呢?

江苏教育出版社支持这一设想,并将丛书名定为"金苹果文库",我应邀任主编。这套50册的大型科普丛书,按每辑10种出版。作者团队和编辑团队各尽其职,喻纬更是为出好这套书付出了许多心血。后来,"金苹果文库"第三辑荣获第十二届中国图书奖。在2001年2月20日的颁奖大会上,潘友星、喻纬和我正好分别代表各自的出版社领奖,遂择机合影留念,这倒是先前未曾想到的。

"金苹果文库"前4辑累计印刷90万册。2003年夏,我正好60岁,又为第五辑新撰一篇"主编的话",兹照录于此。

世纪之交,果园飘香,灿烂的阳光下,百万只"金苹果"挂满枝头。面对此情此景,你将有何感受?

这片果园,展现在中国的科普田野上;这每一只"金苹果",就是我们这套"金苹果文库"的一册书。

"金苹果文库"列入国家重点图书出版规划后,编写出版工作进展顺利。全部5辑共50种图书,按每辑10种依次出版。前4辑40种出版后,至今已累计印行90万册,让全国数以百万计的读者品尝到了它们的芳香与甜美。现在,随着第5辑10种正式付印,"金苹果"的产量也真的上了百万。

我们在第1、2辑"主编的话"中说过,科学的发展是一代又一代富有献身精神的人不断努力、不断拼搏的结果。对此,科学巨匠牛顿有一句广泛流传的名言:"如果我比别人看得远些,那是因为我站在巨人们的肩上。"

从牛顿的时代至今的三个多世纪中,科学发展越来越迅速,也越来越复杂,所以科学家、科学教育家们就有义务向社会公众,特别是向青少年们尽可能通俗地宣传普及科学精神、科学思想、科学方法和科学知识,这就是我们主编这套"金苹果文库"的宗旨。

"金苹果"首先是为青少年朋友编写的,具有初中文化程度的读者基本上就可以看懂。当然,它们一定同样会受到渴求加深了解科学技术的成年读者的青睐。"金苹果"的作者们有一个共同的心愿,那就是使读者充分体验到,阅读科学书籍实在是一种妙不可言的美的享受。

几年来的事实业已表明，"金苹果"很受读者欢迎，先期出版的第1、2、3辑已经多次获奖。例如，第3辑获第12届中国图书奖、江苏省第4届"五个一工程"图书奖，第1、2辑均被评为全国优秀畅销书、获华东地区优秀教育图书奖，第1辑获江苏省优秀图书一等奖。在许多地方，"金苹果"还被教育、科技部门推荐给广大中小学生，成为他们喜爱的课外读物。

"金苹果"为什么会取得成功？原因很多，其中有一条很值得一提，那就是我们组建了一支很优秀的作者队伍。这些作者大多获得过中国科普作家协会的表彰，而且有丰富的科研经验，这就为科普作品的科学性、新颖性和深刻性提供了有力的保证。同时，他们也了解中国读者对科普的需求，熟悉中国读者的阅读习惯和思维方式，他们乐意尽力用自己的智慧和笔墨，和读者一同赏析蕴藏在真实的科学精神、科学思想、科学方法和科学知识中的永恒魅力和无穷乐趣。

"金苹果"在选择作者和确定选题时，突破了严格按学科分类和强调覆盖主要学科门类的思维模式，而是先确保作者队伍的"整齐"，再由作者提出最"拿手"的选题，从而确保整套丛书的质量，突显丛书的特色。我想，这样培育出来的"金苹果"，大概是很难"克隆"的吧。

培育"金苹果"的历程，是一次"集结中国优秀科普作家队伍，展现中国优秀原创科普成果"的过程。如今，随着"金苹果"第5辑的问世，编辑出版这套文库的任务算是圆满完成了。然而，"金苹果"的生命力仍将与时俱增，为此，我们再次诚恳地请读者朋友将品尝"金苹果"的感受告诉我们，帮助我们不断地总结经验教训，不断地开拓进取，不断地为我国的科普事业提供更加美好的新作品。

对我本人而言，和众多的作者、编者、读者一起，共同培育我们的"金苹果"，实在是一段非常值得回忆的美好经历。亲爱的朋友们，我衷心地期待着：有朝一日，在祖国的科普田野上，在一片新的果园中，我们大家再次来相聚。

45

从"梦天"的由来说起

"金苹果文库"的每种图书都有一个卷首篇,统一名之曰"我与科学世界"。本文即系《宇宙风采》一书之卷首篇,此处文字略有改动,题目系新设。

经常写作的人往往都有自己的"笔名",我也有一个笔名叫"梦天"。不少朋友都说这个笔名真好,因为它很富有诗意。其实,我最初想到用这个笔名,只是出于一个很简单的理由:因为我从小就梦想成为一名天文学家。

宇宙中蕴藏着无穷的奥秘。古往今来,不知有多少人,从幼小的童年时代开始,就爱上了满天的星星,爱上了繁星密布的天穹。研究星星和宇宙的科学就是天文学,而天文学家就是专门探索和揭示宇宙奥秘的人。

人们往往很难说出:自己是从哪一本书上第一次学会了认字。与此相仿,我并不清楚自己从哪一本书上第一次学到了最初的天文知识。不过,我依稀记得,还在上小学以前,父母亲给我买了许多好看的书,它们都是《幼童文库》的成员。对于《幼童文库》的作者和出版社,我没能留下确切的记忆。但是,我至今还保留着这样的印象:"文库"中的每本书都很薄,但每张纸倒是厚厚的,彩色的图画很美丽,书中的字不多,好些字我都认识。我记得,其中有一本书说到了地球绕着太阳转,月亮绕着地球转,还说到了水星、金星、火星、木星等等,它们也像地球一样,都是绕着太阳转

"金苹果文库"之《宇宙风采》,江苏教育出版社1997年10月出版

圈子的行星。总之,这是一本幼儿爱看的介绍太阳系的书。

　　我的小学阶段,主要是在20世纪50年代初度过的。当时,朝气蓬勃的新中国对孩子们的教育取得了巨大成功,"三好""五爱"铭记在我们这些"红领巾"的心头。在我们幼小的心灵中,"祖国""人民""科学"……这些词儿有着无与伦比的巨大吸引力。

　　1956年,正当我上初中二年级的时候,祖国的大地上响彻了"向科学进军"的嘹亮号角声。国家制订了《1956—1967年科学技术发展远景规划纲要(草案)》,科学家们夜以继日地工作,中华全国科学普及协会与中华全国总工会还联合召开了全国第一次职工科学技术普及工作积极分子大会。科普书刊比以前更多了。我看了不少天文通俗读物,它们是多么迷人啊。于是,我开始学习认星星了。这并不很难,但是要持之以恒。许多年以后,我为少年朋友们写了一本书,名字就叫《星星是我们的好朋友》,在这本书的代前言"星星朋友在召唤"中,我写道:

　　　　夜幕降临,仰望长空,一颗颗明亮晶莹的星星就像镶嵌在天穹上的明珠。

　　　　你再仔细看看,它们好像正在淘气地向你眨着眼睛——也许,它们是在亲切地和你打招呼吧? 看来,它们还挺想和你交朋友呢。

　　　　和星星交朋友? 这可是个好主意。其实,这挺容易的。古代人在几千年以前就认识星了——那时候的科学还那么落后呢,难道你生活在今天还不能吗?

　　　　肯定能。很快地,你就能叫出许多星星的名字了,就像呼唤你们班上的同学那样方便……

　　当时,我们这些初中生已经有了自己的憧憬:"我想当飞行员""我想当作家""我想当老师"……当我说自己"想当一名天文学家"时,老师是那么认真地注视着我。我不知道这目光是赞许,是怀疑,或者还有别的什么含义。但是,我猜想,其中一定包含着深情的期待。

　　时间过得很快,我成了一名高中生——在上海市卢湾中学。我至今清楚地记得,母校的老师们对于教书育人是那样地投入,几乎每一门课都讲得那么精彩。这使学生们的求知欲明显地更旺盛了。那时,我对古典文学、历史人物等都很感兴趣,而更喜爱的则是科学知识,尤其是数学令我入迷。我提前自修完高中数学,并津津有味地钻研起高等数学来。那时,有一位数学老师——他的名字叫翁琪倩,课讲得很好而身体却很差,曾有几次临时因病未能上班,我还代他讲了几堂课。当时，我是在班主任陆德裕老师的亲切鼓励下，在全班同学友好而信任的气氛中，顺利地完成任务的。

那时，也和今天一样，有许多课外小组。我参加的是数学小组。中学毕业，高考来临之际，我填报的第一志愿是南京大学数学天文学系，结果被录取了。1960年8月，赴南京大学报到前，曾参加校外天文小组的冯玉润同学送给我一幅星图，至今我还妥善地保存着。

后来，数学天文学系分成了数学、天文学两个系，我在天文学系学习。大学时代的生活很清苦，但心情相当愉快。南京大学不仅有许多遐迩闻名的系科和教师，而且有读之不尽的各门各类的藏书。天天有好书可读，常有精彩的课外讲演可听，其乐趣是很难用笔墨形容的。虽然这篇短文不可能详述大学时代的生活，但我必须提到我们的系主任戴文赛教授。那时他50来岁，待人和善，深受全系师生尊敬。他很博学，讲课时逻辑严谨，条理分明。尤其使我感动的是，他数十年如一日热心于普及科学知识。1979年3月，先生病危之际，依然"烈士暮年，壮心不已"，为《戴文赛科普创作选集》一书前言写道："我们科学工作者，应该拿起笔来，勤奋写作，共同努力，使我们中华民族以一个高度科学文化水平的民族出现在世界上。"一个多月后，戴先生与世长辞。

1965年，我大学毕业，分配到中国科学院北京天文台工作，也成了一名专业天文工作者，至今已经32年。我在从事科研工作的同时，也一直笔耕不辍，创作和翻译了大量科普作品。前面已经说过我最初使用笔名"梦天"的缘由。如今，这个笔名又有了一层新的涵义，那就是——

我国古代天文学取得了举世瞩目的成就，但从明朝末年以来却日渐落后于西方发达国家。我有时在梦中也会想到：中华民族的天文事业何时能在世界上重振雄风，再显辉煌！

最后，我还乐意顺便告诉大家：曾经有不少人问我，"你是怎样治学和写作的？"我用16个字作了回答，现抄录如下，愿与青年朋友们共勉——

分秒必争，丝毫不苟；博览精思，厚积薄发。

1996年12月于北京市朝阳区科学园南里

46

十年盛事亲历小记

本文转录《金苹果文库》中《群星灿烂》一书之卷首篇"我与科学世界"，题目系新设

"科学普及的'火车头'应该由什么人担当？"曾经有一位记者这样问我。

"这就要问，谁对科学最了解，最有感情？当然是站在科学发展最前沿的科学家。尤其是，关于当代科学技术的前沿知识和最新发展，首先必须由这些科学家来传布。如果把传播科学比作一场球赛的话，那么科学家就是无可替代的'发球员'。我想，你说的'火车头'大概也是这个意思吧！"我回答。

当然，有了"发球员"还要有"二传手"。这样才能调动社会各方面的积极性，把科学之球传到千千万万的社会公众中去。

回想将近10年前，1992年10月末，我曾在"亚太地区天文教育讨论会"上作过一个报告。报告一开头，我就说了这样几句话：

法国政治家克列孟梭有一句名言："战争太重要了，不能单由军人去决定。"

美国科普作家阿西莫夫仿此句型，引出了又一名言："科学太重要了，不能单由科学家来操劳。"他的意思是说，全社会、全人类都必须切实地关心科学事业。

"金苹果文库"之《群星灿烂》，江苏教育出版社2003年12月出版

作为一名科学普及事业的热心人,我想这样说:"科学普及太重要了,不能单由科普作家来担当。"

后来,很多新闻媒体都报道了这些话。那天上午的报告是用英语讲的,我相信国外代表都听懂了,所以他们的现场反应甚至比国内代表更活跃,共鸣也更强烈,报告三次被掌声打断。

此后,我又积极参与过多次这样的活动。例如,1995年9月8日至11日,在中国科学院北京天文台兴隆观测站举行了"全国第一届高校天文选修课研讨会"。会议共安排了3个特邀报告,其中包括国际天文学联合会教育委员会主席约翰·珀西的书面报告《天文教育:国际概貌》,也有我讲的《从"公众理解科学"到天文选修课》。

1995年10月16日至18日,由中国科协主办在北京中苑宾馆召开了"'95公众理解科学国际会议",这是中国首次举办科学技术普及方面的国际会议。出席那次会议的有来自美国、英国、日本、法国、墨西哥、南非、菲律宾、荷兰、挪威等14个国家的102名代表。大会聘请美国芝加哥科学院副院长、公众理解科学国际比较协调委员会负责人米勒教授为国外特邀顾问,我本人则是大会学术委员会成员。我在大会上的报告《公众理解科学和中国的天文普及》引起相当大的反响。报告时,我还出示了闵乃世先生创作的"天文七巧"——一系列天文纸模型,在我报告结束时,一位菲律宾女士竟立即走到我跟前问:"我能不能买下你这个模型?"

接着,1995年11月8日至10日,中国天文学会第八次全国会员代表大会在中国近代天文学的发祥地南京召开。我在大会上作了特邀报告《"公众理解科学"与天文普及》,后来收入了上

1995年11月拜访老友闵乃世先生(左)。闵手持卞毓麟译《宇宙的起源》([英]约翰·巴罗著,上海科学技术出版社,1994年)一书,卞手执闵独创的《天文立体书》一册

海科技教育出版社正式出版的这次会议的论文集。

"公众理解科学"是国际上用以表示社会公众对于科学的理解和态度的通用术语,英语中称为 Public Understanding of Science,它与我们常说的"科普"稍有不同。"公众理解科学"一语的行为主体是"公众";"科普"的行为主体则是科学素养较高的人员。简单说来,"公众理解科学"主要包含以下几个方面:

第一,公众对科学技术的兴趣和需求。例如,公众获得科技信息的途径,对科学技术的兴趣程度,对科技信息的需求程度、了解程度、消费状况等;

第二,公众的科学素养。例如,对科学术语的理解,对科学知识的理解,对科学方法的理解,对科学过程的理解等;

第三,公众对科学技术的态度。例如,公众对科学技术之社会影响的看法,对科学技术所抱的期望,对一些科学研究领域的看法,对科学家的了解与态度,对本国科技发展的态度等。

1996年2月7日至9日,在北京召开了全国科普工作会议。这次会议对于深入贯彻中共中央、国务院《关于加强科学技术普及工作的若干意见》,对于在全国范围内把科普工作推向新的高度,具有十分重要的意义。这次会议的开幕式,由国家科委副主任邓楠主持。宋健、周光召等领导同志先后在会上讲话。我是作为特邀代表参加会议的,并在2月8日上午的全体大会上发言,题目是《责无旁贷,任重道远——在新的历史时期为科普事业多做贡献》。

2月9日下午,党和国家领导人在人民大会堂接见全体代表。然后,表彰先进、颁发证书,朱光亚讲话,温家宝致闭幕词。我本人也被表彰为"全国先进科普工作者",心情激动之余,也更加觉得任重而道远了!

1996年7月28日,"第一届海峡两岸天文推广教育研讨会"在台湾省嘉义市召开。中国天文学会组成12人的代表团前往参加,由中国科学院紫金山天文台台长张和祺先生任团长。会议由嘉义市天文协会主办,大量工作都是在该会总干事李荣彬先生组织协调下完成的。尽管那里的专业天文人员极少,经费又由会员自掏腰包,但是协会的号召力很强,人心很齐,工作效率甚高。开会当天,正好是我的生日,会间休息,热情的东道主还特地安排了庆祝,令我十分感动。我在会上讲的是《科学推广教育与天文普及宣传》,再次谈了研究"公众理解科学"问题的理念、方法和抽样调查结果。

在台湾参观访问期间，我印象最深刻的是那里非常成功的"义工"活动。"义工"者，义务工作也，是不取任何报酬的。在台北参观"故宫博物院"，我们抵达时，已有一位40开外的李小姐在等候。她自我介绍说，今天的参观由她讲解，问我们容许停留多长时间，重点希望看哪些部分等等。两小时参观下来，我们感到她的讲解水平和专业学识都很高，便不禁问道："您在这里工作多久了？"而她的回答是："我是一名中学教师，是这里的义工，今天休息，来给你们讲解。"

到台中参观当地最大的自然科学博物馆时，主人特地安排我们和中学生见面，回答他们提出的各种天文问题。直到我们要离开了，还有许多学生围着提问。这时，有一位身穿该馆工作服的老人在旁一边示意学生不要再问了，一边向我道谢。我问他在馆里哪个部门工作，只听他自豪地答道："我是这里的义工。"

2000年，科普界有一件大事，那就是11月6日至9日，在北京中国科技会堂召开了"2000年中国国际科普论坛"。这次大型国际性会议是由国家科学技术部、中国科学技术协会、中国科学院、国家自然科学基金委员会共同主办的。会议的论题相当广泛，报告的总体水平也相当高。到会的外宾除米勒教授大家比较熟悉外，还有诺贝尔物理学奖得主莱德曼，美国《科学》杂志编辑鲁宾斯坦，国际上著名的反伪科学斗士、魔术师兰迪等。我也是这次论坛的学术委员会委员。

这次大会开得很成功，除全体大会外，还有"出版与科学传播""场馆与基地""科普与社会发展"等6个专题分头进行。国内学者安排在主会场作全体大会

2000年11月，在"2000年中国国际科普论坛"上与"公众理解科学"研究领域的领军人物之一、美国学者米勒教授合影。背景照片人物为(左起)帕特里克·穆尔、蕾切尔·卡逊和卡尔·萨根

发言的有王绶琯先生谈《关于科学方法和科学精神的普及》、张开逊先生谈《今天传播什么?》等,我也是大会发言者之一,所讲的题目是《理念与实践——一名科普工作者的个人汇报》。

在"2000年中国国际科普论坛"筹备期间,10月9日上午学术委员会开会,下午《科学时报》记者张苏开车送李元先生和我一同去看望卜德培先生。自从卜德培先生患直肠癌以后,我们已经多年未见面了。那天他特别高兴,我们谈了两个来小时,张苏为我们拍了许多照片。真没想到这竟是我和他相见的最后一面,2001年1月15日卜德培先生与世长辞。

卜德培一生做了大量天文普及工作。1998年,国际天文学联合会将6742号小行星命名为"卜德培",6741号小行星则以著名天文普及家"李元"的名字命名。2000年,卜德培荣获法国天文学会颁发的弗拉马里翁奖,以表彰他"在天文学领域中的积极活动"。我很敬重卜德培先生。2001年2月,《科学时报·读书周刊》以整版篇幅刊登多人的文章悼念卜德培,我写的悼文题为《平易而不懈怠,亲切而无矫揉》,你可以在这本《群星灿烂》的最后一部分"回忆与希望"中读到它。

其实,不仅仅是卜德培先生,科普界许多人的事迹都很令我感动。我相信,读了这一大批"金苹果文库",许多人也都会有同样的感受。我们的时代需要更多无私奉献的科学普及家,我想,具有强烈社会责任感的科学家和科普作家都应该拥有这样的情怀。

卜毓麟　2001年12月

上海市徐汇区田林街道小闸桥畔

47

"平淡之中见新奇"的
大家风范

最近读的几本书,都不是"刚出炉"的新作。

第一本是《居里夫人的科学课——居里夫人教孩子们学物理》(科学普及出版社,2007年出版)。一个世纪以前,由居里夫人发起,一些朋友(都是法国的著名学者)共同合作给自己的孩子们上课,有人教文学、历史、绘画等人文课,保罗·朗之万讲数学课,让·佩兰讲化学课,居里夫人本人上物理课。这项合作持续了两年。当时有一个年纪稍大些的孩子,认真做了笔记。几十年后,她的家人在整理东西时发现了这个笔记本,意识到它的价值,这才得以出版。此书篇幅不大,但内容非常精彩。居里夫人的课从一开始就不断提出富有启发性的问题,让孩子们思考、回答,并用大量简单明了的现场实验来说明回答是否正确,这种形式,有点介于上课和科普之间。读这本书,你会深切地感受到居里夫人那种"平淡之中见新奇"的大家风范。她给孩子们讲的每一件事看起来都很平淡,然而她的讲课本身却成了一个发人深省的故事。

前几年,韦钰院士向国内推荐引进这本书。中译本出版后,大家有很多讨论。中国科协第七届常委青少年科学教育委员会还专门为此召开过研讨会,赞誉颇多。我在网上看到过一种评价:认为此书的内容本身并无精彩之处,但它记述的

《居里夫人的科学课——居里夫人教孩子们学物理》,[法] 伊莎贝尔·夏瓦娜记录于1907年,强亚平译,科学普及出版社2007年1月出版

故事发人深省，尤其是在当今中国的科学界和教育界。我不敢苟同"内容本身并无精彩之处"的评语，置评者或许认为这些日常所见的事物并无特别之处，其实这正是最精彩的地方。这使我联想起以前读过的另一本书——法拉第在英国皇家学会圣诞讲演上讲述的《蜡烛的故事》，二者大有异曲同工之妙。我想，这种做法和近代欧洲科学兴起以后，实验科学深入人心这一传统有关。居里夫人将这个传统发挥得淋漓尽致，这很值得我们学习和研究。

韦钰在此书"中文版序"中写道："我们的科学家和科学工作者应该认真读一读这本书。连居里夫人都有时间关心儿童的成长，亲自进行儿童科学教育……我们有什么理由不把儿童科学教育和提高全民族科学素质的重要事业，看成我们理应进行的工作。应认识到，我们对此负有义不容辞的责任。"诚哉斯言！

第二本是叶小沫的《向爷爷爸爸学做编辑》，属于"书林守望丛书"中的一种，丛书目前已出版第一辑和第二辑共20本（首都师范大学出版社），这套书的所有作者都是有名望的出版人，柳斌杰写了总序"做文化的守望者"。第一辑收有叶至善的《叶至善序跋集》，叶小沫的这本收在第二辑里。至善先生曾任中国科普作家协会的理事长，我因此和他接触、来往比较多。叶圣陶老人在新中国成立前做编辑时出过很多书，叶至善在中国少年儿童出版社成立时任社长，也做过大量编辑工作。他们父子俩既是学问家，也是作家，同时又是编辑，非常难得。

叶至善80岁时，大家希望给他出一本自选集，以为庆祝。他就挑选了100篇有关编辑的文章，集成《我是编辑》一书。当时他也送了一本给我。我最早领略到至善先生高超的编辑本领是1978年。当时，中少社的《我们爱科学》杂志约我每月写一篇天文科普文章，篇幅不超过两千字。有一次，我写太阳系的冥王星，超出了四五百字。编辑们觉得已经无从删节，打算作为特例发表。至善先生知道后，便亲自动手删改到两千字。责任编辑将删改后的文字给我看，令我心悦诚服。

晚年的叶至善，花了大量精力来整理父亲的著述。结果，他自己也留下了很多无暇整理的文字。叶

《向爷爷爸爸学做编辑》，叶小沫著，首都师范大学出版社2010年7月出版

小沫继承祖父和父亲的文化遗产，整理挖掘了很多以前未出版的材料。如2007年出版的洋洋70余万言的《叶圣陶叶至善干校家书(1969—1972)》。小沫曾长期在中国少年报做编辑。这本《向爷爷爸爸学做编辑》包括"爷爷给我改文章""爸爸教我做科普编辑""我热爱我的编辑工作"和"往事留痕"四个部分。我虽然来不及细读，但一路浏览下来，唯觉其文风同她爷爷、爸爸一脉相承：思考缜密，语言质朴，情文并茂。例如，书里有一篇"婆婆"，是她在婆婆去世一周年时写的怀念文章。文中写到的很多细节，情真意切，很感人。儿媳妇写婆婆能写得那么好，在今天虽不能说绝无仅有，恐怕也是凤毛麟角了。

还有一本书与我自己有关。今年初，我的《追星——关于天文、历史、艺术与宗教的传奇》一书刚获得2010年国家科技进步奖二等奖。不少朋友说，这本书是四年多以前写的，这几年天文学又有了很多新进展，建议我赶快修订，出全彩新版。因此，眼下我正在重读《追星》，修订也在进行中。

顺便再说一件事。2009年是联合国确定的"国际天文年"，以纪念伽利略发明天文望远镜整整400周年。当初，伽利略用自己发明的望远镜观测天体，并将早期的观测结果写成了《星际使者》一书。此书原本是用拉丁文写的，后来有了英译本，前几年台湾出了中文繁体字版。我喜欢科学史，也喜欢科学翻译，最近从朋友那儿借到这个中译本，对照英译本翻阅，觉得很愉快。不过，海峡两岸使用的专业术语和语言习惯毕竟有着相当大的差异，也许哪一天，我会把它重新翻译一遍。

原载2011年4月6日《中华读书报》第10版

附 记

2011年3月，《中华读书报》"名家阅读"专栏记者陈菁霞女士来电，要求谈谈最近在读些什么，并就所读图书或文章，谈谈阅读的心理动因以及阅读引发的思考，做些点评性描述，字数多则千余，少则几百。其操作形式，以电话为主要联系渠道，由受访者口述，记者根据录音整理成文，经受访人审阅后刊出。此文即由陈菁霞采访、整理，并经本人审核、定稿。

48

"护林人"的心声和情怀
——说说"书林守望丛书"

出版人是文化薪火的传承者,具有坚守文化自信的历史责任。

出版人是文化创新的推动者,具有坚守文化本性的特殊责任。

出版人是时代思潮的引领着,具有坚守文化领土与文化阵地的社会责任。

这些格言式的陈述,引自时任中华人民共和国新闻出版总署署长柳斌杰先生的"做文化的守望者——'书林守望丛书'总序"。

"书林守望丛书"(部分品种)

"丛书"的作者是些什么人？用柳斌杰的话说，"是一群深深地钟情于出版事业的文化守望者"，他们"或者长于出版规划，或者长于鉴赏加工，或者长于经营管理，但都有将丰富的实践经验升华为理论的深沉思考"。将这些经验和理论总结汇集起来，对于未来的新型出版人才必将具有深远的精神哺育作用。

"书林守望丛书"的编委会主任是吴道弘先生，副主任有郑一奇（常务）、陈芳烈、韩方海、杨学军和陈鹏。2009年9月，丛书第一辑10个品种面世，它们是：

《岁月传真：我和当代作家》，王维玲著；

《叶至善序跋集》，叶至善著，叶小沫编；

《我的科普情结》，陈芳烈著；

《编辑生涯感悟》，林君雄著；

《编辑阅读与校对阅读之比较研究》，周奇著；

《编辑的悟性》，郑一奇著；

《书林漫步：聂震宁序跋随笔集》，聂震宁著；

《期刊：长流的江河》，徐柏荣著；

《文化的积累与追求》，熊国祯著；

《为书籍的一生》，潘国彦著。

2010年7月，第二辑10种又相继诞生，它们是：

《文学编辑纪事》，王仰晨等著；

《编辑之歌：怀念远去的英才》，方厚枢著；

《编辑和装帧》，邓中和著；

《向爷爷爸爸学做编辑》，叶小沫著；

《书评例话新编》，吴道弘著；

《美丽的选择》，何启治著；

《呕心沥血铸精品：现当代名编辑叙录》，宋应离著；

《一切为了读者》，邵益文著；

《文学编辑工作体验》，胡德培著；

《北京编辑六记》，赵洛著。

《叶至善序跋集》和《向爷爷爸爸学做编辑》出版后,叶小沫立刻题名寄赠予我,令我十分感动。陈芳烈所赐《我的科普情结》,是这20本书里仅有的一种专谈科普的。后来芳烈兄告知,编委会也觉得丛书中科学编辑出版方面的选题太少,便委托他再找两位合适的人选,各约一部书稿。芳烈兄选定的两人是金涛和我。丛书原拟再推出第三辑10种,但因种种缘故未能如愿。第三批书稿交到出版社的时间,先后差了好几年。因此,实际情况是金涛先生的《科学人文与编辑》于2015年10月应市,郝铭鉴先生的《撞进编辑这扇门》于2016年11月见书,学岗(孙学刚)先生的《我当编辑》和拙作《编辑路上的风景》同于2017年10月面世,张惠芝先生的《编辑情愫》则尚在编校中。

对这个作者群做一个小小统计,也蛮有意思。这些人年纪都不小了,我本人生于1943年,而比我年轻的只有三位:郝铭鉴1944年生;叶小沫1947年生;还有聂震宁1951年生,是唯一未踩"古稀"之线的"后生"。二十多人中只有两位女性:张惠芝和叶小沫。

这套书,视角各异,题材多元,落笔不拘一格。这套书,有内涵,很好看,尤其是做编辑这一行的,更应该喜欢它。这套书,抒发了书林守望人的心声,道出了"护林人"的情怀。柳斌杰先生总序结尾曰:"我希望这套丛书的出版,能够吸引更多才华横溢、富有创造力的新军投身我们的出版事业,使中国出版人的文化守望薪火相传,为推动社会主义文化大发展大繁荣建功立业。"倘若"新军"们果能安心细读,则柳君之期许庶几有望焉!

至于我本人如何加入了这套书的写作,以及后来的一些故事,则可在下面的"链接"中一睹端倪。

链接 ①

《编辑路上的风景》前言

守望书林,有看不尽的风景。

什么是风景?《辞海》(第六版)释为"风光、景色";《现代汉语词典》(第六版)释曰:"一定地域内由山水、花草、树木、建筑物以及某些自然现象(如雨、雪)形成的可供人观赏的景象"。可见风景的内涵是何其丰富:小桥流水,桃红柳绿,楼阁亭台,宫殿寺院,孤鹜落霞,明月清风,崇山峻岭,狂澜怒涛……尽在其中。面对无限风光,观景人却须因时因地因情制宜,作出不同的选择:是走马观花,观其大略;抑或寻胜探幽,作一番匠心独运的深度游。意味深长的是,百位旅行家、文学家观罢同一景色,却会写出百篇全然不同的游记。这就是文化的魅力,而留住它们的,又是书林。

编辑路上的风景,亦是如此。本书记叙的人、事、书,或是我亲历亲为,或是对师友、同道或作者的回忆,或是源于其他种种机缘。有客偶见书稿,尝疑本书主题不甚鲜明。不过,我取的书名也算是作了回应:关键词是"编辑"和"风景",领略编辑路上的风景就是主题。

我是1998年55岁时,到了上海科技教育出版社,才成为一名专职编辑的。此前,我一直在中国科学院北京天文台(今国家天文台)从事天文科研。同时,我也是一名科普作家,自20世纪70年代中期开始致力科普写作和翻译,迄今已有40年。"书林守望"丛书的各位作者,献身编辑事业的时间都比我长得多,或者说资格都比我老。因此,当几年前得知由陈芳烈先生推荐,编委会命我也为"书林守望"丛书提供一部书稿时,心中十分忐忑。虽说早在20世纪80年代,科学出版社的老编辑鲍建成先生就曾对身为作者的我说过,"你对编辑业务的了解相当深入,与专职编辑相比,可以说几乎就差没有填过发稿单了",但要写一本关乎编辑生涯的书,却依然感觉很难。

芳烈先生来助我解惑,为我鼓劲了。他说:"'书林守望丛书'的每个作者情况是很不一样的。别人各有所长,你也有别人不具备的种种特点。只要紧扣'丛书'的宗旨,写什么和怎么写,完全可以由你根据自己的特点确定,编委会并没有设定太多的框框。按你取得的业绩,稍作整理,写这样一本书应该说绰绰有余。"

进入状态,拟出提纲,正式动笔,已经是2014年。写作时断时续,及至2015年秋,全局渐由"中盘"而趋"收官"。有些话题,例如关于世纪之交推出的24种《名家讲演录》,资料准备很充分,精彩的故事如何讲也已相当有谱;有些话题,例如煌煌24大卷、两千余万字的《竺可桢全集》,29卷本的《诺贝尔奖百年鉴》,近些年推出的大部头《科学编年史》及由其衍生的9卷本青少年读物《改变世界的科学》等等,则尚在斟酌谋篇与取舍。可惜,突然间,这一切都被迫戛然而止了。其原由,我已在书末"太意外的尾声"中作了交代。

不少人认为做编辑总是"为他人作嫁衣裳",不值得;也有人认为,编辑只不过是"文字裁缝",无非是拿别人的稿子裁裁剪剪、补补贴贴而已。其实,真要干好编辑这一行是很不容易的。18年前,我在加盟上海科技教育出版社时,就曾对来访的多家媒体说过:编辑当然应该是优秀的"文字裁缝",但这还远远不够;一个好编辑更应该是一名优秀的"时装设计师",应该是"皮尔·卡丹"。他或她应该因自己的工作使他人的生活质量变得更高、使人们的心灵变得更美而感到自豪,由此也更应该有一股干事业的激情。

我相信,矢志守望书林者,皆会有此同感。

下面,先从我的"改行"谈起。

链接 **2**

太意外的尾声、致谢和校样读后

全书末章"十六、太意外的尾声"

直肠癌,2015年12月23日由肠镜发现,随即为病理切片活检所证实。然后,紧锣密鼓地检查,就诊……

眼下,我正在接受放疗。书稿尚未竣工,约摸只完成了原计划的八成,尚需再写三五万字。这并不很难,却不能不停工了。

书,无论如何总该有个结尾。你现在所见的,正是这"太意外的尾声"。

远处,朦胧之中,死神的身影若隐若现。他脸容不清,但绝非狰狞可怖。他平等待人:无论你是什么人种、肤色、民族、国籍,无论你是高居庙堂还是远处江湖,无论你是男是女,也无论你的喜好、厌恶、态度和格调如何,他都一视同仁地接引。哦,这是他的工作,无需我多言。

各项检查显示,癌细胞无扩散迹象,预后应该乐观。我有几位朋友,同样的疾患治愈后依然生机勃勃:阅读,写作,聚会,旅游……我爱旅游,爱一路上千变万化的风景。就在两年多前,2013年5月,我还与几位天文界同仁去西藏,从拉萨一

《天文学的足迹》书影

路往西,到了珠峰大本营、古格王国遗址、狮泉河、班公湖……那时,中国科学院国家天文台姚永强研究员带领的选址团队正为寻选一流的天文观测台址,在青藏高原艰辛奔波,并确信阿里地区具有相当值得重视的潜质。再说不久以前,2015年12月,我正与友人积极筹划组团同游葡萄牙和西班牙,并转乘邮轮巡游地中海直到希腊和土耳其……结果因癌症露头而急刹车。友人们期望我早日病愈,照样一同出游。大家相信,这并非奢望。

凑巧,就在2015年11月,我于近几年中先后完稿的3本书几乎同时出版了。其中两本是前面已经介绍的《恬淡悠阅——卞毓麟书事选录》和《巨匠利器——卞毓麟天文选说》。另一本是上海科技教育出版社推出的《天文学的足迹》,它是中国科学院资深院士、著名数学家王元先生主编的"改变世界的科学"丛书的一个分册。

但是,有不少该做的事,却未能完成。这令人遗憾,甚至相当尴尬。最糟糕的一例,莫过于我应老友、中国少年儿童出版社薛晓哲先生(拙著《不知道的世界·天文篇》的责任编辑)一再邀约,同意写一套"卞毓麟谈天说星系列",中少社尝以此申报"十二五"国家重点图书出版规划项目。最后,此项目因我未能按计划实施而撤销。为此,我一直深感愧疚,并愿借此机会向中少社和晓哲本人表示最真诚的歉意。一诺重千钧,必须对结果有充分的估量才能说"Yes",这又是一次深刻的教训。

本书中引用的旧文,有的已经年代久远,当时的一些词语已同今日的规范用法颇有差异。为尊重历史,书中引文仍一概保持原貌,这是理应有所交代的。

这本《编辑路上的风景》如此意外地收尾了,真希望日后还能续写那些精彩的人、事和书。

想写的,仍是编辑路上的风景;守望的,还是墨香醉人的书林。

2016年1月31日

致　谢

　　深深感谢陈芳烈先生热情推荐, 感谢"书林守望丛书"编委会雅意邀约, 令我忝于丛书作者之列。我对自己交稿延宕日久, 又以《太意外的尾声》作结深抱愧意, 而对编委会和首都师范大学出版社双方的宽容至为感激。本书责任编辑来晓宇君认真细致的审稿加工令人感动, 对此除理应致谢以外, 我还想说: 书林不就要有这样的工匠精神, 才能一代代人长相守望吗?

卞毓麟　于 2016 年 7 月 15 日

校 样 读 后

　　正好是一年前的今天, 我写完本书的《太意外的尾声》。这一年中, 由上海市肿瘤医院朱骥教授精心主治, 我按预定方案完成了全部放疗、化疗, 取得了很好的疗效, 现谨借此机会向朱医生和他的合作团队表示由衷的感激之情, 并向一直密切关注着我身体状况的领导、同事、亲朋们表示深深的谢意。今天, 我终于读完了全书校样, 仿佛也是交了一份"健康报告"。是啊, 健康第一, 今后该做的事情还多着呢!

卞毓麟　于 2017 年 1 月 31 日 (丁酉年正月初四)

49

忆郑文光

惊悉郑文光先生逝世,禁不住悲从中来。

文光先生长我14岁,是我在中国科学院北京天文台工作时的老同事。我读过他的不少作品,印象最深的是《飞向人马座》,书中融化的种种天文学知识,与故事情节进展相得益彰,足见作者功力非凡。25年前,我涉足科普创作不久,文光先生曾多次中肯地对我的作品提出意见。1981年,陈渊先生译出霍华德·汤普森著《闪光弹子》,新蕾出版社欲请人作序,结果我应文光先生举荐而勉力为之。也是80年代初,《读书》杂志编辑来函,说是经文光先生推荐,邀我撰文介绍科普巨匠和科幻大师阿西莫夫。我极有意于此,却终因故未能真正动笔。20年后的2002年9月,《人生舞台——阿西莫夫自传》中文版由上海科技教育出版社出版。我亲任该书责任编辑,相信文光先生定会为此而倍感欣喜。

中国科幻创作的先驱者郑文光(1929—2003)

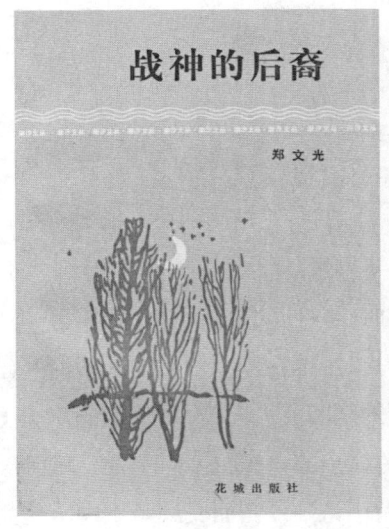

（左）郑文光的中篇科幻《战神的后裔》（花城出版社1984年9月出版）于1983年4月25日杀青，4月27日文光即因脑血栓住院；（右）1985年9月21日卞毓麟前往探视，蒙赐此书。文光以左手亲笔签赠于扉页，由字迹足见其苦斗病魔之艰辛与毅力

回首当年，文光先生学识广博，年逾半百而勤奋有加，科学研究与文学创作双管齐下，累累硕果，颇有熊掌与鱼得兼之慨。斯情斯景，历历在目，令人感慨系之。1983年，文光先生不幸脑中风，入住积水潭医院，我和当时与他工作联系较为密切的蔡贤德、郑民等同事相约前往探视。在病房中，但见先生达观如故，惟念早日康复，重操纸笔。所憾者，我后因种种缘故——包括去国外做访问学者、直到南下加盟上海科技教育出版社等等，与先生晤面极少。今春复拟于赴京出差之际再访先生，不意"非典"误人，行期推迟，而先生竟已于6月17日仙逝。呜呼，哀哉！

7月1日晚，中国天文学会理事长、我40余年前就读南京大学天文学系时的老师苏定强院士在长途电话中同我谈及，刚刚获悉郑文光先生去世，而遗体告别仪式已经举行，若再去唁电，恐已成不敬，乃深以为憾，并垂询有无良策可资弥补云云。而今正好借此良机，一表我会诸多会员对老朋友、天文史学家郑文光先生的思念之情。

科教之光，偕日同升，华夏文明，与时俱进。文光先生可含笑于九泉矣！

原载《科学时报》2003年7月17日B3版

附 记

（一）我曾遵郑文光主编的科学文艺双月刊《智慧树》之约，译出英国人安东尼·劳得缩写的阿西莫夫科幻名篇《台球》，并将其与阿西莫夫的另一篇科幻故事《讣告》作了比较，载于《智慧树》1981年6月号。

（二）1983年4月27日，郑文光因脑血栓入住北京市积水潭医院。不久，我与蔡贤德、郑民（或还有刘敏）同往探视。其时，他在美国留学的儿子河间已赶回来照应。文光素知我深盼有一部英文原版的阿西莫夫自传，就让河间从美国买回一本 *In Memory Yet Green*（这是阿西莫夫的第一部自传，见本书"22 他那108种书的中文版"之最后一节"三卷自传和一首小诗"），当面交到我手中。这突然的惊喜，真使我感动不已。

（三）1985年9月21日，我陪同南京大学天文系宣焕灿老师同往探视郑文光，并奉赠译作4种。文光则赠我纳入花城出版社"潮汐文丛"的《战神的后裔》（1984年9月）一册，因其右手不能活动，乃以左手握笔勉力签名。《战神的后裔》一书，实际上收有郑文光的三篇科幻作品：短篇故事《哲学家》、中篇小说《命运夜总会》和篇幅较长的中篇《战神的后裔》。

50

平易而不懈怠，亲切而无矫揉
——追思卞德培先生

　　同在天文界，同样从上海迁居北京多年，加之同姓并不十分常见的卞，于是就有许多人问及德培先生和我："你们俩是何关系？"

　　使我们关系密切的纽带是天文普及。大约20年前，我以很高的热情为青少年朋友撰写了许多天文科普作品，少儿科普界的朋友有时就称呼德培先生和我为"天文二卞"。

　　其实，德培先生是我的师辈。他长我整17岁，生日只差一天：他是7月27日，我是7月28日。我从小对天文学感兴趣，中学时代常看《天文爱好者》，其中就有不少德培先生的文章。后来我才知道，早在20世纪40年代，20来岁的他已经是天文普及阵地上的一员骁将了。德培先生不是大学天文系"科班出身"，居然能对当代天文学有如此广泛而深刻的了解，着实体现了他的信心、决心和恒心。如此自学成才，实在是分外难能可贵的。如今回头一想，这样的磨炼对于形成德培先生的科普风格倒是起了关键性的作用。在他的科普作品中你看不到扭捏腔，尝不到生涩味，嗅不到学究气，一切都是那么平易、亲切，娓娓道来，如叙家常，而科学知识、科学思想

卞德培先生赠本书作者的
部分科普著作

和科学精神已潜然充盈其中矣！

德培先生很善于驾驭他的写作题材，从形式到内容皆然。今复观先生历年亲赠的许多作品，犹觉意趣盎然。例如，用汉、蒙古、藏、维吾尔、哈萨克、朝鲜6种文字出版的《彗星和流星》(1986年)、内容新颖的《宇宙奇观》(1989年)、曾作为优秀科学著作而荣获国家科技进步奖的《第十大行星之谜》(1992年)、作为一位集邮家为"邮票上的百科知识丛书"撰写的《星光灿烂》(1993年)、《万古奇观——彗木大碰撞及其留给人类的思考》(1995年)，乃至重病后陆续付梓的种种著作，都是很有特色的。

《万古奇观》的主题——1994年7月休梅克—利维9号彗星撞击木星，乃是20世纪90年代中期非常热门的话题。记得德培先生事前已将全书框架写就，准备工作非常到位；撞击事件甫毕，数据图像源源而来，德培先生便请它们按部就班进入书中。这真是科普图书讲究时效性的良好典范。这次彗木碰撞事件前后，中国科技馆、中国科学院北京天文台等单位联合举办相关展览，观者如潮。李竞先生和我等人受北京天文台委派参加工作。某日，德培先生前往参观，言及正为书稿尚缺《埃里斯宣言》全文而着急，不意今日见诸展版，实乃喜出望外。于是便有了《万古奇观》的最后一段，"录下《埃里斯宣言》作为本书的结尾"云云。六七年过去了，而斯情斯景犹在眼前。德培先生追求创作素材之完备与精确，由此可见一斑矣。

德培先生的科普作品，以适合青少年阅读的居多。这样的作品，必须平易近人，切忌自鸣得意而曲高和寡，但达到这种平易，却是要费心血的。说理道情、遣词

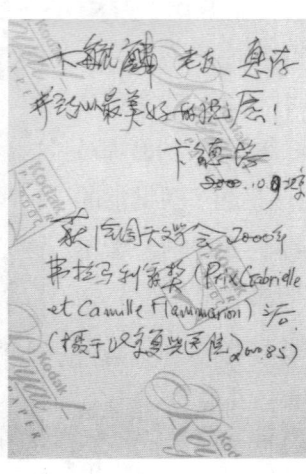

（左）卞德培荣获弗拉马里翁奖，（右）照片背面题赠手迹：卞毓麟老友惠存并致以最美好的祝愿！卞德培，2000.10.9北京／获法国天文学会2000年弗拉马里翁奖（Prix Gabrielle et Camille Flammarion）之后（摄于北京复兴医院 2000.8.5）

造句,都丝毫懒怠不得,方能于平淡之中见新奇。这样的作品,必须亲切感人,切忌活泼不足而严肃有余;但达到这种亲切,必须发自真心,倘若像一个心中无顾客的服务员那样佯装一副笑容,那是无济于事的。我以为,德培先生在以上两方面都是心诚而行力的。

本人从事科普创作亦已逾四分之一个世纪,在实践中深感:"科学普及绝不是炫耀个人的舞台演出,而是为公众奉献的田野耕耘。"德培先生去了,痛定思痛,回首往事,我深信:在很多年以前,他早就如是思,且复如是行了。

原载《科学时报》2001 年 2 月 16 日 B4 版

51

故人佳译
——追忆吴伯泽先生

"由于译者中外文水平和科学知识都很差，再加上时间匆促，许多地方未及仔细推敲，因此，译文中必定有不少欠妥甚至于译错之处，希望读者们批评指正。"

套话，是时代的一种印记。1978年2月，吴伯泽先生在"迎春爆竹声中"用这番套话为《物理世界奇遇记》"译者前言"作结。同年4月，该书中文版问世，首印480 500册。5月，我读完第一遍，唯觉妙不可言。

显而易见，译者的中外文水平和科学知识都很扎实，译文亦经仔细推敲。唯其如此，这本13万字的小书才成了有口皆碑的名译。科普翻译，犹如竞技体育之"十项全能"，举凡外文准确、汉语顺畅、熟悉科学内容、了解文化背景、工作作风严谨，善问勤查慎思，如此等等，缺一便无"信达雅"可言。在这些方面，伯泽先生是狠下了功夫的。

后来我与伯泽先生相识，因缘也在科普翻译。伯泽先生长我10岁，我便称他"老吴"。20世纪70年代中后期，科学出版社将阿西莫夫名著《科学指南》中译本分成《宇宙、地球和大气》《从元素到基本粒子》《生命的起源》《人体和思维》共4个分册出版，总称"自然科学基础知识"，译

吴伯泽（右）与卞毓麟（左）、尹传红合影（2003年1月11日于北京市中关村，田松摄）

者和编辑之中都有老吴。我读后，情不自禁给科学出版社写了一封长信，又推荐了阿西莫夫的一批作品，建议多多译出。很快，鲍建成先生回信，说正好有一本阿西莫夫的《洞察宇宙的眼睛——望远镜的历史》，问我是否有意执译。我遂与老友黄群合作，字斟句酌，试译了四千来字。老鲍、老吴、李崇惠、王鸣阳等认真传阅后，一致给予佳评。正式翻译中又多次请教鲍、吴诸公，获益良多。1982年9月，该书中文版面世。

就在这年4月，中国科普创作研究所在北戴河召开科普创作研究计划会议，我亦应邀参加。会上气氛热烈，盛况喜人。老吴向我介绍了许多新朋友，包括他本人十分钦佩的翻译家符其珣先生。别莱利曼的《趣味物理学》、伊林的《自动工厂》等名著汉译，多出自符老之手。会上专题发言精彩纷呈，如谈祥柏先生介绍研究马丁·加德纳之历程，高庄先生提议研究"竺可桢与科学普及"等，盖非一言所能尽述。

80年代中期，卡尔·萨根主持拍摄的大型电视系列片《宇宙》在世界上大获成功，六十多个国家相继播出。一天，中央电视台王录先生风风火火地拿来大叠大叠的《宇宙》分镜头脚本复印件，要求2个月内全部译毕。结果，虽无重赏，亦有勇夫。老吴牵头，朱进宁、王鸣阳等数人迅即分头伏案执译，最后再由老吴和我总审通校，按时交了卷。

老吴有才，擅"洋文"五门，却毫不"洋派"。我印象中，他倒是颇具昔贤遗风，不拘小节，嗜烟嗜酒嗜浓茶。90年代他退休后，我们极少晤面，唯闻其身体大不如前。这是否与诸"嗜"有关，殊不得而知。2003年1月11日，我来京参加"'科学时

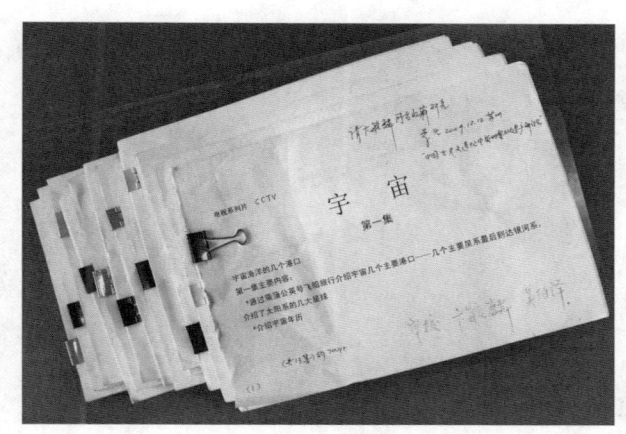

大型电视系列片《宇宙》中译脚本打字稿。透视效果使下层纸张尺寸显得较小，可见这摞稿子有多厚。起初建议中央电视台引进《宇宙》的是李元先生，四分之一个世纪之后的2009年12月，85岁的李老将这套复印件转交作者，嘱咐妥善收藏和研究

报读书杯'2002年度科普佳作奖新闻发布会"。午间忽见一头发稀疏身量瘦削的老者到来,遂问这是哪位先生,有友人答曰:"吴伯泽。"我不胜惊喜,乃疾趋问安。故人重逢,老吴也十分高兴。此时尹传红亦前来,田松眼快,迅速掀动相机快门,留下了我们与老吴最后一晤的情景。

老吴敬佩伽莫夫、阿西莫夫、萨根、加德纳等科普大家。2001年,我问他是否愿意执译约60万字的《萨根传》。他回答说,最好与暴永宁合作。这部中文版《展演科学的艺术家——萨根传》于2004年年初问世,暴永宁译、吴伯泽校,可谓珠联璧合。此时,老吴已是疴愈沉而体益衰,日后去电话,都是他夫人黄惠英老师代接,我从此再未亲闻老吴那略带沙哑的声音。今年4月15日忽接尹传红来电,骤悉伯泽先生已于9日驾鹤西去,真是惊骇不已。

20多年前,我曾谓:"阅读和翻译阿西莫夫的作品,可以说都是一种享受。"欣赏吴伯泽辛劳酿成的佳译,又何尝不是一种实实在在的享受呢? 2000年8月,湖南教育出版社推出伯泽先生重译的最新版《物理世界奇遇记》,一读再读之下,此种感受有增无已。呜呼,倘有更多胜似吴译的佳作问世,则伯泽先生自当含笑九泉矣!

原载《科学时报》2005年4月28日B3版

52

为《访美见闻》写评注

——兼忆我国科普耆宿李元先生

　　我国科普界耆宿、中国科普研究所研究员李元先生是山西朔州人,生于1925年6月11日,卒于2016年7月6日。他是我国首个大型科普机构——北京天文馆的创建人之一,也是中国太空美术事业的开拓者。1957年9月29日他为北京天文馆开幕所编创和演出的《到宇宙去旅行》,成为四十余年久演不衰的保留节目,观众累计达千万人次。1987年,李元成为我国"天文馆事业的先驱者"荣誉奖唯一获得者。他从事科普工作长达70年之久,1998年5月国际天文学联合会将第6741号小行星命名为"李元",以表彰他对科普事业做出的贡献。李元于1990年荣获"新中国成立以来有突出贡献的科普作家"称号,1999年获全国先进科普工作者称号。2007年"e时代的N个为什么"丛书荣获国家科技进步奖二等奖,李元是其中《天文》卷的作者。2012年李元荣获北京市科学技术协会颁发的科学传播人终身成就奖。

　　2016年7月6日,李元先生在京逝世,享年91岁。7月12日上午10时,在北京八宝山兰厅举行追悼会,各界人士前往者甚众。我本人因身患癌症正在接受化疗,无法亲往北京悼亡,实在深以为憾。

　　翌年5月10日,科学普及出版社杨虚杰副总编辑给我发来由李星燕、李兆星、李星玉整理的李元著《访美见闻》一书校样,全书近300页,约40万字,共7章,依次为"通向宇宙的窗口""知识波传遍全球""传播科学的殿堂""自然与科学的画廊""丰富多彩的科普出版物""充满知识的乐

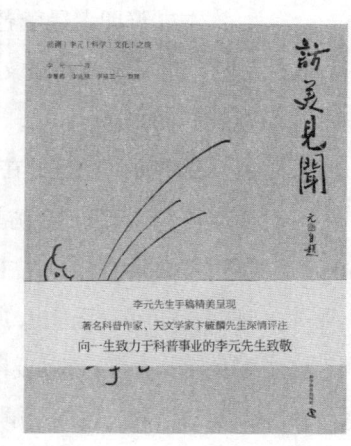

李元著《访美见闻》,科学普及出版社2017年7月出版

273

园""自然、文化、社会掠影"。杨虚杰希望我能以旁批的形式为此书做些点评。我说，"点评"实不敢当，"评注"或尚可勉力为之。当然，首先是要将全书通读一遍。虚杰叮嘱务必尽快完成，争取在李老逝世周年前后见书。6月21日，全书评注竣工，计有旁注约250条，经3位整理者审阅酌减几条，余者悉皆照录。

那么，这究竟是一本什么样的书，又为什么要评注呢？

书中有一篇编者于2016年6月"写在前面"的文字，说明李元一生致力于科普研究和科普写作，"本书汇编了他多年前陆续发表在《知识就是力量》月刊'访美见闻'专栏中的系列文章和若干篇同期另外发表的相关文章"，出版时保留了原稿中的统计资料、年代计算和当时的感受。"作者特别说明，文章中的见闻、陈述、数据引用和感想都是基于当时的年代"。作者在访美过程中，处处留意美国的先进科技和科普手段，试图将见闻、感想以及关于美国科学和科普方面的知识呈现给读者，以助推我国科普事业的发展和国民科学素养的提高。

李元本人在91岁生日那天为本书写了一篇500来字的"前言"，说自己从20世纪40年代起就开始阅读美国的科普书刊，50年代筹建北京天文馆，更是在国家图书馆（前北京图书馆）和中国科学院图书馆翻阅了有关美国天文学以及大众科学的大量图书资料。这么多年的积累，使他在短短一年的访美过程中能够更具有针对性，把有限的时间聚焦于考察美国的天文台馆、科研科普机构、博物馆和科普娱乐一体的主题公园。这既使他对美国科普事业有了许多新见闻，也大大充实了他在科普研究上的积累。"因此，我在写访美见闻时很自然地扩大了范围，而不仅仅限制在访美那一年"。

本书整理者是李老的女儿李星燕、李星玉和儿子李兆星，三人的名字中皆有一"星"，足见李元对天文学的感情有多深厚！孰料这篇"前言"写就未满一月，李老竟驾鹤西去了。

做些评注的好处在于：本书汇集的文章写于近20年前，今为旧闻添新识，可光大李老"不仅仅限制在访美那一年"之初衷，此其一；原文中涉及相关科学内容，间或叙述过于简略，宜以旁注稍事补充，此其二；原著中一些微妙之处，作者无意直接点明，评注者却可一语道出，此其三，如此等等，对读者都有好处。至于评注如何把握分寸，避免喧宾夺主，那就要考量评注人的水准了。虚杰对我说："从天文、科普、人文、博识以及对李元先生的了解等诸多方面综合衡量，此书评注者首选非您莫属，而且李元先生的家属也认可。"此言自然过奖了，但一想到大家都很忙，要找这么一个评注者亦非易事，我本人又视此为对去岁未能面别李老的一次弥补机会，便遵嘱勉力为之了。

2017年9月11日下午，在中国科普研究所举办了一次别开生面的"科普创作沙龙"。沙龙主办方是中国科普作家协会、中国科普研究所、中国科学技术出版社，主题是"我们应该向老一辈科普人学习什么？——《访美见闻：李元先生科学文化之旅》分享会"，主持人是杨虚杰副总编。李星燕、李星玉出席，李兆星在美国未能亲临。参会者皆获赠《访美见闻》一册，会上诸君致辞发言各有精彩，殊难尽述其详。对《访美见闻》全书的评注，详情一言难尽，谨附照片两幅以见一斑。

芝加哥大学的首任校长系威廉·雷尼·哈珀（Willlliam Rainey Harpers, 1856-1906），任期是1891-1906年。

镜。他在麻省理工学院读书时就为邻近的哈佛大学天文台照管仪器，并且利用这些仪器进行最初的天文观测实习。不久后，他就创制成功了世界第一台太阳单色光照相仪。24岁时，他的朋友哈珀任芝加哥大学校长，请他担任天体物理学助理教授，并由此开始了筹建大天文台的计划。

叶凯士天文台的诞生

海尔听说一个透镜制造家有两块直径1米的玻璃镜正要出售，于是他认为建造大天文台的机会已经到来。但是怎样才能弄到造镜建台的巨款呢？光造镜的玻璃起码就要2万美元，这使海尔发愁。他马上想到了芝加哥最有钱有势的巨商叶凯士。老天有眼，让他有幸在一个宴会上遇到了叶凯士，又正巧坐在他的旁边。海尔不失良机，与他大谈特谈天文学之奥妙和探索宇宙的伟大意义。叶凯士听得入神，果然被说动了。出乎意料的是，他还告诉海尔，他从小就希望能建造一架最大的望远镜。席散时，海尔的口袋里已经有了一张叶凯士所签的2万美元的支票，供海尔购

这位叶凯士全名查尔斯·泰森·叶凯士（Charles Tyson Yerkes, 1837-1905），当时控制着整个芝加哥的交通。

《访美见闻》正文和评注样例一

"宇宙的桥梁"一语的来历。

邦艾斯泰1986年6月11日卒于美国加利福尼亚州的卡梅尔，这一天是李元先生的61岁生日。

1984年，我又编制了《宇宙画展》和《宇宙在召唤》的太空美术展览在北京和全国巡展，观众达数百万人，影响深远，并且培养出中国第一代大空画家。我也有幸和邦艾斯泰直接通信，他在97岁高龄时还签名给我回信说："我认为使人们对天文学感到兴趣的最好方法是让他们观看有趣的天文美术作品和照片。并且要想使太空美术得到发展和后继有人的话，就要把太空美术和天文学介绍给青少年们。"这的确是这位太空美术大师的经验之谈，多年来，他就是这样做的。

由于普及太空美术，我还结识了美国著名的火箭专家、太空美术事业的积极组织者F.杜兰特（F.Durant）。1982年他和R.米勒要编印《邦艾斯泰的艺术》图册，邀请我参加合作。我把我对这位大师的认识和赞语寄给他们，后来被收入书中。1983年1月号的美国《科学文摘》（Science Digest）同时刊登了冯布劳恩等人和我的太空美术论述，并且把我提出的"太空美术是人类去往宇宙的桥梁"中的"宇宙的桥梁"作为专栏标题，这使我深感荣幸。

我很想在1988年为邦艾斯泰祝贺百岁大寿，然而不幸的是他在1986年98岁

《访美见闻》正文和评注样例二

当天晚上，我应星燕、星玉之邀，再往李元先生生前书房小坐，追忆故人昔时风采，并留下了这张珍贵的照片，惟见于我亦师亦友的李元音容笑貌栩栩如生，却是无从再促膝畅谈天文和科普了。

2017年9月11日晚，本书作者重访李元生前书房

链 接

李元写的书和写李元的书

欲深入了解"李元写的书"和"写李元的书"，不妨首选两本书一读：《李元访谈录》（李元口述，李大光、陈曦整理，湖南教育出版社2010年4月出版）和《科普之星——李元》（本书编写组编写，科学普及出版社2010年5月出版）。

《李元访谈录》是"20世纪中国科学口述史丛书"之一种。此丛书由樊洪业先生主编，湖南教育出版社出版，在21世纪的头10年中从酝酿到陆续面世，受到学术界和各方人士的热情关注和赞誉。至于"口述史"或"口述历史"的含义，樊先生在"主编的话"中，引用了中国现代史的口述史名家唐德刚先生的提法："口述历史并不是一个人讲一个人记的历史，而是口述史料。"

李元先生在《李元访谈录》"小序"中说："当我被邀请参与写作这本口述历史时，我实在是缺少思想准备的。当我自觉和不自觉地匆忙踏上这部三套马车时，喘息未定，车轮已滚滚向前，一切就这样开始了。因此这本口述历史不可能那么完整和恰当，也可以说是一本内容并不平衡的作品。但有一点是肯定的，所讲的都是事实。"

我赞同李大光在此书"引言"中的描述："李元先生，平生无门无派，但他广结善缘，为人处世的方式使他拥有很多朋友"，但是"他一生没有做过'官'，没有做过管理者，也不关心官场诸务，这使得他不可能接触到更多政策上的事情。因此，他的历史更多涉及的是具体的事，我们只能了解过去科普重大事件发生时在他活动中的表现，而不可能了解事件背后的原因。"

年轻的陈曦在"后记"中说："感谢这本书给我带来的启示和思考，从李元老师身上、从老科学工作者身上，我学到了终生受用的东西""书稿承卞毓麟先生审阅，提出了许多宝贵的修改意见，在此表示衷心感谢。"

老友樊洪业命我审阅书稿，是看上了我的若干"优势"：第一，"科班"的天文专业背景；第二，长久的科普热情与实践；第三，与李元超过30年的交往……我尽力为之，审稿细节毋庸赘述。

《李元访谈录》书末的"主要参考文献"，选列了李元的主要作品，有兴趣者当可按图索骥。

《科普之星——李元》是中国科普研究所成立30周年之际，由任福君、姚义贤主编的"科普人生：聆听老一辈科学家娓娓道来的科普历程丛书"之一种。丛书项目组对中国科普研究所离退休的部分老科研人员进行访谈，请他们口述自己如何走上科普事业这条道路，如何从事科普研究工作，以及工作中的心得体会等，然后整理成书公开出版。同时，还编辑了《科普泰斗——高士其优

《李元访谈录》和《科普之星——李元》书影

秀作品选》一书,以表达对著名老一辈科普作家、中国科普研究所的创办人高士其先生的缅怀之情。2010年3月,李元先生为《科普之星》一书写了"我的科普之路(代序)",全文两千来字,用4个很优雅的小标题概括了自己科普的一生:"认星座是我的起点""紫金山是我的大学""天文馆是我的理想""宇宙美是我的追求"。文末写道:"1995—1996年访美期间,我对美国的天文馆、天文台、科技馆、博物馆等广泛调研,回国后发表了三十多篇'访美见闻',介绍美国在科学、文化领域中的一些情况,对促进中美之间的了解,尽到自己的责任。"这些文章,便是《访美见闻》一书的源头。

另外,在《20世纪中国知名科学家学术成就概览·天文学卷·第一分册》(钱伟长总主编,叶叔华本卷主编,科学出版社2014年1月出版)中,"李元"一篇由其本人署名撰写,全文9节,依次为:"一、向往星空""二、紫金山天文台是我的大学""三、为什么要建立中国的天文馆""四、积极开展建立天文馆的筹备工作""五、让科学普及艺术化""六、倡导太空美术事业""七、对外国科普事业的调研与国际科普交流活动""八、6741号小行星被命名为'李元星'""九、李元主要论著",也很值得一读。

53

素朴与入俗
——杨秉辉医学短篇小说之美

复旦大学上海医学院资深内科学教授杨秉辉先生，曾任复旦大学附属中山医院院长、上海市科普作家协会理事长、中华医学会全科医学分会主任委员、中国健康教育协会副会长等。他多年从事肝癌研究及推进我国全科医学的发展，曾因肝癌早期诊断和治疗的研究荣获国家科学技术进步奖一等奖等奖项。杨秉辉教授已出版学术专著十余部、科普著作40余册。他多才多艺，如今80高龄依然精神矍铄，不断创新，佳作迭出，除出版多种画册、游记外，近年来首创的医学小说更是独具一格，令人称绝。

2017年9月28日下午，由上海市科普作家协会、江苏省科普作家协会、浙江省科普作家协会、安徽省科普作家协会联合举办的"加强作品评论，繁荣原创科普——'杨秉辉医学科普'评论会"，在上海市科学会堂思南楼隆重召开。会上，杨秉辉先生作了主题演讲《我的医学科普之路》，各方人士相继致辞、发言，气氛热烈非常。我本人的发言题为"素朴与入俗——杨秉辉医学短篇小说之美"，全文如下。

杨秉辉教授的医学科普，人人喜闻乐见。取得如

80岁的上海市科普作家协会终身名誉理事长杨秉辉教授，2018年1月19日在上海市科普作协九届四次理事会上

杨秉辉近年来出版的医学小说:(左)长篇小说《祺东的黄兴家医生》(复旦大学出版社,2016年6月),(中)短篇小说集《财务科长范得'痔'》(复旦大学出版社,2014年9月),(右)短篇小说集《保卫科长莫有"病"》(复旦大学出版社,2018年6月)

此骄人的成绩,在于他有一颗仁者之心,有一身医者之术,还有一支生花妙笔。

请注意,杨医生这支笔的境界,在于"妙"而不在于"花"。这是一种炉火纯青的境界,一种平淡之中见新奇的境界。

大家都说杨医生的作品"好看""读起来舒服",说他的医学小说"有意思"。那么,这"有意思",究竟又是啥意思呢?

这就接近本文的主题了。虽然我本人的专业是天文学,经常只是在医疗、保健方面遇到了问题,才到杨医生的作品中去找答案。不过,把科普当作一门学问,用心研究和创作,我也算得上是杨教授的同道了,所以想对杨教授的科普写作特点做点探讨。

我今天谈的,只是杨教授科普作品的冰山一角——他的医学短篇小说。杨教授的医学小说多是纪实型的,如长篇的《祺东的黄兴家医生》,短篇的《财务科长范得'痔'》等。从小说美学的角度进行分析和评论,我以为,杨医生的医学短篇,最可贵的特色就是它们的"素朴之美"和"入俗之美"。

素 朴 之 美

素朴之美,是一种内在的本色的美,无需浓妆艳抹,便显天生丽质,其奥妙则在于"自然"二字。福楼拜是实践素朴之美的大师,他的作品是法国近世散文的典范,高尔基十分钦佩他用语极为普通却能令读者激动不已的高超本领。福楼拜是怎样做到这一点的呢?他的座右铭是:"只有你精确地知道了你所想说的,你才说得好。"

受发言时间所限,我只能举一个例子。杨秉辉的小说集《财务科长范得'痔'》共收入24个短篇,书名借用其中的一篇同名作品。这位财务科长名叫范得志,如果痔疮真是他毛病的要害,那么小说题目中的这个"痔"字也许就可以不加引号了。作者波澜不惊地将故事层层推进,终于使这个固执己见以为便血只是痔疮这个老毛病作怪的范科长得以确诊患了直肠癌并顺利做了手术,此后健康状况逐渐好转,"只是术后病理检查,直肠周围有一枚淋巴结有癌细胞转移,是因为发现得晚了一些。"作为全文的结尾,此言如此直白,却是大有深意。

范科长的故事很有普遍意义。2015年年底,我被确诊患了直肠癌。现在回顾,从察觉、就诊到治疗的整个过程,范科长的一些教训实在是很值得汲取的。

小说集《财务科长范得'痔'》的每个故事,颇有太史公述而不作之风;更妙的是,每个故事之后,虽无司马迁的"太史公曰",却各有一段精彩的"杨医生曰"。"财务科长范得'痔'"篇后的"杨医生曰"为:

> 在医学诊断中有一个"一元论"的原则,即尽可能地将病人的许多症状归结于一种病来解释。"一元论"的诊断原则在许多情况下是非常有效的,如感冒的病人头痛,并非脑子有毛病,是不必做头部CT检查的。但不同的病有类似的症状,就不能"一元"地去理解了。
>
> 直肠癌每每以便血为首先出现之症状,这就造成了与另一个颇为常见的疾病——痔,有极其相似的症状,因此极易误诊……以"一元论"解释出血之原因便会遗漏直肠癌的诊断,而至延误了治疗。

寥寥数语,貌似平淡,却引领着读者的认知提升到一个更高的台阶,其素朴之美的魅力,由此已可见一斑。

入 俗 之 美

"入俗之美",这个"俗"指的是什么?

此"俗"决非"庸俗""俗套"之俗。这个"俗",一语双关:既有"通俗"的意思,又有"风俗"的意味。例如,郑振铎先生说过,"'俗文学'就是通俗的文学,就是民间的文学,也就是大众的文学"。中国古典小说多由话本发展而来,在民间流传许久方由文人加工定型,因此它们确是俗而又俗的。

故事讲得"随乡入俗",仿佛便有了"入俗之美"的入场券。请看老舍笔下的骆驼祥子,那质朴的外表,那"小时候在树下睡觉,被驴啃了一口",而在脸上留下的伤疤,能教人毫不犹豫地认准:这是那个时代中国北方农民的写照。这就是随乡入俗之美。

这里,请允许我复述一下杨医生的小说"脂肪肝一号"的故事梗概:某小康人家有个儿子,出生时小脸胖嘟嘟,故小名叫"团团"。团团自小多由祖母照料,祖母自是以营养照顾为先。团团性格文静,喜欢读书,从小直到大学毕业,供职某外资公司,皆一帆风顺。只是自中学开始,体育成绩就不大灵光,进了大学就基本不多运动了。而且他食欲奇佳,晚间还是学校附近小饮食店的"宵夜"常客。渐渐地"胖子"之名便在大学同学间叫开了。

你看,这个"胖子"的形象,真有点像"祥子"那样鲜活吧。团团在大学里是金融管理专业的优秀生,到外资公司做财务工作专业也对口,但他觉得工作有些"吃力"。一年过去,工作没问题,但疲劳感却有日渐加重之势。团团去医院验血,结果血脂甚高;超声波检查后,医生说脂肪已经长进肝里,也就是脂肪肝。医生开的药是此医院自制的冲剂,叫"脂肪肝一号",用水一冲便可当饮料喝。团团在办公室饮用时被同事注意到,于是得了个"脂肪肝一号"的外号。不过,他吃了不少"脂肪肝一号",于病却无多少起色。

再说,光阴似箭,团团25岁了。他皮肤白净,身高一米七八,体重92公斤,加上家道殷实，算得上"高富帅"一党。大约大块头者多喜欢身材娇小的女朋友，团团对公司里一个娇小玲珑的广东妹颇为有意，于是鼓足勇气，先发短信、又加微信、再约网聊，但终无进展。辗转打听，方知广东妹竟对闺蜜说："'脂肪肝一号'，那个肥佬……"

糟糕的是，超声波又查出"肝内可疑占位"。团团赶紧到一家大医院化验"肿瘤指标"，又做核磁共振，原来是肝脏里的脂肪堆积，并非肿瘤之事。再请教医生该吃什么药。谁料那医生说：脂肪肝乃生活方式病，这种肝功能正常的"单纯性脂肪肝"可无需服药，但须控制饮食、多加运动，体重减轻，自然便好。

团团努力照办。开初之时，一是饿得慌、二是累得很，几次想打退堂鼓，但还是坚持下来了。半年后复查，"转肽酶"正常、"甘油三脂"下降，血压正常，脂肪肝好转。而且，团团竟觉得"少吃点舒服""不运动难过"了，健康的生活方式已经成了他的自觉。一年下来，运动鞋穿破3双，体重减了11公斤，脂肪肝已不明显。团团自己总结：治脂肪肝要"饿其肌肤、劳其筋骨"，关键是要有毅力坚持。要问团团何以能如此坚持？据说动力来自广东妹……

易懂、有用，入俗之美，这便是百姓齐称"好看""有意思""读起来舒服"的关键所在。

最后是画龙点睛的杨医生曰：

> 多吃少动引起肥胖，肥胖之后易有脂代谢紊乱，引发动脉粥样硬化、高血压，以致心脑血管病；易有"胰岛素抵抗"，引发糖尿病。所以肥胖、脂肪代谢紊乱，高血压、糖尿病合称"代谢综合征"，是一种典型的生活方式病。近年的研究证明脂肪肝、高尿酸血症等亦属代谢综合征……生活方式病因生活方式不良引起，故治疗方面必须包括、但不限于，改变生活行为。对"单纯性脂肪肝"……生活行为由"多吃少动"改为"少吃多动"，亦即俗说的"管住嘴、迈开腿"即可，若能坚持，必有效果。

我不像团团那么胖，做B超的结果却是中度脂肪肝。既然肝功能尚属正常，那我就听杨医生的忠告："管住嘴、迈开腿"，争取明年体检见分晓！

在这次研讨会之后大半年，杨秉辉教授的又一部短篇小说集《保卫科长莫有"病"》（复旦大学出版社，2018年6月）问世。我深感这些书中的故事，完全可以而且非常应该拍摄成一个个视频短片。它们既有很强的科学性，又十分生动、接地气，堪为公民健康教育之珍品。倘业内外有识之士果能玉成其事，则幸甚焉！

附 记

此文稍作修改后，已于2018年10月1日《文汇报》第8版"笔会"刊出，题为《素朴入俗的医学小说》。

54

做好"码字匠"谈何易
——有感于《叶永烈科普全集》

2017年8月17日,上海书展期间举行了"《叶永烈科普全集》(28卷)新书发布、赠书仪式暨《追寻彭加木》新书签售活动",活动由新华文轩出版传媒股份有限公司主办,四川人民出版社和四川科学技术出版社承办。我在会上的简短发言,后来刊登在2017年10月13日《科普时报》第5版,尹传红为它取了个题目:《我看叶永烈之"多产"》,全文如下。

面对着1000多万字的《叶永烈科普全集》,令人感慨万千。

我爱读书。50多年前,我还很年轻的时候,不断读到一位署名叶永烈的人的大量作品,钦佩之情油然而生。但是,我怎么也想不到,这些书的作者,竟然是一个年龄与自己相仿的"小青年"。

若干年以后,有出版社邀请我为少年朋友们写一本天文科普读物。当时我还没有出过书,不敢贸然承应。出版社的老编辑就拿来几本叶永烈的少儿科普书,说道:"您看看,就像这么写。"可是,"就像这么写",做起来又

《叶永烈科普全集》在2017年8月17日上海书展上首发

谈何容易！

　　面对如此多的作品，人们往往不假思索地说："叶永烈可真是多产啊！"对于这样的评论，我不能说它错了，但也不能令人满意。其实，多产看到的只是结果。更应该看到的是它的过程，应该想到的是作者无比的勤奋。一分耕耘，一份收获。日复一日，夜复一夜，寒来暑往，春秋代序，几十年啊，他不断地思考，不断地写，他在写，写啊，写……

　　不仅如此，更重要的是不忘初心。我问叶永烈先生："你为什么要写作？"他发给我一篇文章，题目就叫《我为什么写作？》，发表在《新民晚报》上。他写道："不要问我为什么写作？我只是说，我没有闲暇'玩'文学，也不是为了向'孔方兄'膜拜。我只是说，在键盘上飞舞的手指，是历史老人赋予的一种看不见、摸不着的力量驱使着。"他写道："时光如黄鹤，一去不复返。我把作品看成凝固了的时间，凝固了的生命。我的一生，将凝固在那密密麻麻的方块汉字长蛇阵之中。"啊，历史老人赋予的是一种责任感，叶永烈的一生用方块汉字为载体，凝固在这种责任感之中。

　　叶先生告诉我们，《叶永烈科普全集》只占他全部文字的1/3左右，所收的作品基本上都发表在1983年之前。那么长时间过去了，当今的科学发展日新月异，这些作品难道还不过时吗？不，《叶永烈科普全集》是一种宝贵的文化积淀。当然，具体的科学知识随时都有可能被更新。但是，光辉的科学思想永世长存，崇高的科学精神永放光芒。与此同时，叶永烈先生科普写作的激情，写作的态度，写作的功力，写作的技巧，也将会通过《叶永烈科普全集》一代又一代人地传下去。

　　我深切盼望，我国出现更多像叶永烈这样的优秀科普作家，更期待我国多多出现超越叶永烈的新一代的优秀科普作家！我相信，这也就是四川人民出版社和四川科技出版社不遗余力地出版《叶永烈科普全集》的初衷，今天这套煌煌巨著靓丽登场，我再次表示最衷心的祝贺！

转眼间又是一年。2018年8月22日，由中国科普研究所、上海市科学技术协会、中国科普作家协会主办，上海市科普作协、上海科技发展基金会和长三角科普创作联盟承办的"加强作品评论　繁荣科普原创——叶永烈科普作品研讨会"，

2018年8月22日，卞毓麟（右）在"加强作品评论 繁荣科普原创——叶永烈科普作品研讨会"上同叶永烈（中）、杨惠芬伉俪合影

在上海市科学会堂思南楼举行。这也是继2016年和2017年先后召开的卞毓麟、杨秉辉科普作品研讨会之后，又一次以名家作品为对象的研讨会。

叶永烈先生本人在会上作了题为"得失寸心知"的主题发言。他没有按原先准备的文稿，而是用了上百张PPT照片讲了自己的故事。与会者众，时间有限，会议事先规定每人发言以10分钟为限。现将我在会上的发言加上标题《做好"码字匠"谈何易》，全文转载如下——有些话去年说过，惟觉值得重申，遂未删节，径述如旧。

今年元旦，偶尔读到一篇"老舍评价张恨水"的文章（2017年5月29日《文汇读书周报》第4版，作者王张应），文中说到张恨水一生"创作了逾三千五百万字的文学作品，堪称中国文学史迄今为止作品数量最多的作家之一"。

正好我给叶永烈先生微信贺年，便顺手附上此文的照片，继而"唐突一问，您作品的实际字数，是否超过了张恨水"？

叶先生轻描淡写地回复了11个字："一辈子只做个码字匠而已。"

后来，我又看到一篇文章谈"百年科幻"，说道："通常，科学主义信念一定会向读者许诺一个美好的未来。凡尔纳的那些科学颂歌当然是如此，凡尔纳科幻中国版本的标志性作品《小灵通漫游未来》也是如此。"我以为这类说辞难免标新立异之嫌，却又无暇细究，便想听听《小灵通漫游未来》的主人叶永烈有何见解。

这次，叶先生回复了12个字，还是那么轻描淡写："我早已经不关注科幻小说了。"

如果是一个陌生人，这样的问答也许会有点尴尬。但是，彼此熟悉了，却颇能从这些再简单不过的回答中品味到一些重要的东西。

"一辈子只做个码字匠",它的含义是什么?在"《叶永烈科普全集》后记"中,叶先生言简意赅地告诉我们:这1000万字的科普全集,是他的作品方阵中的一个"方面军";另外还有三个"方面军",即纪实文学作品1500万字,全球旅行见闻500万字,以及散文与长篇小说200万字。"后记"的结尾是这样两句话:"我的作品总字数为3000万字(这还不包括我的500万字日记以及大量的书信)。我曾说,我的生命凝固在作品之中。生命不止,创作不已。"

还记得一年前的上海书市,在《叶永烈科普全集》发布会上,我在简短的发言中谈到,人们往往不假思索地说:"叶永烈可真是多产啊!"这样的评论自然没错,但也不能令人满意。其实,多产只是结果。更应该看到的是它的过程,看到作者无比的勤奋与辛劳。日复一日,夜复一夜,春秋代序,寒来暑往,几十年哪,他不断地思索,不断地写啊,写啊,写……

评论叶先生作品的文章很多,甚至还有专论专著。较近的,例如《科普创作》2018年第1期就有三篇评价叶永烈及其作品的文章,其中有的篇幅相当长,我就不重复了。依我看来,能够"一辈子只做个码字匠",必不可少者有三:一是一辈子勤奋劳作,叶先生作品的体量本身已足以说明问题。二是一辈子勤于思考,君不见叶先生书斋的名号就叫"沉思斋"吗?一辈子勤于思考,方能年年岁岁思如泉涌,永不枯竭。三是一辈子锤炼的表达能力,没有如此过硬的语言文字功底,根本不可能写得又快又好。这里还有一个令人信服的佐证,那就是多年来叶先生竟然有多达35篇的文章,被选入了各种版本的中小学语文课本。能够兼备这三者的"码字匠",当然是一个热爱生活的人,一个热爱读者的人,一个有着强烈追求和责任感的人,一个值得尊敬和效法的人。

至于《小灵通漫游未来》这部作品,我们根本没有必要去扯谈什么"科学主义"或者别的什么主义。这部作品的社会价值有目共睹,有口皆碑。《叶永烈科普全集》第8卷即以《小灵通漫游未来》为卷名。在"本卷序"中,叶先生告诉我们,《小灵通漫游未来》创造了三项纪录:第一是各种版本的总发行量300万册,至今雄踞中国科幻小说第一名;第二是连获大奖,1980年荣获全国少年儿童文艺创作一等奖——这是中国儿童文学创作的最高奖,2002年荣获第十三届中国图书奖；第三，取名于此书的小灵通手机曾经拥有一亿用户。

2005年，香港凤凰卫视"鲁豫有约"播出访谈叶永烈的节目。鲁豫在开场白中说，她上小学的时候看过《小灵通漫游未来》。她说："很长一段时间，我对未来的全部想像都是来自那本书，我相信，还有很多像我一样从20世纪70年代成长起来的小孩儿，都非常喜欢《小灵通漫游未来》，"那本书在他们的生活当中，是特别重要的一本书。事实证明，此言不妄。叶先生本人也谈到一个情节，此书出版多年以后，有一位从内蒙古来的读者打电话要见他。叶先生说我不认识你啊，那人回答：当年你送我一本《小灵通漫游未来》，我一直记在心中，所以一定要见见您。叶先生请他到家里，才知道他是个行走不便的残疾人。那位读者说，就因为当年这本《小灵通漫游未来》，使他充满了幻想，克服重重困难，追求美好生活。后来，此人成为当地一家百货公司的大老板。

"我早已经不关注科幻小说了"，叶先生虽然说得轻描淡写，但是，他对人的关怀，对科学的关注，对社会的关切，其实有增无减。叶先生曾在《新民晚报》上发表一篇题为《我为什么写作？》的文章。他说："不要问我为什么写作？我只是说，我没有闲暇'玩'文学，也不是为了向'孔方兄'膜拜。我只是说，在键盘上飞舞的手指，是历史老人赋予的一种看不见、摸不着的力量驱使着。"他写道："时光如黄鹤，一去不复返。我把作品看成凝固了的时间，凝固了的生命。我的一生，将凝固在那密密麻麻的方块汉字长蛇阵之中。"啊，历史老人赋予的是一种责任感，叶永烈的一生用方块汉字为载体，凝固在这种责任感之中。原来，这就是"一个码字匠"的全部含义！

当今的科学发展日新月异，具体的科学知识随时都有可能被更新。但是，光辉的科学思想永世长存，崇高的科学精神永放光芒。《叶永烈科普全集》是一种宝贵的文化积淀，他的科普写作的激情、态度、功力、技巧，也将通过《叶永烈科普全集》一代又一代人地传下去。

祝"码字匠"叶永烈老当益壮，生命不止，创作不已。愿我国涌现出更多像叶永烈这样、乃至超越叶永烈的新一代的优秀科普作家，新一代的优秀"码字匠"！

55

说好"三磅宇宙"这部书
——顾凡及教授的余生大事

顾凡及教授（2012年10月于
西班牙塞哥维亚）

"人类只有认识了脑，才真正认识了
自身。"这是多年前杨雄里院士为"名家
讲演录"丛书所著《探索脑的奥秘》（上海
科技教育出版社，1999年8月出版）的卷
首题记。

大脑对所有的人都极具吸引力，我们不妨说，它犹如一部神奇的秘籍。潜心破
译释读这部秘籍的群体是脑科学家，而为了助益社会公众领略这部秘籍的风采，又
需要善于娓娓道来的"说书人"。脑科学"说书人"面向的听众背景不同，阐释的
内容深浅各异，表达的形式自然丰富多彩，采用的方法亦各尽其妙。但是，无论你
怎样考量，顾凡及教授无疑都是一位出类拔萃的"说书人"。

走上科普之路

2020年11月12日，在中国科普研究所、上海市科学技术协会和中国科普作家
协会共同主办、上海市科普作家协会等单位承办的"加强作品评论　繁荣原创科
普——顾凡及科普作品研讨会"上，顾先生本人的发言题为《走上科普之路》。

面对顾先生的大量科普作品，听了这篇发言，我久久不能平静。一个人退休

了，不免会想想自己做些什么好。但是，能够很郑重地思考以什么作为"余生的事业"者，却未必很多。"事业"二字，分量重啊！顾先生的决心是："以科普著译作为余生的事业！"

顾先生1961年毕业于复旦大学数学系，同年到中国科学技术大学生物物理系任教。1961年至1965年曾在中国科学院生物物理研究所进修生物控制论。1979年调到复旦大学任教，直至2004年在教授、博导岗位上退休，其间于1983年至1985年曾在美国伊利诺伊大学厄巴纳—香槟分校做访问学者。

顾教授的主要工作领域是生物控制论和计算神经科学，科研教学成果丰硕。2004年退休之后，潜心脑科学的科普著译，今据未必完整的统计，已出版科普著作10本，译作4本，短文逾70篇。

顾先生自认退休后的这十几年是他做得比较好的年头，"因为有充分的时间做自己感兴趣的事——写作、翻译与脑科学有关的科普作品，并乐在其中"。诚然，"老骥伏枥，志在千里"并非罕见，但要搞清楚这迢迢千里如何走，却又谈何容易？

就此而言，顾先生的科普历程也堪为楷模。他概括自己的起步点是"努力写出熔科学性、趣味性和前沿性于一炉的脑科学故事"，此类书的主要目的是引起读者对脑和心智强烈的兴趣和好奇，向读者介绍这方面的有关知识和最新进展。内

顾凡及著《脑科学的新故事——关于心智的故事》中的一幅插图，原为西班牙格拉纳达大教堂的一扇彩色马赛克天窗。你会看到图中许多六角形柱体和立方体在不断地变换位置、形状乃至大小。在意识研究中，这类"交变图"常被用作"视知觉压抑"的证据

容不求其全,每个故事皆可独立成篇,每一篇都从曲折的发现故事,或令人不解的奇事,或当前的某个热点说起,最后说明一个科学道理。结果共出版了4本书:《好玩的大脑》(少年儿童出版社,2008年)、《脑科学的故事》(上海科学技术出版社,2011年)、《心智探秘101》(少年儿童出版社,2015年)和《脑科学的新故事——关于心智的故事》(上海科学技术出版社,2017年)。

顾先生的第二步是"努力讲清楚我们现有的脑科学知识是怎么来的,力图使读者不仅知其然,而且还要知其所以然"。

他很赞赏2000年诺贝尔生理学医学奖得主坎德尔(Eric Kandel)的见解:了解以前的科学家对问题怎么看是非常有帮助的,"我不但想知道哪些思想路线最后取得了成功,而且也想知道哪些思想路线最后失败了,并且是为什么失败的"。顾先生进而引申:"这一切不正像是一部谜团重重的悬疑小说吗?你还能想出有比揭开脑和心智之谜更难的谜题吗?另外,这部小说到结尾还没有真相大白,还有许许多多疑问有待澄清,有许多地方有好几种可能的不同解释。即使是柯南道尔和克里斯蒂也想不出这样的作品。"基于这一指导思想,顾先生写出了《脑海探险——人类怎样认识自己》(上海科学技术出版社,2014年)和《三磅宇宙与神奇心智》(上海科技教育出版社,2017年)这两部互为姐妹篇的作品,生动地体现了科普作家应该"不仅介绍知识,还要介绍思想方法,不单是抽象地介绍原则,而是通过具体故事介绍,使读者有所感悟"。

顾先生走的第三步是:"上了书的就一定都对吗?还有什么开放问题?引导读者同步思考前沿难题。"我认为,对于科普创作,尤其是高端科普,顾先生所言"引导读者同步思考前沿难题"是特别富有创见和启发性的——后文将再次谈及这一点。

而今,年逾八旬的顾先生志存高远,还有着进一步的目标:努力把这三步融为一体。

三步融为一体

《脑海探险——人类怎样认识自己》和《三磅宇宙与神奇心智》,讲述了自古至今脑科学发展史上一次次的激烈争论和重大突破,它呈献给读者的不仅是脑和心

《三磅宇宙与神奇心智》，上海科技教育出版社2017年7月出版

智的知识，更是探求知识的艰辛历程和求真精神。书中不但不回避至今科学界尚有争论的问题，而且还能在如实介绍时提出自己的见解，鼓励读者思考判断。这两本书，前者侧重于作为物质实体的脑本身，兼及人脑相对于其他动物的脑的独特之处、脑的多学科研究历程以及脑研究的前景展望。后者的主题是"脑与心智"，也就是探讨客观的脑怎样产生主观的心智，或脑与心智两者之间有什么样的关系，即所谓的"心身问题"。

书名中"三磅宇宙"的寓意，是说我们每个人身上都有一个"小宇宙"，即大脑。它虽然只有三磅（略少于1.4千克）重，却如同无垠的宇宙一样复杂和神秘。因此，许多科学家就谑称大脑为"三磅宇宙"。探寻人类心智是如何从这"三磅宇宙"中诞生出来的，乃是现代认知科学甚至整个生命科学面临的最大挑战。

顾先生在《三磅宇宙与神奇心智》的"自序"中写道：和《脑海探险》的写作思想一脉相承，"本书并不是一本单纯的认知神经科学史，也不是一本认知神经科学家传记集，更不是一本认知神经科学教科书，而是试图把这三者的有关内容有机地组织在一起"，来回答所提的问题。初稿竣工，作者又仔细重读，"发现有许多拘泥于科学史细节，而对一般读者甚少帮助，甚至败坏了读者读书兴趣之处，并予以删除。不过……自己的败笔自己不太容易看出来，是否真能做到笔者对自己提出的要求，这只有广大读者才能评判"。

如此精心打造，产品的成效究竟如何？此书的责任编辑王洋以"科普大师的情怀与匠心"为题，在"顾凡及科普作品研讨会"上说道：《三磅宇宙与神奇心智》出版后，即入选由中宣部出版局、中国图书评论学会、中央电视台联合举办的"2017中国好书"；2019年又荣获第七届中华优秀出版物奖提名奖。自出版两年多来，发行量逾4.4万册，这在今天的中高端科普图书中殊不多见。

贵在独立思考

　　顾先生谈到他的第三步"引导读者同步思考前沿难题"时,特别发问:现在有关脑和心智的认识,即使上了教科书被认为是"定论"的知识,是否真的那么确凿无疑? 他认为,把自己放在一个学生甚至是孩子的视角去读、去想是有好处的,也许倒可以在某些情况下看清"皇帝的新衣"。

　　对此,顾先生回望2012年欧盟人脑计划将启未启之时,自己对新计划所提的十年内造出人工全人脑深表怀疑。他曾和一位同事讨论这个问题,同事表示:"这些人都是些聪明人,他们不会想不到连我们也能想到的问题。"但是,顾先生想到,皇帝的大臣们也是些聪明人,然而利害关系却使他们假装"看到了"皇帝的新衣。这促使顾先生同国内外的一些同行更深入讨论这个问题。偏巧,一位德国IT工程师卡尔·施拉根霍夫(Karl Schlagenhauf)博士,也像他一样对这些问题有强烈的兴趣,而且也已退休。他俩从未见过面,而是通过共同的朋友介绍开始网上通信。先是关于对欧盟人类脑计划的评价,进而讨论和争论脑科学中的种种开放问题、人工智能的进展与前景、意识问题、脑科学大计划以至科学方法论问题。这样讨论了三年之后,他们重读旧信,觉得值得整理成书出版,最后成为中英双语洋洋三大卷的《脑与人工智能:一位德国工程师与一位中国科学家之间的对话》(上海教育出版社,2019年),三卷书名分别为《脑研究的新大陆》《意识之谜和心智上传的迷思》和《人工智能的第三个春天》,书信内容按时间排序。

　　两位作者申明,他们并不奢望自己的看法都正确,事实上他们两人对一些问题的看法也有分歧。但是,他们的目标很清楚:以理性思维来思考这些问题,并希望引起读者对脑科学和人工智能

《脑研究的新大陆——一位德国工程师与一位中国科学家之间的对话》,上海教育出版社2019年9月出版

问题进行独立思考，而不至于人云亦云，盲目跟风。我以为，这确实是高瞻远瞩的科普之道。

顾先生的脑科普译作也蔚为大观，包括科赫（Christof Koch）著《意识探秘——意识的神经生物学研究》（上海科学技术出版社，2012年）、拉马钱德兰（V. S. Ramachandran）著《脑中魅影——探索心智之谜》（湖南科学技术出版社，2018年）、埃德尔曼（Gerald Maurice Edelman）和托诺尼（Giulio Tononi）著《意识的宇宙：物质如何变成精神》（重译本，上海科学技术出版社，2012年）等。

再论元科普

"科技创新、科学普及是实现创新发展的两翼"，这两翼必有深层的共通之处。顾先生尝谓自己"不自觉或自觉地尝试用做科研的态度来做科普"，而从他的大量科普实践中不难看出，实际上他是相当自觉地"以做科研的态度来做科普"的。

顾先生分析、概括了做科研和做科普这两者之间的紧密联系，对此我深有同感。用做科研的态度来做科普有许多好处，科研养成了：关注和跟踪科学发展的习惯，对议题重要与可行的敏感性和判断力，思考问题的严谨性，保持头脑开放的态度，凡事多问一个为什么，学会提出问题和进行批判性的评价，能从失败教训的角度感悟他人的成功……所有这些，都不是仅靠书本就能真正体会到的。顾先生说："科研和科普都要求人善于找出适合自己的课题。科研和科普都要求人们了解前人对自己感兴趣的课题做过怎样的研究……对现有的认识中是否存在问题提出自己的疑问。对于科研来说，科学方法体现于科研过程的始终，也决定了科研能否取得成果；对于科普来说，则是通过讲科学家作出发现的故事向读者介绍他们的方法。"这些都值得科普人细细品味。

顾先生《走上科普之路》发言的结尾是："我的科普著作多数其实属于编著性质，只是搜集了许多他人的工作，消化吸收后重新组织，而比较少真正属于自己的原创，写不出像克里克、拉马钱德兰、萨克斯这些科学大师基于自己工作之上，既富文采又有自己创意的科普作品。希望国内在一线从事研究的一流科学家写出有关他们自己研究的科普作品。"

这番陈述，使我回想起4年前在《文汇报》（2017年7月16日）"科技文摘"专刊以整版篇幅谈论"期待我国的'元科普'力作"。什么是"元科普"呢？这里不妨再略作回顾：《辞海》对"元"的释义有十几项，主要意思包括"始、第一""为首的""本来、原先""主要、根本"等。"元科普"就是科普中的元典之作。它是工作在某个科研领域第一线的领军人物（或团队）生产的科普作品，这种作品是对本领域科学前沿的清晰阐释、对知识由来的系统梳理、对该领域未来发展的理性展望，以及科学家亲身沉浸其中的独特感悟。

如果把科普比作一棵大树，那么元科普就是这棵大树的根基，它不同于专业的论文综述，也不同于职业科普工作者的创作，而是源自科学前沿团队的一股"科学之泉"。它既为其他形形色色的科普作品提供坚实的依据——包括可靠的素材和令人信服的说理，又真实地传递了探索和创新过程中深深蕴含的科学精神。

遵照顾先生本人的说法，他的许多作品似乎尚不属"元科普"之列，但是它们至少是很接近元科普了。顾先生推崇的克里克、拉马钱德兰、萨克斯这些科学大师的科普作品，乃是元科普的典型。他深盼国内在一线从事研究的一流科学家写出有关他们自己研究的科普作品，真是再次说出了我的心里话。

原载《世界科学》2021年第9期
"走近科学"专栏，标题重拟

56

既要"上榜",又要靠谱

　　"上榜"似鱼,"靠谱"如熊掌。欲两者得兼,不易。当然,"不易"并非"不可能",所以方才这个比喻中的连系动词是"似"和"如",而非"是"或"乃"。

　　在2013年6月"榜上"排名第10的"哈默手稿",到7月份的"榜上"上升为第3名。这事靠谱,不是因为人人都能读懂达·芬奇的心灵和智慧,而是因为有许多人渴望读到达·芬奇的手稿。自然也有不少人只是看热闹,就像围观霍金的《时间简史》一般。田松在上一期"榜评"中说:"刘兵教授的'读霍金,懂与不懂都是收获',当属有史以来最忽悠人的广告语之一,贻害不浅。"但依我看,这句广告语固然"忽悠人",倒也未必"贻害不浅"。《哈默手稿》为国人提供了很好的阅读机会,我猜想在8月份的"榜上"它仍会有名,甚至可能超过法布尔《昆虫记》的全译本。

　　2013年3月高居榜首的《水知道答案》,前几个月的"榜评"咸称其不靠谱——好在此书自4月始就不在"榜上"了。7月13日,年青的科普潮人曹天元作客上海图书馆"书评夜话",提及他8年前出的《上帝掷骰子吗——量子物理史话》一书,如今销售量已超过《水知道答案》,在当当网科普类图书

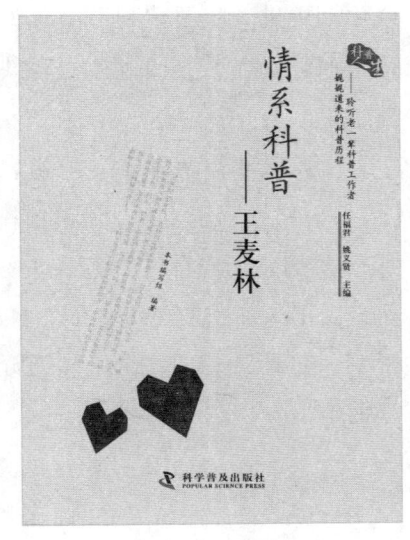

《情系科普——王麦林》,本书编写组,科学普及出版社2013年3月出版

2012年10月10日王麦林与本书作者在"繁荣科普创作高层论坛"上合影

排行榜排名第二,第一是霍金的《时间简史》。曹说,"这也从侧面说明这两年科普界缺少突破性的新作"。当然,"缺少"不等于"没有"。笔者以为,这还在相当程度上反映了读者对"靠谱"的实际鉴别力——这种"力"在强度与位相两个方面都会同"上榜"有异。再次,"榜"本身也很有讲究。销售排行榜是反映市场现状的一种报告,各种排行榜之异同便很值得研究,如开卷公司的数据与当当网图书排行榜之然。

最理想的,自然是"上榜"与"靠谱"得兼。60多年前,朱自清先生写过一篇《论雅俗共赏》的文章,曰:"抗战以来又有'通俗化'运动,这个运动并已经在开始转向大众化。'通俗化'还分别雅俗,还是'雅俗共赏'的路,大众化却更进一步要达到那没有雅俗之分,只有'共赏'的局面。"此话很有深意,倘真能做到不分雅俗,只有共赏,那么经济效益和社会效益之统一亦庶几有望焉。

我强烈推荐两本书。一是名家名著《造就适者》,当毋庸赘言。另一本《情系科普——王麦林》从销售排行的立场来看真有点"不靠谱"了:它只印了1000册。王麦林这个名字许多人未必听说过,但读过这本书的人自会为之动容。不久前,这位88岁依然身心健康的科普老奶奶,在老伴和小辈一致支持下,将自己一生积攒的100万元捐献出来,为繁荣科学文艺创作设立了专项基金。

嘉宾推荐：

《造就适者——DNA和进化的有力证据》，上海科技教育出版社，肖恩·卡罗尔著

《情系科普——王麦林》，科学普及出版社，本书编写组

原载《中国科学报》2013年8月30日第14版：

2013年7月科普图书销售榜"榜评"

链 接

为"榜上有名"写榜评始末

2013年6月，《中国科学报》读书版主持人李芸女士来函相告，该报今年4月新开了一个栏目"榜上有名"，是根据开卷公司的数据做的一个近一年来出版的科普图书的排行榜。栏目设置有榜单、榜评和嘉宾推荐。榜评是由嘉宾点评榜单，可以谈榜单的总体趋势，也可以谈入榜图书，约七八百字。因为排行榜主要体现的是市场，所以也请嘉宾推荐两本值得阅读的图书。李芸在信中说："前四期是李大光、武夷山、刘兵和田松做嘉宾主持，这期想请您担纲。这期的见报日期是8月30日，请您8月25日前交稿。"

我觉得这事有意义，遂遵嘱照办，其结果就是此处的这篇文章。顺便一提，我预期《哈默手稿》在8月份的"榜上"仍将有名，甚至可能超过法布尔《昆虫记》的全译本，事后果然应验。

2021年6月，科学普及出版社隆重推出科普老人王麦林的自叙性力作《激情岁月 科普人生》。96岁的麦林老人，不满14岁就加入中国共产党了。她不忘初心，牢记使命，在这部作品的封面上印着："献给中国共产党成立100周年"